El secreto
de Victor Black

Alexandre Escrivà

El secreto
de Victor Black

ALFAGUARA

Papel certificado por el Forest Stewardship Council®

Penguin
Random House
Grupo Editorial

Primera edición: abril de 2026

© 2026, Alexandre Escrivà
© 2026, Penguin Random House Grupo Editorial, S. A. U.
Travessera de Gràcia, 47-49. 08021 Barcelona

© Diseño: Penguin Random House Grupo Editorial, inspirado en un diseño original de Enric Satué

Printed in Spain – Impreso en España

ISBN: 978-84-10496-25-5
Depósito legal: B-2477-2026

Compuesto en MT Color & Diseño, S. L.
Impreso en Unigraf
Móstoles (Madrid)

AL96255

Para mi hermana, por el apoyo infinito

Prólogo

El viento zarandea los árboles al otro lado de la ventana. Los rayos de sol que consiguen colarse entre las nubes iluminan parte del dormitorio. Jacob se mira en el espejo de cuerpo entero: un hombre de cuarenta y dos años, cabello canoso y barba de tres días, a quien hoy le está costando más que de costumbre anudarse la corbata. Su traje gris hace juego con el cielo de esta mañana de enero. De fondo, en la radio despertador, el presentador del programa matutino dice que las temperaturas no superan los nueve grados. Finalmente Jacob se rinde y, sin estar satisfecho con el aspecto del nudo, entra en el cuarto de baño del dormitorio principal, que conserva la fragancia del perfume Lancôme de Natalie. A diferencia de él, su mujer no necesita despertador para levantarse temprano. Aún es de noche cuando se enfunda su ropa deportiva y hace cuarenta minutos de ejercicio, se da una ducha fría, se viste y prepara el desayuno para ella, Jacob y Sharon, su hija de dieciséis años. Las alarmas suelen sonar en casa a las siete en punto y padre e hija se levantan sin poder despegar los párpados, se arreglan para ir al trabajo y al instituto respectivamente, dan medio bocado al desayuno y se van corriendo para no llegar tarde. Y así cada día. Luego se reparten las demás tareas de casa, pero las mañanas son innegociables.

Tras engominarse el pelo hacia un lado, Jacob sale del cuarto de baño, recorre el pasillo y se dispone a bajar las escaleras, pero algo le hace detenerse. La puerta de la habitación de Sharon está cerrada. Mira el reloj: las 7.25.

Niega con la cabeza.

A Sharon no le va a dar tiempo a desayunar antes de que pase el autobús. Aunque, a decir verdad, no sería la primera vez que va al instituto con el estómago vacío. Está en una edad complicada, y desde hace un par de meses su relación con la comida ha empeorado de forma significativa. Come mucho menos que antes y ha perdido peso. Ni Natalie ni él saben cuánto, porque Sharon se niega a subirse a la báscula. Dice que esa máquina solo marca un número, que no la representa, que la salud abarca muchas más cosas y que ella está perfectamente. Pero ellos no están tranquilos. Se preocupan por su hija e insisten en el tema, lo que hace que Sharon se enfade y se encierre en su habitación. Repite una y otra vez que la obligan a comer demasiado y que siempre llega al instituto con ganas de vomitar. Ellos no saben si es verdad o si no quiere comer por un chico, porque se han metido con ella en clase o porque quiere parecerse a las modelos e influencers que sigue en las redes sociales. Hablar con ella es tan complicado ahora... Tienen la sensación de que los ha apartado de su vida, como si fueran unos desconocidos que le brindan un techo mientras ella trata de vivir a su manera. Ya no recuerdan la última vez que su hija les dio un abrazo. A veces les gustaría retroceder en el tiempo para estar con la Sharon de cinco años, la niña que se pasaba el día con una sonrisa en la boca, que hacía mil preguntas y que solo quería que sus padres jugaran con ella. Pero todo cambió cuando cumplió los ocho. Jacob cree ya no hay vuelta atrás. Natalie, en cambio, quiere pensar que llegará un día en que esa niña tan agradable y familiar regresará a ellos, aunque sea en el cuerpo de una adulta.

Jacob llama a la puerta.

—Sharon, ¿estás lista? Se te va a hacer tarde.

No hay respuesta al otro lado.

—¿Sharon?

Le extraña. Pocas veces se queda dormida, aunque quizá no le ha sonado el despertador.

Despacio, abre la puerta. Las contraventanas están cerradas y la luz apagada. Jacob suspira. Se acerca a tientas hacia las ventanas y deja que la poca luz del sol entre en la habitación.

Al girarse, ve que la cama de Sharon está vacía.

Jacob arruga el entrecejo. Vuelve al pasillo y mira en el baño compartido, pero allí no hay nadie.

—¡Cariño! —llama a voces, mientras baja las escaleras—, ¿está Sharon ahí contigo?

Tampoco ahora recibe respuesta.

—¿Natalie?

Jacob alcanza la planta baja y entra en la cocina. Es entonces cuando ve las piernas de su esposa dobladas en el suelo, detrás de la mesa.

—¡Natalie!

Corre hacia ella, pero, cuando advierte la deformada imagen que se plasma ante él, lanza un grito y retrocede asustado. Un temblor lo sacude de pies a cabeza y lo obliga a doblarse por la mitad, con las manos en las rodillas, mientras respira de forma entrecortada. En cuestión de segundos se le llenan los ojos de lágrimas y siente que lo asalta una oleada de calor.

El cuerpo de Natalie yace boca abajo sobre un charco de sangre. Tiene alrededor de veinte cortes profundos en la espalda.

Jacob nota una aguda punzada en el pecho al ver movimiento en sus heridas: una decena de insectos se alimentan frenéticamente del cadáver de su esposa.

Día 1
Lunes, 9 de enero de 2017
El caso Fisher

1
William Parker
San Francisco

—Y el tipo me dice: «Pero entonces ¿pago la multa o no?». Una marea de carcajadas inunda la oficina. Doce policías se encuentran en un rincón tomando el primer café del día, antes de empezar su jornada. Algunos compañeros que ya tienen los ojos pegados a la pantalla del ordenador los miran con cara de reproche: no dicen nada, pero les molesta el ruido. Es entonces cuando el oficial Ian Davis, sentado en el borde de una mesa, sonríe con los ojos y se lleva el dedo a los labios en un gesto burlón para reclamar silencio. Se ha dejado bigote, aunque nadie le ha dicho que no le favorece.

—¿Queréis que os cuente otra? —murmura.

—No, por favor —suplica la oficial Madison Bennett. Lleva el cabello recogido en una coleta descuidada y sus ojos están hinchados: tiene un hijo pequeño que le quita horas de sueño por la noche y ganas de dedicarle tiempo a su aspecto por el día.

—Venga, Maddie —dice Davis—. Si a ti te encantan estas historias.

—¿Tú crees? Por si no lo recuerdas, yo estaba delante cuando te burlaste de ese hombre. Debía de tener por lo menos setenta años y estaba desorientado. El pobre había dejado el coche mal aparcado, sí, pero acababan de ingresar a su esposa en el hospital. Tenía la cabeza en otra parte. Estaba preocupado, ¿entiendes? Y, como buen policía, debías preocuparte tú por él, proporcionarle información sencilla y clara, y no confundirlo más de lo que estaba. Sin embargo, como te comportas como si tuvieras doce años, me tocó a mí llamar a su hija para ponerla al tanto

15

de todo mientras tú te quedabas en el colegio del nieto con los brazos cruzados.

—Alguien tenía que quedarse allí.

—No moviste ni un dedo.

—Hice mi trabajo.

—Chicos —William decide intervenir antes de que se les vaya de las manos—, basta. Relajémonos, por favor, que aún tenemos todo el día por delante. —Mira el reloj de la pared—. A lo mejor ya va siendo hora de ponernos manos a la obra. A nadie le gusta el papeleo, pero...

—William —Madison se vuelve hacia él—, estoy harta. Tú no sabes lo que es trabajar codo con codo con este. Cualquier día me pido el traslado.

—Eso si no lo pido yo antes —replica Ian.

—¡Pues no sé a qué esperas!

—Vamos, parejita. —El inspector Harris revisa los documentos del caso de homicidio que tiene abierto y habla sin levantar la mirada de los papeles—: Ya habéis oído a Parker. A trabajar.

Ian y Madison cruzan una mirada reprobatoria, pero no dicen nada. El grupo se disuelve y William se queda a solas con Harris, a quien el cabello castaño le empieza a clarear por la zona de la coronilla a sus cincuenta y cinco años. Su barba es más frondosa en la parte de la perilla y el vello le sobresale por el cuello de la camisa.

—Esos dos acaban juntos, te lo digo yo —comenta Harris.

William ríe por lo bajo.

—Ni lo sueñes. Están casados.

—¿Qué tendrá que ver?

—Además, ya has visto cómo se llevan. Yo no diría que están hechos el uno para el otro, precisamente.

—Yo no veré mucho, pero algunas cosas se huelen.

William sonríe.

Es una broma recurrente que la miopía de Harris no le permite ver nada que no sea a través de sus gafas cuadradas de metal, aunque su aspecto despistado esconde una intuición por encima de la media. No está en buena forma, pero es inteligente. El mejor investigador del Departamento, en opinión de William.

—¿En qué andas metido ahora, Harris?

Él resopla y mira los documentos de nuevo.

—Han encontrado partes de un cuerpo calcinado.

—¿Se sabe de quién se trata?

—Aún nada: ni siquiera podemos asegurar si es hombre o mujer —se lamenta—. Se podría deducir midiendo el grosor de ciertos huesos, pero no disponemos de ellos. Es imposible conocer su identidad en ese estado. Quienquiera que lo haya hecho se aseguró de que así fuera: le prendió fuego y lo descuartizó. De momento solo se ha recuperado una parte del tronco y otra de una pierna. Estaba en un contenedor de basura, dentro de una bolsa. Supongo que el resto no tardará en aparecer.

—¿Has mirado el listado de personas desaparecidas?

—Sí, pero, como te digo, no puedo llegar a conclusiones si no consigo algo más. Si apareciera un cráneo, una dentadura...

William se levanta y tira el vaso vacío a una papelera. Habla cuando vuelve a la silla:

—Podría ser cosa de bandas.

—Lo he pensado —asiente Harris—. No sería la primera vez que hacen desaparecer a alguien en un ajuste de cuentas.

—Si el quién no está claro, investiga el dónde.

—Ya empezamos...

—¿En qué zona ha aparecido esa bolsa?

—En el distrito de Bayview.

William hace una mueca.

—No es un lugar tranquilo, que digamos. La gente acabará yéndose de San Francisco si la tasa de delincuencia no baja.

Harris lo mira y sonríe de medio lado.

17

—¿Me vas a volver a hablar de la tranquilidad que se respira en Pacífica?

—No. Creo que ya lo he hecho lo suficiente.

—Aún me sorprende que te mudaras a San Francisco cuando volviste al Departamento de Policía. Pacífica está a solo veinte kilómetros. Podrías seguir viviendo allí y venir a trabajar en coche todos los días.

—Yo quería vivir aquí.

—Pero ¿por qué? Esto empieza a parecer una ciudad repleta de zombis enganchados a la droga. Yo llevo toda la vida aquí y no pienso irme, pero en tu caso...

—Si me fui de Pacífica fue por mis padres —lo interrumpe.

Harris pega la espalda al respaldo de su silla y aprieta los labios.

—Vaya, lo siento. No pretendía meterme en tu vida privada.

William hace un gesto para quitarle importancia.

—No pasa nada. Como tú con San Francisco, ellos veían Pacífica como su hogar y no tenían intención de irse. Yo no lo veía igual —resume sin entrar en detalles—. No sé, Harris, mis padres son de mente cerrada.

—Tú, en cambio, eres todo un revolucionario —dice en tono irónico—. ¿Aún escribes con pluma y pergamino?

—Muy gracioso. El tema de la tecnología no tiene nada que ver con esto.

—Por supuesto que no.

William suspira y decide contarlo:

—Mi padre es policía en Pacífica. Era oficial, aunque siempre había querido ser investigador. Intentó ascender durante muchos años, pero no hacían falta más detectives en Pacífica y él se sentía cada vez más frustrado; estaba convencido de que daría la talla. Mi madre nunca había visto con buenos ojos su empleo y se alegraba de que su marido mantuviera un puesto menos peligroso. Cuando yo dije en casa que quería ser policía, ella intentó hacerme cambiar de idea, me habló de decenas de profesiones respetables y mejor pagadas, pero, cuanto más grandes eran sus negativas, más empeño ponía yo. Mi padre, en cambio, se alegró mucho: me explicaba a escondidas cómo funcionaba todo dentro del cuerpo, a veces incluso me contaba las pesquisas de algunas investigaciones que salían por las noticias. Yo aprendí la teoría del oficio muchísimos años antes de entrar en la academia.

—Entiendo que tu madre al final se rindió —dice Harris.

—Muy a su pesar, pero sí. Empecé como oficial en San Francisco y, gracias a los contactos de mi padre, me concedieron el traslado a Pacífica un par de años después. El problema surgió cuando uno de los pocos detectives de Pacífica se jubiló y salió su vacante. Me la ofrecieron a mí.

—¿Cómo? —se sorprende Harris—. ¿Ningunearon a tu padre?

—Sí.

—¿Y tú lo aceptaste?

William baja la mirada, incómodo.

—Lejos de ver que yo también tenía mis propias aspiraciones y alegrarse por mí, mi padre estuvo semanas sin dirigirme la palabra. Y mi madre le dio la razón. Estuvimos un año enfrentados a causa de su resentimiento. Un día, la discusión se nos fue de las manos, nos dijimos cosas horribles y me harté. Pedí el traslado a San Francisco y me mudé en cuanto pude. Deseaba alejarme de ellos en todos los sentidos. Mi padre consiguió por fin su puesto de detective en el Departamento de Policía de Pacífica, pero perdió el único hijo que tenía. Hace años que no hablamos —confiesa.

Harris se rasca la coronilla, pensativo, pero una voz grave irrumpe en la oficina antes de que diga nada:

—Parker.

William se incorpora al ver al teniente Fallon de pie en el umbral de la puerta.

—¿Sí, teniente?

—Venga a mi despacho ahora mismo. Tengo un nuevo caso para usted.

2
William Parker
San Francisco

El despacho del teniente Frank Fallon es pequeño y carece de ventanas. Tiene fotografías enmarcadas en la pared en las que aparece él junto con algunos compañeros en operaciones especiales. Y hay una a la que guarda un cariño especial. En ella no se ven uniformes ni armas. Un Frank Fallon de veinte años sonríe a la cámara con bermudas y camiseta a la orilla del río Sacramento. Sostiene un salmón real de al menos diez kilos en compañía de un amigo que moriría dos meses después en un atraco. El teniente solo le ha hablado de él en una ocasión, pero a lo largo de los años William se he dado cuenta de que a menudo desvía la mirada hacia esa fotografía. Se ha quitado la chaqueta del traje y se mueve con torpeza, mientras dos manchas oscuras de sudor se extienden bajo sus brazos. Las arrugas y las bolsas de los ojos avisan de que su jubilación está a la vuelta de la esquina.

—Se trata de una mujer. Natalie Fisher, cuarenta y un años. Su marido la ha encontrado muerta esta mañana nada más despertarse.

—¿Cómo ha muerto?

—Múltiples puñaladas en la espalda.

William enarca las cejas.

—¿Dónde estaba?

—Dentro de casa, en la cocina.

—¿Y dice que el marido la ha encontrado así? —pregunta, escéptico.

Fallon se encoge de hombros.

—Es la versión que nos ha dado él. Pero hay algo más: su hija ha desaparecido.

—¿Cómo que ha desaparecido?

El teniente ordena los documentos de su mesa.

—Jacob Fisher, el marido de la fallecida, afirma que su hija de dieciséis años no estaba en casa cuando ha encontrado a su esposa muerta.

William frunce el ceño. Escruta a Fallon mientras piensa en las posibilidades. Hay una que destaca entre las demás, pero su consciencia la empuja hacia dentro, como evitando que sea la acertada, como si tuviera el derecho a poder elegir.

—¿Cómo se llama la chica?

—Sharon Fisher. La familia vive en la Decimoctava Avenida.

William coge aire y lo expulsa por la nariz.

—Está bien. Iré a ver.

Se levanta de la silla con la intención de abandonar el despacho, pero el teniente Fallon habla antes de que abra la puerta.

—¿Sabe, Parker? Me preocupa usted.

William se vuelve, confuso.

—¿Por qué, señor?

Fallon vacila.

—Hace cuatro años que le conozco y he de confesarle que me impresionó desde el primer día. No todos tienen agallas para estar en Homicidios. Pero usted, con tan solo treinta y tres años, parecía tener la experiencia de un investigador de primer nivel. Al principio dudé de sus capacidades, no se lo niego. Pero me dio razones para cambiar de opinión. ¿Le puedo preguntar qué le motivó a entrar en Homicidios?

—El caso del Asesino del Zodíaco, señor. Mi padre me habló de sus crímenes cuando era pequeño y me pasé veranos enteros investigando por mi cuenta.

Fallon sonríe.

—¿Y consiguió dar con él?

—De haberlo hecho, usted lo sabría.

—¿Se da cuenta? No voy a opinar sobre si hablarle de crímenes a un niño es lo mejor para su educación. Hay algo que me inquieta más. Normalmente, los investigadores tienen a alguien a quien idolatrar: otro investigador que resolvió uno o varios casos importantes, por ejemplo, o algún fiscal muy tenaz. Usted, en cambio, entró en Homicidios motivado por un caso sin resolver. El Asesino del Zodíaco mató a cinco personas, se burló de todos nosotros y ha conseguido zafarse de la justicia hasta hoy. Y siento que esa motivación que encuentra usted en ese caso se centra más en el asesino que en los policías que lo investigaron. ¿Me equivoco?

—No sé a dónde quiere ir a parar, teniente.

Fallon deja que los segundos transcurran.

—A que, cuando le he expuesto este nuevo caso, he notado que se le dibujaba una pequeña sonrisa en las comisuras de la boca. Ha sido como si estuviera esperando esto, a pesar de la gravedad de la situación. Por eso le digo que me preocupa, Parker. Porque ansía el momento de enfrentarse a los monstruos de nuestro mundo, y siento decirle que no va a encontrar más que oscuridad.

3
Jacob Fisher
San Francisco

Los policías van de un lado a otro por la casa. Algunos hablan entre susurros y Jacob aguza el oído para intentar escuchar lo que dicen, pero no lo consigue. Está sentado en el sillón verde oscuro del salón. Lo han colocado en una esquina de modo que no pueda ver nada de lo que pasa más allá del pasillo que conecta con la cocina. Un médico le ha hecho un reconocimiento y le ha ofrecido una pastilla que no recuerda muy bien para qué era. Jacob la ha rechazado. No quiere drogarse, necesita estar lúcido, aunque se siente agotado y nota que le tiemblan las manos de vez en cuando.

¿Qué demonios ha ocurrido? Intenta olvidar la imagen de Natalie en el suelo de la cocina, pero le es imposible. No para de pensar que ella sigue muerta a tan solo unos metros. Y la sangre. Tanta sangre... Una lágrima le recorre la mejilla para perderse en su barba gris. ¿Quién ha podido hacerle esto a Natalie? Y, por Dios, ¿dónde se ha metido Sharon?

Jacob se remueve en el sillón. Un ataque de nervios ha sustituido el cansancio. Se pasa una mano por el pelo y se le llena de gomina. Se la limpia contra el reposabrazos del sillón. Luego busca la cajetilla de tabaco en el bolsillo de su pantalón, se enciende un cigarrillo e inhala la primera calada como si saliera a flote tras una inmersión demasiado larga.

Se fija en la brasa del cigarrillo y piensa que el tabaco no acabará con su vida tan rápido como él querría. Después de este mazazo, podría hacer cualquier tontería. O eso cree hasta que el recuerdo de Sharon vuelve a su mente. Tiene que dar con ella.

De pronto oye unos pasos en el recibidor. Son distintos a los demás, más pesados y lentos.

—Supongo que usted debe de ser Jacob Fisher.

Jacob alza la vista y ve a un hombre vestido de paisano que se le acerca despacio. Es unos años más joven que él, alto, delgado y con el pelo corto y castaño. Sus rectas facciones le recuerdan a las de un boxeador. Lleva botas y un abrigo abierto que le llega hasta media pierna. Le tiende la mano y se presenta:

—William Parker, inspector de Homicidios.

Jacob le corresponde el saludo, pero no se pronuncia. No sabe qué decir.

—¿Cómo se encuentra? —pregunta el policía.

Él se encoge de hombros, baja la mirada y niega con la cabeza.

—Lo siento mucho, señor Fisher. Sé que es duro, pero he de hablar con usted de lo sucedido. ¿Se ve con fuerzas?

Jacob suspira y asiente.

—Tengo entendido que ha sido usted quien ha llamado a la policía. ¿Es así?

Jacob vuelve a asentir como un autómata.

—Cuénteme qué ha pasado, por favor.

Ahora cierra los ojos. No quiere volver a contarlo, no quiere revivirlo. Le diría al inspector que se ha equivocado, que en realidad no tiene fuerzas para esto, pero se obliga a hablar por primera vez:

—Me he levantado de la cama a las siete en punto. Me he duchado y me he vestido. Cuando iba a bajar a desayunar, he visto que Sharon, mi hija, aún no se había levantado; su puerta estaba cerrada. He entrado, pero no estaba. No había nadie allí. He bajado a la cocina pensando que estaría desayunando con mi mujer, y... —Se le quiebra la voz.

—Señor Fisher, ¿sabe a qué hora ha encontrado a su esposa en esas circunstancias?

—Sí. Eran las 7.25. He mirado el reloj antes de entrar en el cuarto de Sharon.

El inspector calla y Jacob levanta de nuevo la mirada hacia él; ve que toma notas en una pequeña libreta de piel negra.

—¿Es normal que su mujer no esté con usted en la cama cuando despierta?

Jacob asiente con la cabeza y da una calada al cigarrillo.

—Ella es... —Carraspea—. Natalie se levantaba temprano todos los días. Hacía deporte y nos preparaba el desayuno a Sharon y a mí.

—¿A qué hora solía levantarse?

—No sabría decirle. No se ponía el despertador, no lo necesitaba. Cuando el cuerpo se lo pedía, simplemente se levantaba.

Parker suelta un gruñido y Jacob lo interpreta: sería más sencillo si Natalie hubiese seguido una rutina con horario fijo.

—Lástima. Tener una franja horaria ayudaría a dar con su agresor —confirma Parker.

Jacob se queda prendido de esa última palabra. Él no denominaría así a alguien que apuñala a otra persona hasta la muerte. «Agresor» es una palabra demasiado floja.

—Lo siento —se limita a decir.

—No se preocupe. Dígame, señor Fisher, ¿cómo describiría a su mujer?

—Natalie era una buena persona. —A Jacob le tiembla la voz y se le humedecen los ojos al hablar—. Se desvivía por su familia. Y la gente la quería, se llevaba bien con todo el mundo. No le costaba sacarte una sonrisa en su peor día.

—¿A qué se dedicaba?

—Era maestra en la Escuela Primaria Fitzpatrick. Le encantaban los niños.

—¿Y usted?

—Yo trabajo como gestor en un banco.

Parker pasa una hoja de la libreta.

—¿Qué me puede decir de su hija? ¿Ha conseguido hablar con ella?

—No, la he llamado al móvil, pero se lo ha dejado en casa.

—¿Sabe dónde podría estar?

—No, no lo sé. He llamado también al instituto y a los padres de sus amigas. Nadie sabe nada de ella.

Parker toma notas de todo.

—¿Algún familiar a quien haya podido acudir?

—¿A qué se refiere?

El policía barre el salón con la mirada y guarda silencio durante unos segundos que a Jacob le sacan de quicio.

—¿Cómo era su relación con Natalie? —pregunta al fin.

—¿Mi relación? —Jacob está nervioso. No entiende las preguntas del policía—. Buena. Era mi mujer —subraya la obviedad.

—¿Discutían a menudo?

—No.

—¿Cada cuánto?

—¿Por qué da por hecho que discutíamos?

Parker lo mira ahora con dulzura, intenta que se relaje.

—Todo el mundo discute, señor Fisher. Por muy bien que se lleve una pareja, siempre van a surgir diferencias. Es algo natural.

—No era así en mi casa.

—¿Insinúa que tampoco discutían con Sharon?

—Pero ¿usted qué se ha creído? —vocifera. Se ha puesto rojo y se le marca una vena en la frente—. ¿Han asesinado a mi mujer, mi hija ha desaparecido y me pregunta si discutíamos?

—Es solo protocolo, señor Fisher —dice Parker sin levantar la voz.

—Pues métase el protocolo donde le quepa, ¿me ha oído? —Le apunta con el dedo—. Mi mujer está ahí al lado desangrada —dice entre lágrimas—. Alguien ha entrado en mi casa y la ha matado, joder. ¿Es que no lo ve?

—Siento mucho si le he ofendido.

Jacob se pasa el dorso de la mano por la mejilla para secarse las lágrimas.

—Lo siento —repite el policía—. ¿Podemos seguir?

Jacob se lo piensa. Da una calada larga, tira el cigarrillo al suelo y lo pisa con la suela del zapato. Ya lo limpiará más tarde. Cierra los ojos, inspira por la nariz y espira por la boca. Una vez más calmado, asiente.

Parker cambia el rumbo del interrogatorio:

—¿Quién podría querer hacerle daño a su esposa?

—Nadie. Ya se lo he dicho, Natalie se llevaba bien con todo el mundo.

—¿Y a usted?

—¿A mí?

—¿No hay alguien que quisiera perjudicarlo de algún modo?

—No hasta llegar a este punto.

—Supongo que no será fácil lidiar con todos sus clientes del banco —comenta Parker.

Jacob enmudece. Por supuesto que no es fácil. Hay gente de todo tipo. ¿Cuántas veces le habrán amenazado en la sucursal? Pero hay cosas que no dependen de él. Cuando lo ascendieron a gestor de alto patrimonio, hace unos meses, dejó de resolver problemas relacionados con los créditos. Con frecuencia, los clientes no dan el perfil que el banco requiere para prestarles dinero. Todo reside en la confianza crediticia que aporte cada cual: si el banco no está seguro de que el dinero va a volver a sus arcas con la comisión que corresponde, no concederá ese crédito. Él solo es un trabajador más, un peón que cumple con sus funciones. Por suerte para él, piensa, los ricos no dan ese tipo de problemas.

—No, no lo es —dice con la mirada perdida—. Pero no se me ocurre nadie que pudiera... que fuese capaz de... No es lo mismo discutir con alguien que desearle la muerte o asesinar a su familia.

—De acuerdo. Piénselo con calma y, si recuerda que alguien llegase a amenazarle, a usted o a su esposa, no dude en comunicármelo. Aparte de ustedes, ¿alguna persona dispone de llaves de la casa?

—No. Bueno... —rectifica—. Los padres de Natalie, por si pasara algo. Dios —se lleva una mano a la frente—, aún no lo saben.

—¿Me podría dar sus nombres y su dirección? Me gustaría hablar con ellos.

Jacob lo mira con el ceño fruncido.

—Todo caso es como un camino mal asfaltado, señor Fisher —explica Parker—. Yo solo sigo las señales. Tal vez sus suegros puedan darnos algún dato.

Confuso, Jacob le facilita la información que le pide.

—Volvamos a su hija. ¿Cómo es Sharon?

Jacob resopla, gesto que no pasa desapercibido para el inspector.

—Si me pregunta por su personalidad, podríamos decir que no está en su mejor momento.

—¿A qué se refiere?

Jacob se encoge de hombros. Se siente cansado.

—No lo sé. Sharon nunca nos ha puesto las cosas fáciles, pero últimamente nos cuesta hablar con ella.

—¿Por algún motivo en especial?

—La edad, el instituto, los chicos, el acné, la comida. Todo eso, supongo.

—Entiendo. ¿Ha habido algún acontecimiento que haya intensificado ese cambio de actitud en Sharon? ¿Algo que fuera importante para ella? ¿Algo traumático, quizá?

Jacob piensa en ello.

—No, que yo recuerde. Perdone, pero ahora mismo no pienso con claridad.

—Lo entiendo. Le dejaré descansar. Solo una pregunta más. —Parker guarda la libreta en el abrigo—: ¿Ha tocado el cuerpo de su esposa?

Jacob siente un escalofrío. El cuerpo. El policía ya no se refiere a ella por su nombre, sino como un cuerpo sin vida. Natalie se ha convertido en un amasijo de carne, vísceras y huesos. Traga saliva y dice:

—Solo para quitarle los insectos de encima.

El inspector lo mira con seriedad.

—¿Insectos?

Jacob se remueve. Le tiemblan las manos.

—Los he matado.

Parker aprieta la mandíbula, enfadado.

—¿Se da cuenta de que ha contaminado la escena del crimen? ¡Puede interferir en la investigación!

—¡Se la estaban comiendo! —grita Jacob, y rompe en un llanto desconsolado—. Se la estaban comiendo, joder. Esas malditas mantis se estaban comiendo a mi Natalie.

4
William Parker
San Francisco

Después de calzarse las fundas para los zapatos y los guantes de látex, William se dirige a la cocina de los Fisher. Ha pedido a los técnicos de Criminalística que cesen por unos minutos su trabajo para poder verlo a solas; el espacio es demasiado pequeño para más de dos personas.

Se queda cerca de la puerta y estudia el escenario antes de acercarse. La luz del sol, que entra sutilmente por el cristal translúcido de la ventana, apenas roza la encimera. Todo está sumido en una penumbra gris y roja. No hay puertas ni cajones abiertos. Tampoco platos ni cubiertos sucios en el fregadero. La limpieza y el orden reinarían en esa parte de la casa si no fuera por el cadáver del suelo.

Cuenta hasta nueve mantis religiosas muertas en torno al cuerpo. Nueve insectos alargados, con extremidades delanteras curvadas y espinosas. Todas ellas aplastadas y mutiladas. Según ha dicho Jacob, se estaban alimentando de su mujer. Los insectos no pueden haberla matado. En cambio...

William se acerca al cadáver y observa los cortes. Además de las puñaladas de la espalda, repara en una incisión en la nuca. Las mantis estarían sobre las heridas.

Saca una grabadora Sony TCM-200DV del bolsillo del abrigo, un regalo de su padre de cuando entró en el cuerpo de policía de Pacífica. A pesar de lo que pasó entre ellos, William sigue usándola para documentar preguntas o reflexiones de sus investigaciones, pues, a diferencia de la libreta, la grabadora es rápida y manejable, aunque mucho más invasiva para las personas. Pero, sobre todo, es el tipo de tecnología con el que William mejor se desenvuelve. Se la acerca a la boca, aprieta un botón y la cinta magnética del casete empieza a girar.

Caso Fisher. Víctima apuñalada por la espalda en numerosas ocasiones. Ha sido hallada cubierta de mantis religiosas. ¿Son carroñeros esos insectos? ¿De dónde han salido?

Natalie Fisher va vestida con ropa de calle. Si cumplió la rutina que ha mencionado su marido, ya había hecho ejercicio y se había duchado y cambiado cuando el agresor la ha sorprendido.

Tiene la cabeza de lado y su cabello oscuro descansa sobre las baldosas blancas como un halo: no hay huellas de pisadas, ningún trazo de sangre que se aleje de ella, nada. La boca ensangrentada destaca como una herida abierta en la tcz pálida y tcrsa. Sus ojos permanecen entreabiertos. William huele la fragancia de su perfume, no muy intensa pero embriagadora. Le gusta, aunque se quita el pensamiento de la cabeza enseguida.

Levanta la mirada y repara en que la puerta se abre hacia dentro.

Quizá el asesino se ha escondido detrás de la puerta y la ha apuñalado cuando Natalie ha entrado en la cocina. No ha hablado con ella. De haberlo hecho, Natalie podría haber gritado o incluso podría haber tratado de defenderse. O habría retrocedido, no le habría dado la espalda y las heridas serían de frente. No. Todo ha sucedido en cuestión de segundos. Si no, probablemente Jacob lo habría oído.

Jacob...

William mira hacia el otro lado del pasillo y baja la voz.

¿Jacob habrá dicho la verdad o me ha ocultado algo vital para el caso? Al entrar en la casa no me ha parecido que hubieran forzado el cerrojo. Si estoy en lo cierto, aún tengo que descubrir cómo ha entrado el agresor.

Guarda la grabadora y cierra la puerta de la cocina antes de regresar al salón. Jacob espera inclinado y con los codos apoyados en los muslos mientras fuma otro cigarrillo. William hace una mueca al verlo, no debería estar fumando.

—Señor Fisher, ¿había alguna ventana abierta? ¿Algún lugar por donde haya podido entrar alguien en la casa?

—No, que yo sepa.

—¿La puerta del garaje está cerrada con llave?

—Sí. Yo mismo la cerré anoche.

—¿Lo ha comprobado?

—¿El qué?

—Que sigue cerrada.

Jacob duda.

—Si quiere, puedo... —ofrece.

—Por favor.

Pesaroso, se levanta y lo acompaña por el pasillo. Pasan por delante de la puerta cerrada de la cocina, y Jacob desvía la mirada y se encoge como un niño. Tras bajar unas escaleras, Jacob pulsa un interruptor y una luz fría ilumina el lugar. Un BMW Serie 3 negro duerme entre cajas. Jacob rodea el vehículo e intenta abrir el portón que da a la calle. Cerrado.

—Se lo he dicho —sostiene.

—¿Hay otra puerta por la parte trasera de la casa?

—No.

—Está bien. Gracias, volvamos arriba.

Subiendo las escaleras, a William se le ocurre otra pregunta:

—¿Ha echado algo en falta?

—¿Quiere decir aparte de mi hija?

William contiene la réplica y espera una respuesta en silencio: él sabe a qué se refiere.

—No podría asegurar si han robado algo —dice Jacob al regresar al salón—. No me he parado a mirar... Cuando ha pasado todo, no sé ni qué he hecho. Luego he venido al salón y he llamado a la policía. No me he movido de aquí hasta que han llegado.

—De acuerdo. Si me lo permite, voy a echar un vistazo.

—¿Quiere que vaya con usted y...?

—No. Mejor quédese aquí por ahora. Descanse.

Jacob vuelve a sentarse en el sillón sin protestar. William cruza una fugaz mirada con la oficial y ella asiente una única vez de forma casi imperceptible. Su cabello, recogido en una coleta alta, no llega a moverse, pero su respuesta es suficiente para decirle que ha entendido que Jacob Fisher es sospechoso y que debe estar atenta.

William recorre otra vez el pasillo y entra en el cuarto de baño de la planta baja. Las baldosas están relucientes. El lavabo, limpio. No hay nada fuera de sitio. Sale y echa un vistazo al cuarto de la colada: un cesto de mimbre medio lleno de ropa sucia y una cajonera de almacenaje para herramientas de bricolaje, nada destacable. Sube las escaleras y llega al piso de arriba, donde encuentra un cuarto de baño con ducha y tres habitaciones. Todas las puertas están abiertas. La primera habitación es una especie de despacho, con un escritorio amplio de madera oscura y una biblioteca. Se percibe aún el olor a incienso quemado. Ve una alfombra azul y una lámpara de pie al lado de la mesa. Tres plantas en macetas de plástico blanco descansan bajo la ventana. Todo parece en orden.

Sale del despacho y entra en una habitación con las paredes pintadas de morado. El cuarto de Sharon, deduce. La cama individual está deshecha, y el escritorio, atestado de folios y libros apilados. Hay varias fotos pegadas a la pared con masilla adhesiva. En la mayoría de ellas, una adolescente sonríe a la cámara haciendo el símbolo de la victoria con sus amigas en diferentes lugares: delante de un lago, sentadas sobre la hierba o en un parque de atracciones. Sharon Fisher tiene la tez pálida y el cabello oscuro como su madre, pero también se pueden ver rasgos de Jacob en ella: los ojos avellanados y los labios finos son idénticos.

Sobre la mesita de noche hay un teléfono móvil. William se inclina y le da al botón de desbloqueo. Un patrón de puntos aparece en la pantalla iluminada. Revisa los libros del escritorio. Todos son libros de texto, todos menos uno. Se trata de una novela de terror: *Hundimiento en el mal*, de Alessandra Fiore. La abre casi por el final, donde indica el marcapáginas, y se sorprende al ver una parte subrayada:

La sangre era mucho más oscura de lo que yo pensaba. Aun así, era preciosa. No podía dejar de mirarla, de contemplar cómo su cuerpo se vaciaba. Sus convulsiones, su mirada suplicante. Miré fascinado, sin hacer nada.

Pasa una página hacia atrás y ve otro fragmento subrayado:

Me acostumbré a dormir escuchando los gritos. Me decepcioné la noche en que callaron.

Retrocede un poco más.

Le dije que no se detuviera, que siguiera hasta el final. Verla así me excitaba. Ella me hizo caso. Lloraba, gritaba, pero no cesó el vaivén de la cuchilla.

34

5
William Parker
San Francisco

Se oye el rumor de los niños en cuanto pone un pie en la recepción de la Escuela Primaria Fitzpatrick. Aún quedan unas horas para que suene el timbre del mediodía y los pasillos tienen ese aire adormilado de un escenario desierto. William se presenta ante el conserje y, sin darle muchos detalles de su visita, le dice que necesita hablar con el director.

—¿Ha pasado algo? —le pregunta preocupado—. No me han avisado de ningún incidente.

—¿Puede indicarme el camino, por favor? —insiste William—. Es importante.

El conserje sale de la pecera y lo acompaña por un pasillo decorado con murales coloridos y orlas de graduación hasta una puerta con un rótulo dorado que indica DIRECCIÓN, y debajo: DOLORES LAWSON. El hombre le pide que espere ahí, llama con los nudillos, entra y cierra la puerta. Al cabo de un minuto, abre de nuevo y lo invita a pasar.

La directora de la escuela, de mediana edad, se levanta de su escritorio para saludarlo. Lleva una americana azul sobre una blusa blanca y, como accesorios, unos pendientes de aro y dos pulseras doradas. Un estilo elegante pero informal. Se nota que no trabaja directamente con los niños. Solo los maestros saben lo mucho que se les puede ensuciar la ropa a lo largo del día.

—Señora Lawson, me temo que no traigo buenas noticias...

—¿Es por Natalie? —pregunta.

—¿Lo sabe?

—No sé muy bien qué debería saber, aunque dudo de si quiero hacerlo. Natalie no ha venido hoy al colegio. No ha avisado de su ausencia, y eso es raro en ella. He intentado localizarla, pero no ha respondido a mis llamadas.

—Lamento decirle que Natalie ha muerto esta madrugada.

—¿Qué? —exhala. Con el rostro desencajado, toma asiento en su silla y le indica con un gesto a William que haga lo mismo en su lado de la mesa—. ¿Qué ha pasado?

—Ha sido asesinada —dice sin rodeos.

La directora se lleva una mano a la boca y se queda ausente.

—¿Sabe quién puede haberlo hecho?

Ella niega con la cabeza. Hace esfuerzos por volver en sí y mira a William con los ojos vidriosos.

—¿Vio algo extraño en el comportamiento de Natalie durante los últimos días? ¿Discutió con algún compañero?

—No —dice con tristeza—. Hace dieciocho años que Natalie trabaja el Fitzpatrick: llegó aquí nada más terminar la carrera, era una niña... Es una excelente maestra, los niños la adoran. Nunca discute con nadie..., discutía —se corrige en un susurro—. Pudo tener discrepancias con otros docentes, pero eso pasa en todos los centros, nada reseñable. Nosotros retomamos las clases el miércoles pasado, y todo era normal; Natalie estaba tan radiante como siempre.

—¿Y en casa? ¿Solía contar sus problemas personales?

La directora niega despacio con la cabeza, buceando en sus recuerdos.

—Si tuviera que mencionar algo... —dice al fin—, podría decirle que ella lo pasó bastante mal cuando su hija estudiaba aquí, pero de eso hace ya mucho.

—¿Se refiere a Sharon?

—Sí. Me sabe mal decirlo, pero, a partir de los ocho años, más o menos, Sharon ya no parecía hija de Natalie. Mire, cuando una está con niños todos los días, llega a conocer sus virtudes, sus dificultades, su personalidad, sus emociones... Y ve que hay algunos que presentan conductas diferentes o incluso inapropiadas. Lo que quiero decir es que, por un motivo que aún desconozco, Sharon dejó de ser agradable y risueña para convertirse en una niña callada, introvertida y con comportamientos inusuales.

—Señora Lawson, entiendo su prudencia, pero necesito que sea más concreta. ¿De qué tipo de comportamientos hablamos?

La directora suspira.

—Era un poco... Recuerdo que mordió a varios niños, o que le retorció el brazo a un compañero, sin venir a cuento, según ella solo porque sí... Cosas de críos, podría decir usted, pero había algo que... —Parece que recuerda, de pronto—: Un día vimos que había matado a todos los gusanos de seda que teníamos en clase. Los había sacado de sus capullos, ¿se hace una idea? Como Natalie trabajaba en el colegio, los docentes hablaban directamente con ella. Al principio no le dimos mucha importancia. Además, Natalie era una maestra y una madre ejemplar. Ella quería que su relación con Sharon estuviera basada en el respeto y la confianza. Creía en el poder de la palabra, en explicarle a su hija que no podía hacer daño a otros niños, que debía cuidar de los animalitos... Pero el comportamiento de Sharon no cambiaba. Al contrario, fue agravándose con el tiempo, cada vez tenía más conflictos con sus compañeros de clase, una actitud más huraña. Y aquello hizo que el ánimo de Natalie se fuese ensombreciendo.

—¿Sabe si se le diagnosticó a Sharon algún tipo de trastorno que explicara esa conducta?

—No durante su paso por el Fitzpatrick.

—Y..., desde el más sincero desconocimiento, señora Lawson, ¿cambiar a Sharon de colegio no era una opción?

La directora se encoge de hombros.

—Si no recuerdo mal, el padre de Sharon trabajaba en un banco y su jornada laboral no era compatible con el horario escolar. Que la niña estudiara aquí era muy cómodo para Natalie, por los horarios, pero también para tener a su hija más controlada. Y, más allá de eso, Sharon no tenía problemas con nadie en concreto; dudo que un cambio de centro hubiera ayudado.

—Entiendo. —William retoma el tema central—: Entonces, cuando su hija pasó al instituto, ¿Natalie recuperó la alegría?

—Yo diría que sí. El hecho de que sus compañeros no estuvieran constantemente yendo a su aula para decirle lo mal que se portaba su hija ayudó a que se relajara un poco, sí. A lo mejor seguía teniendo los mismos problemas con Sharon en casa, no lo sé, pero al menos podía fingir que no era así en el trabajo.

—¿Con quién tenía más relación aquí?

—Con Bertha y Lester. ¿Quiere hablar con ellos?

Salen del despacho y suben al primer piso por unas escaleras. Conforme avanzan, William atisba el interior de algunas aulas por el hueco de las puertas abiertas y se sorprende al descubrir a los alumnos tan atentos: en la era digital en que vivimos, mantener la atención de los críos lejos de las pantallas ha de ser un reto.

Dolores entra en una de las aulas y, de repente, los niños se yerguen en la silla.

—Bertha, ¿puedes salir al pasillo?

La maestra, que no debe de tener más de treinta años, mira a William por encima del hombro de la directora.

—Claro —dice confusa, y se dirige a sus alumnos—: Seguid trabajando en los ejercicios.

La directora cierra la puerta cuando Bertha abandona el aula.

—¿Qué sucede?

Lawson se adelanta:

—Es Natalie, Bertha. Ha muerto.

—¿Cómo? —Sus ojos buscan una explicación en los de William—. No. No puede ser.

Él la mira apenado. Cada persona encaja la noticia diferente y, a pesar de que la ha dado muchas veces desde que trabaja en Homicidios, William siempre duda sobre cómo hacerlo. Él se obliga a ser neutral y que el sufrimiento de los demás no le afecte, pero a veces es difícil.

—Lamento decirle que es verdad: Natalie ha muerto asesinada hace unas horas.

—¿Asesinada? —murmura, sorprendida. Las lágrimas le llenan los ojos enseguida—. ¿Q-quién lo ha hecho? —titubea.

—Lo estamos investigando. ¿Natalie le comentó algo en los últimos días que ahora pueda relacionar con su muerte?

—Deme un momento, por favor.

Bertha se separa unos pasos y se queda de espaldas a ellos. Cuando su cuerpo empieza a temblar, la directora se acerca a ella y la abraza con delicadeza.

—Perdón. —Bertha se gira y se seca las lágrimas al tiempo que vuelve con William.

—La acompaño en el sentimiento. —No le mete prisa: deja que se recomponga y piense en lo que le ha preguntado.

—No recuerdo nada extraño —dice ella al fin—. Sus vacaciones de Navidad transcurrieron con normalidad. Ella quería pasar el fin de año en Nevada City, pero al final no fue. Se quedó en casa.

William saca la libreta Moleskine y toma nota.

—¿Le contó por qué?

—No dio explicaciones.

—De acuerdo. Gracias, Bertha. No la molesto más.

—A ver cómo retomo ahora la clase... —dice con la voz rota.

—Mandaré a un sustituto —decide la directora al instante—. ¿Necesitas entrar a por tus cosas?

—No, puedo cogerlas más tarde.

—Pues ven con nosotros. —Se gira hacia William—. Vamos un momento a la sala de profesores y luego buscamos a Lester, ¿le parece bien?

Bajan las escaleras y pasan por delante de la pecera del conserje, quien los sigue con la mirada y repara en el estado de la joven maestra. Intuye que ha pasado algo grave, pero se traga las preguntas por ahora. Hará por enterarse cuando William se vaya.

La sala de profesores, situada enfrente del despacho de la directora, dispone de cuatro largas mesas juntas rodeadas por una veintena de sillas en el centro de la estancia. Hay cuatro ordenadores y las paredes están atestadas de calendarios y carteles informativos. Dos hombres y una mujer los saludan cuando entran por la puerta abierta.

—Gina, ¿puedes sustituir a Bertha hasta el cambio de clase?

La mujer, alta y con la cara llena de pecas, se acerca a ellos.

—¿Todo bien? —pregunta al ver la palidez en el rostro de su compañera, que se dirige directa al dispensador de agua.

—Sí. Luego hablamos —apremia la directora—. Los niños están solos.

—Voy.

Dolores se fija en uno de los dos hombres que quedan en la sala de profesores.

—Lester, íbamos a ir a buscarte.

El maestro, vestido con una camisa de franela que no oculta un pequeño tatuaje en su muñeca derecha, despega la mirada de la pantalla del ordenador.

—¿Necesitas algo? —pregunta.

Con un gesto de la directora, los tres salen al pasillo. William se dispone a presentarse, pero advierte la mirada curiosa del conserje y propone hacerlo en el despacho de Lawson.

—¿Qué sucede? —pregunta Lester una vez dentro.

—Es policía —le aclara ella.

El rostro del maestro se oscurece.

—Natalie Fisher ha sido asesinada hace unas horas —se oye decir William una vez más esa mañana. Deja que la noticia cale unos segundos antes de continuar—. Sé que ustedes eran amigos... Me gustaría saber si tenía algún problema con alguien o si se produjo alguna discusión relevante: ¿con un compañero, con algún padre quizá...?

Lester le da la espalda y se acerca a una de las ventanas, con vistas al patio del colegio. Se queda en silencio un minuto, encajando el golpe. Ni la directora ni William le presionan para que responda.

—Joder... —murmura al cabo—. Natalie nunca ha tenido problemas con los padres de los alumnos. Y mucho menos con el claustro. Ella... era una buena persona.

—¿No le contó nada últimamente que se saliera de lo normal?

El hombre vuelve a enmudecer. Sigue con la vista en la ventana.

—Sé que resulta duro, Lester —interviene Dolores—. Es una tragedia. Pero es importante que le cuentes lo que sabes, si sabes algo.

—Yo no me quiero meter en algo así.

—¿A qué se refiere? —pregunta William.

—A nada.

William cruza una mirada con la directora.

—Lester —dice ella—, estamos hablando de un asesinato. Esto es muy serio.

Lester se gira y mira a William enfadado. La pantalla de su reloj inteligente se ilumina al recibir un mensaje.

—Investigue a su marido —indica casi como una orden.

—¿Conoce a Jacob Fisher?

Lester vacila. Sus ojos se desvían hacia Dolores y luego vuelven a posarse en William.

—Usted solo investíguelo.

6
William Parker
San Francisco

Después de la reacción de Lester, el antiguo compañero de Natalie Fisher, William le ha pedido a la directora del colegio que los dejara solos. Ha sido entonces cuando el maestro ha confesado que vio a Jacob Fisher comprando droga en una ocasión, hace años. No ha querido decirlo delante de Dolores Lawson porque habría implicado admitir que él también se drogaba de vez en cuando: ambos recurren, o recurrían, al mismo camello. «Que consuma no quiere decir nada, pero la gente a la que acude es de lo peor que he visto nunca: ellos no resuelven los problemas hablando. Téngalo en cuenta, por favor», le ha pedido.

Tras abandonar la escuela, ha ido a la sucursal del Chase Bank situada en la esquina de Van Ness Avenue y McAllister Street. Uno de los dos empleados está libre; tras mostrarle la placa, William pregunta por el director.

—Hoy no está, pero puede hablar con el subdirector. Venga conmigo.

La escuálida figura de David Pratt, subdirector de la sucursal, se levanta de la silla cuando lo ve entrar en su despacho. Tiene el cabello rubio y corto, con el flequillo engominado hacia arriba, muy de los años noventa.

—Siéntese, por favor —dice mientras le estrecha la mano.

—¿Sabe por qué estoy aquí, señor Pratt?

El subdirector suspira apesadumbrado y se alisa una arruga inexistente del traje gris.

—Jacob me ha llamado esta mañana. Me ha contado lo de... lo de Natalie. La verdad, no tengo palabras. Si puedo hacer algo para ayudar...

—¿La conocía? —le pregunta William al reparar en que se ha referido a ella por su nombre de pila.

—Sí. Mi mujer y yo solíamos quedar con ellos después del trabajo, salíamos a cenar, lo pasábamos bien juntos. Eran otros tiempos.

—Por cómo lo cuenta, su amistad ya no es la que era.

David Pratt sonríe de medio lado, entristecido.

—Supongo que no. Poco a poco dejamos de vernos de ese modo.

—¿Por qué?

—No sabría decirle. Jacob empezó a rehusar mis propuestas y, al final, me cansé de insistir.

—¿Sucedió algo entre ustedes?

—No, nunca. Como le he dicho, lo pasábamos bien.

—¿Cuánto tiempo hace de eso?

—Siete u ocho años seguro.

—Pero Jacob Fisher y usted se ven a diario aquí, en la sucursal.

—Correcto.

William echa un vistazo al despacho. No es muy grande. De hecho, no tiene ni puerta. Las paredes son de cristal reforzado y, aparte del escritorio con el ordenador y un archivador, no hay más mobiliario. Aun así, ese pequeño espacio marca una jerarquía; David Pratt es una persona importante para el banco.

—¿Hace mucho que es subdirector?

—Sí, unos... nueve años. ¿Por qué lo pregunta?

—Simple curiosidad. ¿Qué me puede decir de Natalie? ¿Volvió a verla después de que su amistad se truncara?

—No. Bueno, algunas veces venía a la sucursal, pero nada más.

—¿Cómo era ella? ¿Recuerda que tuviese problemas con alguien?

—Natalie era un amor de persona. Muy respetuosa y atenta.

—¿Y Jacob? ¿Diría lo mismo de él?

El subdirector sacude sutilmente la cabeza.

—No todo el mundo es igual.

William se inclina en la silla.

—¿Qué quiere decir con eso?

—Que Jacob no tiene la bondad que tenía Natalie. Pero no digo que sea mala persona, ni mucho menos.

—¿Sabe si alguna vez la ha maltratado verbal o físicamente?

—Por Dios, no. Estoy seguro de que Jacob no la ha matado, si es lo que insinúa.

William asiente con lentitud y deja que transcurran los segundos.

—¿Usted sabe lo de su consumo de drogas?

—¿Perdone?

—No lo sabe, entonces —concluye.

—Me temo que se equivoca con Jacob. Él no se droga. Tuvo una época en que, bueno, puede que se pasara un poco con el alcohol. Pero aquello quedó atrás. Hace mucho tiempo que no lo he visto tomar ni una cerveza.

Drogas, alcohol... William se pregunta qué será lo próximo.

—Usted es su jefe, ¿no?

—Sí, en cierto modo.

—¿Diría que es un buen empleado?

—Jacob es el mejor gestor que hemos tenido en esta sucursal —sostiene—. Siempre se ha volcado en su trabajo. Se nota que le gusta, que disfruta con ello. Y sus clientes están muy contentos con él.

—¿De qué tipo de clientes estamos hablando?

—Hace unos meses que se ocupa de los de alto patrimonio. Jacob gestiona sus finanzas e inversiones mediante una atención personalizada.

—Es decir, que tratan mejor a los ricos que a los pobres.

—Tratamos a todos nuestros clientes por igual —protesta David sin alterarse.

—No me diga que tratan a todos sus clientes por igual cuando tienen a un gestor solo para los de alto patrimonio.

—No veo dónde está el problema.

«Los problemas de verdad no suelen aparecer en las altas esferas», piensa William.

Trata de relajarse, aunque le cuesta no tomárselo como algo personal. Cuando era niño, sus padres siguieron la recomendación de su gestor e invirtieron casi todo su dinero en acciones de una empresa que estaba en auge. Dieciocho meses más tarde, una grave polémica puso en números rojos a la entidad. Preocupados, Joseph y Belinda Parker fueron al banco para retirar el dinero de las acciones, pero el gestor les desaconsejó actuar de manera impulsiva, les dijo que esperaran y confiasen en el plan inicial. «Hasta la compañía más grande del mundo tiene bajadas en bolsa». Poco después, la empresa quebró y los padres de William perdieron todo su dinero. Pudieron salir adelante, pero con precariedad. Joseph ganaba un humilde salario de policía en Pacífica, mientras que Belinda, que trabajaba en un *diner*, tuvo que hacer horas extra para llegar a fin de mes. Aquello duró años.

William respira hondo y se centra en lo que le ha llevado allí:

—¿Ha visto en Jacob una actitud diferente a la usual?

—No.

—¿Ningún incidente en los últimos días?

—No.

—¿Ningún cliente insatisfecho con alguna acción realizada por él?

—No.

William se lamenta para sus adentros. Ahí no hay nada. Se dispone a levantarse y despedirse, pero entonces recuerda las palabras de Dolores Lawson sobre Sharon Fisher.

—Señor Pratt, ¿conoce a la hija de Jacob y Natalie? ¿Qué me puede decir de ella?

El subdirector baja la mirada y la fija en un punto de la mesa. Al cabo de unos segundos, ladea la cabeza.

—Esa niña era un demonio —dice pensativo.

7
Jacob Fisher
San Francisco

Una médica forense se ha llevado a Natalie dentro de una bolsa mortuoria. Por un segundo, Jacob ha temido que su esposa no pudiera respirar ahí dentro, pero se ha detenido antes de decir una estupidez. Ha hecho una llamada a una empresa de limpieza y tres personas han acudido para ocuparse de la cocina.

Ahora está de pie en el salón, a solas, con los brazos caídos y la mirada fija en una foto en la que aparecen él y Natalie en Egipto. En ella, ambos llevan gafas de sol y sonríen mientras acarician inclinados a un camello sentado en el suelo.

La casa permanece en silencio. El único sonido mínimamente audible es la pesada respiración de Jacob, que recuerda los últimos días con su familia. Intenta hallar una explicación, un mínimo detalle que debería haber visto mejor en su momento, algo a lo que no dio importancia y que advertía de la tragedia que se avecinaba.

Al no encontrar una respuesta, la memoria vaga hacia algunas de las conversaciones que ha mantenido por teléfono esta mañana:

—¿Qué dices, Jacob? —ha murmurado David, el subdirector de la sucursal, cuando le ha explicado por qué no iría hoy al trabajo.

—No voy a repetirlo —ha dicho él antes de colgar.

Jacob piensa en la reacción de David, en su tono. ¿Se ha preocupado? No está seguro. Y de ser así, ¿acaso le duele la pérdida de Natalie más de lo que debería? Jacob y David se conocieron en el banco, hace años, y con el tiempo se dieron cuenta de que había una afinidad singular entre ellos. Pero descubrieron que tenían mucho más en común de lo que pensaban la noche en que quedaron para cenar con sus esposas. David y Natalie se reconocieron nada más verse. Al parecer, habían coincidido en el instituto. «Natalie y yo salimos juntos un año», explicó él entre risas. «Éramos unos renacuajos», se excusó ella, azorada. Jacob no pudo disfrutar de la velada. Una vez en casa, Natalie le preguntó si se había molestado, a lo que él respondió con negativas. El nudo del estómago se le aflojó al cabo de unos días, cuando se hizo a la idea de que aquello carecía de la más mínima importancia. Había sido cosa de críos, se dijo, y ahora cada uno tenía su vida hecha por separado. Su amistad con su jefe no cambió. De hecho, volvieron a quedar para cenar los cuatro. Todo iba bien hasta que, en una de esas cenas, Jacob notó cierta conexión entre David y Natalie que no le gustó. No hizo alusión a ello. Tampoco lo sacó a relucir con su mujer después. Fue como si nada hubiese pasado. A lo mejor había sido una suposición errónea, algo que solo estaba en su cabeza. Pero ¿y si no se equivocaba? ¿Quién coño se creía David para flirtear con su mujer en sus propias narices? Y eso no era todo. Jacob también temía que Natalie se dejara llevar por la nostalgia de aquel antiguo romance y viera en su superior a alguien más poderoso y atractivo que él. Los celos se lo comían vivo. Se descubría comparándose a menudo y su humor fue cambiando con el tiempo. Empezó a esquivar las propuestas de David para cenar juntos, y su relación se enfrió hasta volver a los límites del entorno profesional. El nombre de Natalie no volvió a salir en una conversación y Jacob consiguió olvidar a medias el mal trago. Pero ahora, después de decirle a David que Natalie ha muerto y escuchar su respuesta, siente cómo las dudas trepan por su cuerpo de nuevo. ¿Y si mantenían una aventura? ¿Natalie lo engañaba? Está confuso. Si fuera así, preferiría no saber con quién se ha acostado su mujer a sus espaldas. Preferiría no conocer al hombre que la ha besado y tocado como pensaba que solo hacía él. Se siente impotente. Sucio. Enfadado. Traicionado.

Jacob aprieta los dientes y tira el marco de la foto al suelo de un manotazo. Trocitos de cristal se esparcen por el salón.

Al instante se arrepiente y lo recoge. Ve el cristal roto y rompe a llorar.

—Lo siento —solloza—. Lo siento, lo siento...

Devuelve el marco a su sitio y niega con la cabeza. Se dice a sí mismo que está equivocado, que Natalie no lo engañaba con nadie. Claro que no. Ella nunca lo haría. ¿Cómo ha podido pensar algo así? Se odia por haber dudado.

Repasa mentalmente la conversación con sus suegros. Ha hecho la llamada cuando los policías abandonaban la casa y entraban las limpiadoras en la cocina. Como cabía esperar, se han desmoronado ante la noticia. Luego ha llamado a sus padres, que viven en Londres. Su madre le ha dicho que cogerían el primer avión a San Francisco, pero Jacob les ha dicho que no hace falta.

No ha escuchado la respuesta porque su móvil se ha quedado sin batería.

Siente un ligero temblor en el párpado izquierdo. Se lo frota con la mano, pero el temblor no cesa. Se dirige al pasillo y sube las escaleras. El silencio es opaco, extraño, inquietante. Entra en la habitación de Sharon y busca alguna nota que pudiera haber dejado. Nada.

Angustiado, sale del cuarto y entra en el dormitorio principal. Ahora siente que se le cierra la garganta. Abre el armario empotrado y mira la ropa de Natalie: sus jerséis, sus pantalones, sus abrigos, sus fulares y bufandas. No había día en invierno que Natalie saliera a la calle sin tener el cuello bien cubierto. Le encantaban esas prendas. Jacob baja la mirada y mira en uno de los cajones amplios de dentro del armario. La ropa interior de Natalie reposa perfectamente plegada. Las braguitas le recuerdan la perfecta figura de su esposa, las ocasiones en las que se las vio puestas y en las que él mismo se las quitaba. Eso ya nunca volverá a pasar.

Lo invade una sensación oscura que lo asusta.

Cierra el cajón y las puertas del armario de forma ruidosa. ¿Qué hace pensando en esas cosas ahora? Se da asco a sí mismo.

Escapa de la habitación y vuelve abajo. Sin saber por qué, se obliga a entrar en la cocina. Ya no hay rastro de sangre, pero Jacob juraría que la mesa está algo descolorida a causa de los productos químicos. Se pregunta si ese inspector de barbilla alta se habrá llevado las mantis.

Levanta la mirada y se da cuenta de algo: en el organizador de cuchillos de la encimera falta una pieza. Él diría que ayer sí que estaba, aunque no puede asegurarlo. La vista se le nubla y nota que se marea. ¿Y si la misma persona que ha matado a Natalie ha secuestrado a su hija?

Jacob empieza a hiperventilar. Le han dicho que se quede en casa por si Sharon vuelve, pero no lo hace. Coge sus llaves y se va.

8
William Parker
San Francisco

En el Salón de la Justicia, sentado a su mesa de la oficina, William le da vueltas al caso mientras mordisquea un bolígrafo. Lleva horas escuchando sus grabaciones y hojeando sus notas en la Moleskine una y otra vez, intentando reconstruir mentalmente los hechos desde diferentes perspectivas. Por ahora, contempla varias posibilidades.

Se acerca la grabadora, pulsa un botón y cierra los ojos. El dibujo se forma en su interior y él se limita a narrar lo que ve:

N.º DE CINTA 49. 09-01-2017. 19.10 h:
Primera hipótesis. Alguien entra en casa de los Fisher por la madrugada, se sorprende al ver despierta a Natalie, que se había levantado temprano para hacer ejercicio, y la apuñala. Acto seguido, abandona el hogar y...
¿El asesino ha dejado las mantis sobre el cuerpo o ya estarían dentro de la casa? Le tendría que haber preguntado a Jacob Fisher si había visto antes esos insectos.
Vuelvo a la posible teoría. Natalie yace muerta en la cocina, Jacob duerme profundamente y Sharon despierta con algún ruido. Algo la lleva a la planta baja y encuentra a su madre muerta a puñaladas. En vez de subir a pedirle ayuda a su padre, se va de casa asustada. Quizá sin saber siquiera a dónde ir.

El dibujo mental desaparece y se forman los primeros trazos de otro.

Segunda hipótesis. Entra alguien en la casa de forma sigilosa, pero se dirige derecho a la planta de arriba, en concreto a la habitación de Sharon; ella es su objetivo principal. Natalie sale de su dormitorio y pasa por delante del cuarto de su hija. Sin embargo, no sospecha nada porque el individuo ha cerrado la puerta. Ella baja para preparar el desayuno. Entonces el desconocido sale con Sharon a cuestas. Cuando llega abajo, oye a la madre en la cocina y...

La chica debía de estar inconsciente, no ha podido escapar cuando el desconocido se ha enfrentado a su madre. Él la ha dejado en el suelo y ha matado a Natalie con rapidez. Luego ha cargado de nuevo a Sharon y se ha ido sin despertar a Jacob.

Sin abrir los ojos, William hace una mueca. No le convence.

Tercera hipótesis. En esta ocasión no hay una cuarta persona, sino que todo sucede dentro de la casa. Natalie ya está vestida y baja a la cocina. Entonces Jacob se desliza por la escalera y va adonde se encuentra su esposa. Conversan. Ella no sospecha sus intenciones y se mueve con calma. Cuando Jacob la apuñala, ya no hay escapatoria posible. Aunque Natalie esté en forma, Jacob es más corpulento y la inmoviliza con fuerza mientras la acuchilla repetidas veces en la espalda. Una vez muerta, Jacob vuelve arriba, entra en el dormitorio y se da una ducha. Sharon ya está lista para desayunar y baja a la cocina. Cuando ve a su madre muerta en el suelo, sospecha de su padre y huye de casa asustada.

O no. Tal vez bajó antes y lo vio todo. Puede que presenciara cómo su padre asesinaba a su madre. Por eso ha escapado sin coger el móvil. Lo que no sé es si

Jacob se ha dado cuenta de que su hija estaba allí.

Esa idea le convence más.

N.º DE CINTA 49. 09-01-2017. 19.13 h:
Y la última hipótesis. Como en la anterior, Natalie baja vestida a la cocina, pero ahora no es Jacob quien se levanta, sino su hija. La adolescente va abajo y Natalie la saluda cariñosamente. A lo mejor le extraña verla despierta tan temprano. Sea como fuere, no alza la voz en ningún momento porque no ve peligro alguno. De pronto, Sharon la sorprende con el cuchillo y se lo clava con rabia en la espalda. Repite el movimiento hasta que su madre cae al suelo. Sharon no espera a que su padre despierte y se esfuma sin preocuparse por coger el móvil: da igual si se le ha olvidado por los nervios o si prefiere dejarlo atrás y evitar que nadie la siga. La pregunta es: ¿a dónde ha ido?

—¿Dando el do de pecho, Parker?

William abre los ojos y ve a Harris con una sonrisa en los labios. Sujeta el mismo documento de esta mañana; parece que no lo ha soltado en todo el día.

—Estaba pensando en voz alta —responde, y detiene la grabación—. Tengo un nuevo caso entre manos.

—Lo sé. ¿De qué se trata?

William se guarda la grabadora y apoya los codos en la mesa.

—Asesinato de una madre y desaparición de su hija adolescente.

Harris suelta un soplido.

—¿Y crees que la ha matado la hija?

—O ha sido otra persona que también ha secuestrado a la cría. Es demasiado pronto para creer nada, pero es una posibilidad.

—¿Y qué hay del padre?

53

—No lo he descartado aún como sospechoso.

—Me refería a cómo estaba.

—Ah. —William se obliga a centrarse—. Pues, bueno, un tanto inestable. Nervioso, preocupado. Nada fuera de lo normal.

—Lo que no es normal es lo que le ha pasado. Que de pronto pierda a su mujer y a su hija... No me lo puedo ni imaginar.

William observa a Harris unos segundos y cae en la cuenta de que conoce muy poco de su vida fuera de esas paredes.

—¿Tú tienes familia? —le pregunta.

—Sí. Mujer y dos hijos. Yo quería una niña, ¿sabes? Lo intentamos otra vez con el segundo, pero tampoco salió. No digo que no quiera a mis hijos, entiéndeme, son maravillosos y daría la vida por ellos, pero tenía esa espinita clavada. La noche que le sugerí a mi mujer que me gustaría volver a probar, me mandó a dormir al sofá.

Ambos ríen.

—¿Y tú? —dice Harris—. ¿Hay alguien esperándote en casa?

William niega con la cabeza.

—No. Supongo que soy un hombre solitario.

—¿Nunca has tenido pareja?

—Sí, dos veces. Pero no salió bien la cosa.

—Y tienes... ¿cuántos?, ¿treinta y cinco años?

—Treinta y siete.

—Aún hay tiempo para intentarlo.

William sonríe.

—¿Se me está insinuando, inspector Harris?

Él hace una mueca divertida.

—Lo siento, pero no eres mi tipo. Demasiado guapo.

—Ya llegará, si tiene que ser, aunque es algo complicado.

—¿Porque te pasas la vida entre muertos y asesinos?

—Precisamente —afirma—. ¿Quién querría a alguien así?

—No te voy a presentar a mi mujer, eso tenlo claro.

William vuelve a reír.

—No sé, Harris. Tampoco puedo pensar en esas cosas cuando investigo un caso. Me absorbe demasiado.

—Es normal, pero también tienes derecho a divertirte. Eres tan humano como los demás, aunque a veces te empeñes en que lo dude.

—Es verdad... —Su mente ha vuelto al caso Fisher, se ve arrastrado sin quererlo a ese escenario: las baldosas blancas, el cabello largo y oscuro sobre el charco de sangre—. Hay algo que me inquieta. No puedo quitármelo de la cabeza.

El inspector desiste en sus intentos de apartarlo de la investigación.

—¿El qué?

—Jacob Fisher ha encontrado el cadáver de su esposa cubierto de insectos.

Harris piensa en ello.

—Entiendo que puede ser traumático, pero no es tan raro, al fin y al cabo.

—No te hablo de hormigas ni de moscas, Harris. Eran mantis religiosas.

El rostro del inspector se contrae. Sus ojos escrutan a su compañero con profundidad.

—¿Te dice algo? —pregunta William.

Harris mira su reloj de pulsera y dice:

—Es tarde. Mejor hablamos en otro lugar. ¿Te gusta la comida japonesa?

9
William Parker
San Francisco

William conduce por McAllister Street siguiendo el coche de Harris. Pasan junto al Ayuntamiento, cuyo imponente edificio blanco destaca por su cúpula de noventa metros de altura. Ya ha caído la noche y los vagabundos, vestidos con ropa oscura, acrecientan la sensación de inseguridad a esas horas. Tuercen a la derecha por Franklin Street y luego a la izquierda por Geary Boulevard. Poco después, giran dos veces a la derecha y aparcan frente al restaurante Benihana.

—Es aquí —dice Harris cuando bajan del coche.

Árboles delgados y desnudos custodian la entrada del local. Sobre el cartel blanco y rojo, tejados en pendiente y ligeramente curvos. William siente el cambio de temperatura nada más entrar. Se quita el abrigo y sigue a Harris hasta una mesa pegada a la pared.

Tras ojear la carta, piden y se crea un silencio incómodo cuando el camarero se aleja. Es William quien rompe el hielo:

—Oye, Harris, te agradecería que no me tuvieras en ascuas durante toda la cena. Lo de esos bichos...

—Chis. Baja la voz —susurra mirando hacia las otras mesas.

—¿A qué viene tanto misterio?

—¿Sabes si las mantis eran de los Fisher?

—Lo dudo mucho, aunque tengo pendiente confirmarlo mañana. Si eran suyas, el marido no me comentó nada ni me dio esa impresión, y no he visto ningún terrario o algo por el estilo.

Les traen la bebida: agua para William y Coca-Cola Zero para Harris. Ambos se sirven y beben un trago antes de reanudar la conversación.

—Es importante que sepas de dónde han salido —insiste Harris.

—Pero ¿por qué? —dice William sin entender—. ¿Por qué son tan importantes?

Harris inspira hondo y suelta el aire por la nariz.

—Antes de que volvieras al Departamento de Policía de San Francisco, investigué un caso especial. Fue a finales de junio de 2005, lo recuerdo muy bien. El teniente Fallon me envió a las afueras de la ciudad. La familia era gente obrera, sin muchos recursos; vivían en una casa antigua entre un pequeño campo de trigo. Cuando llegué, vi al padre abrazando a sus dos hijos, un niño y una niña de unos once años, junto a los coches policiales. Dentro de la casa, la cocina y el salón estaban desordenados, pero no con señales de pelea o indicios de robo. Recorrí todas las habitaciones de la planta baja y subí las escaleras. Me acuerdo del crujir de los peldaños. Te juro que pensé que, si pisaba un poco más fuerte de la cuenta, alguno se partiría. Llegué arriba y, desde la puerta, distinguí un pie desnudo sobre la cama. Entré en la habitación y casi me caigo de espaldas. Yo ya sabía quién era la víctima. Sin embargo, había una cosa que no esperaba.

—Los insectos —deduce William.

Harris no contesta, se queda con la mirada perdida.

—La mujer llevaba un camisón blanco —continúa—. Yacía boca abajo, con la nariz hundida en el colchón y siete puñaladas en la espalda. La ventana estaba abierta y la sangre había atraído moscas. Pero lo que me revolvió el estómago fue ver la cama llena de mantis religiosas. Aquello resultaba extraño, aunque me dije que no lo era tanto teniendo en cuenta que la casa se encontraba en el campo.

—¿Le preguntaste al marido?

—Sí. Nunca antes habían visto una mantis en su casa.

Se miran con gravedad. El camarero va a la mesa y les sirve un bol de *yakisoba* para cada uno.

Harris coge los palillos con torpeza y se lleva unos pocos fideos a la boca. William, en cambio, es muy hábil con ellos. Después del pastel de carne, la comida japonesa es su favorita.

—¿Qué pasó? —Vuelve a la conversación—. ¿Quién la mató? ¿Y de dónde salieron las...?

—No tengas prisa, Parker. Déjame contártelo bien.

Contenido, asiente por toda respuesta y Harris prosigue con su relato:

—Decidí no darles mucha importancia a los insectos y me centré en la víctima, pero no conseguí mucho: ni su teléfono ni las personas de su entorno me acercaron al asesino. Todo parecía desvanecerse hasta que apareció otra mujer muerta en circunstancias similares.

—¿La misma escenificación?

—Sí. —Harris bebe un trago de Coca-Cola—. Esta vez, la mujer no contaba con familia aparte de sus padres. Vivía sola en un estudio de veinte metros cuadrados alejado del campo, por lo que lo de los insectos ya no cuadraba tanto. Ambas víctimas no tenían nada que ver entre sí.

—Pero fueron asesinadas por la misma persona —observa William, pensativo.

Harris asiente.

—Recorrí todas las tiendas de animales de San Francisco para preguntar si alguien había comprado cantidades inusuales de mantis religiosas, y tampoco tuve suerte en eso. —Intenta coger otro puñado de fideos con los palillos, pero se le caen—. Hubo una tercera mujer. El Departamento recibió una llamada de socorro del 911 poco después de medianoche. Esta vez no fue en una casa particular, sino en el motel Copland, un lugar siniestro que rozaba los límites de la legalidad. Llegamos en menos de diez minutos y la encontramos en la cama de una de las habitaciones, cubierta de sangre y mantis religiosas. Aquello era obra del mismo autor. Pero, aparte del escenario, había algo diferente.

—¿El qué?

—La mujer estaba viva —explica Harris—. Aún respiraba cuando la asistimos. La ambulancia llegó tres minutos más tarde. La llevaron al Zuckerberg, donde la operaron de urgencia. Los médicos nos dijeron que, con suerte, viviría. Montamos un operativo de protección en el hospital para no correr riesgos, aunque el asesino no tenía por qué saber que había fallado. Tuvimos que esperar veinticuatro horas hasta que recuperó el conocimiento y nos permitieron hablar con ella.

—¿Qué dijo? ¿Te dio el nombre de su agresor?

—Sí. Ella lo conocía. De hecho, lo veía con frecuencia. Nos contó que el hombre tenía una tienda de animales exóticos a la que ella iba a comprar comida para su lagarto. Yo había hablado con él, Parker. Le había preguntado por las mantis y él había dicho que no sabía nada.

—¿Y qué pasó después? ¿Pudiste atraparlo?

Harris lo intenta de nuevo con los palillos y esta vez consigue llevarse un puñado de fideos a la boca. Satisfecho, se limpia con la servilleta y continúa con la historia:

—Fui a su tienda quemando rueda. Me acompañaron dos unidades que esperaron en la calle, preparadas para lo que fuera. Podríamos haberle detenido sin más, entrar allí con todo, ¿sabes?, pero yo quería ver cómo reaccionaba ese cabrón, así que fui de paisano y con dos hombres de refuerzo, que se quedaron en la puerta. Allí dentro había iguanas, serpientes, roedores, arañas... El tipo se sorprendió al verme de nuevo. Me preguntó en qué podía ayudarme y yo le insistí con las mantis religiosas. En esa ocasión le dije que quería criarlas por mi cuenta. Él me miró y sonrió, aunque no soltó prenda. Le pregunté si las vendía y me dijo que no, pero que las podía conseguir. Entonces le puse sobre el mostrador las fotografías de los dos primeros crímenes, las mujeres muertas cubiertas de mantis. «¿Le suenan?», lo presioné. Él las cogió y las observó de cerca, luego me miró con un rictus serio y dijo: «Falta una».

—Joder. —William silba entre dientes—. Un trabajo limpio, Harris.

—Gracias. Pero aún no lo sabes todo. Fue él quien llamó al 911 después de apuñalar a la tercera víctima.

—¿Qué? —Se inclina sobre la mesa—. ¿Quería entregarse?

—Eso dijo él más tarde, pero yo no me lo creí. La llamada la hizo con el móvil de la víctima. Puede que quisiera enviar a la policía a la escena del crimen, pasarse de listo, pero la mujer sobrevivió, pudimos salvarla a tiempo y nos dijo dónde encontrarlo. Cuando el tipo vio que no tenía escapatoria, tiró la toalla y se inventó que todo había sucedido como él había planeado.

—No quería perder el orgullo —coincide William—. ¿Cómo se llamaba?

Harris tarda en pronunciar su nombre:

—Victor Black.

—¿Cómo? —William arquea las cejas—. ¿Victor Black? Leí sobre sus crímenes y lo de las mantis no...

—Nunca hicimos pública esa información —lo interrumpe—. Black se hizo famoso por su personalidad narcisista y..., bueno, porque se le consideraba atractivo. Se filtraron unas imágenes del juicio y las pusieron en todas las cadenas. Se montó una manifestación en contra de su encarcelamiento. La mayoría de los manifestantes eran mujeres que creían ciegamente en su inocencia. Parecía una puta estrella del rock. No encontramos llamadas ni mensajes en su teléfono que evidenciaran algún tipo de relación con las dos primeras víctimas, pero con el testimonio de la tercera, su confesión y un encargo de mantis religiosas, que finalmente descubrimos gracias a un distribuidor de la tienda, todo encajaba. Y, si te digo la verdad, he estado muy satisfecho de cómo se desarrollaron los hechos..., hasta hoy.

—Pero, Harris, si esa información no se hizo pública en 2005 y las mantis no eran de los Fisher...

—Exacto. De ser así, o alguien habló más de la cuenta y ahora Victor Black tiene un imitador de manual, o siempre ha sido inocente y el verdadero asesino continúa en libertad.

Día 2
Martes, 10 de enero de 2017
La búsqueda

10
Jacob Fisher
San Francisco

A Jacob ya no le quedan lágrimas que derramar. Sentado en el borde de la cama, lo intenta. Se esfuerza por llorar, por hacer lo que se supone que debería hacer.

Ayer se pasó horas buscando a Sharon con el coche. Condujo por todos los distritos y recorrió varias veces algunos parques, bibliotecas y salas recreativas a los que ella suele ir, o eso cree él, pero no la encontró. Cuando volvió a casa, ya de noche, una inspectora de la Unidad de Personas Desaparecidas lo esperaba en la puerta. Jacob le dio fotos e información personal de Sharon, y ella le dijo que iban a activar una alerta AMBER para acelerar el proceso de búsqueda.

Jacob ha pasado la noche en vela en el salón, tratando de no mirar hacia la cocina, donde su mujer perdió la vida. Una hora tras otra, ha esperado que su hija volviera a casa o que, al menos, lo llamara desde dondequiera que esté. No sabe cómo afrontar la situación. Se siente perdido, más solo que nunca.

Se levanta de la cama y entra en el cuarto de baño. La fragancia del perfume de Natalie ya apenas se intuye. «Es el primer día que no se lo echa», piensa Jacob, y le arde el pecho de tristeza. Instintivamente, abre un cajón de debajo del lavabo, saca el frasco de Lancôme y pulsa una vez el atomizador apuntando hacia arriba. El aroma se esparce por la estancia y llega a las fosas nasales de Jacob. Él cierra los ojos y lo huele. Cuando nota que va a llorar por fin, el timbre de la puerta suena y él abre los ojos.

—Sharon —susurra.

Apresurado, devuelve el perfume a su sitio y sale disparado del cuarto de baño. Baja las escaleras a trompicones y corre hacia el recibidor con el corazón bombeando con fuerza. Cuando abre y ve la alta y delgada figura del inspector de policía y otro hombre, baja los hombros, decepcionado. Aunque no tarda ni un segundo en asustarse.

—¿Qué pasa? ¿Ha encontrado a mi hija?

—No —confiesa William Parker—. Pero la Unidad de Personas Desaparecidas dará con ella. Se ha activado una...

—Sí, anoche me informaron de todo —dice Jacob, nervioso. Siente que se ahoga al pensar en que todo el mundo verá la cara de su hija en las noticias.

Parker asiente.

—Él es Larry. —Señala al hombre de su lado—. Es cerrajero y me gustaría que inspeccionase su puerta.

Jacob se aparta y deja que el desconocido, de pelo cano y rasgos marcados, se ponga de cuclillas y estudie el cerrojo. No tarda más de dos minutos en levantarse y decir:

—Está intacto.

—Muchas gracias, Larry. —El inspector le estrecha la mano.

El hombre recoge su caja de herramientas y sonríe.

—Te pasaré la factura a final de mes.

Se despide y los deja solos. Jacob no dice nada. Espera que sea el policía quien hable. Está tenso, como si en vez de inspeccionar el cerrojo de su puerta hubieran hurgado en los cajones de su ropa interior.

—¿Puedo pasar? —pregunta Parker—. Necesito su ayuda para encontrar al asesino de su esposa.

Jacob está a punto de decir que no, que eso a él no le importa. Natalie ya está muerta y nada de lo que haga se la va a devolver. Por un momento, el trabajo del hombre que tiene delante le parece estúpido. ¿Qué es lo máximo que puede hacer? ¿Encarcelar al tipo que la ha matado? ¿Y qué? La ha perdido. Aunque supuestamente se haga justicia, el daño ya estará hecho.

Sin embargo, no protesta y lo deja entrar.

—¿Qué ha averiguado? —pregunta después de cerrar la puerta tras de sí.

Parker calla, lo que enfurece a Jacob. El policía no ha conseguido nada y tiene la poca vergüenza de presentarse en su casa y fingir que está todo bajo control.

—Aún es pronto, señor Fisher. Le aseguro que...

—No gaste energías en mentirme —lo interrumpe.

Lo conduce al salón, pero ninguno de ellos toma asiento.

—¿Ha recordado algo que pueda ayudarnos? —pregunta el inspector.

El recuerdo de David Pratt vuelve a su memoria. La noche en que el subdirector de la sucursal flirteó con Natalie delante de él. Luego se acuerda de la desconfianza que sintió ayer hacia su mujer fallecida. Llegó a pensar que le había sido infiel. Y, sumada a esas incómodas reminiscencias, la imagen del hueco en el organizador de cuchillos lo mantiene absorto.

—¿Señor Fisher? —La voz de Parker lo devuelve a la realidad.

—No. No hay nada relevante.

—¿En qué estaba pensando?

—En nada. Intentaba recordar lo que hice ayer, pero aún tengo lagunas.

—Las pérdidas de memoria son habituales en situaciones traumáticas. Aun así, debe hacer un esfuerzo.

Jacob se cruza de brazos.

—¿Qué es lo que quiere?

Parker saca un bolígrafo y la libreta negra.

—Que me aclare algunas cosas.

—¿Cuáles? Vaya al grano, por favor.

—Me ha dicho que no recuerda lo que hizo ayer, pero ¿qué hay de anteayer? Era domingo. ¿Hicieron planes o se quedaron en casa?

—Yo... —Jacob se frota los ojos con las manos, el cansancio de toda una noche en vela le pesa en los párpados—. Natalie y yo salimos por la tarde. Fuimos a un concierto.

Parker toma nota.

—¿Dónde era ese concierto?

—En el auditorio. Tocaba la Orquesta Sinfónica de San Francisco.

—¿A qué hora fueron?

—El concierto era a las siete y media, pero nosotros salimos un poco antes para tomar algo. —Al ver que el inspector espera más concreción, se inventa el dato—: Hacia las seis.

—¿Sharon se quedó en casa?

—Sí. A ella no le gusta la música clásica. Es más de... No sé muy bien qué escucha, la verdad.

—Entiendo que cenaron después del concierto —deduce Parker.

—Así es.

—¿Con Sharon?

—Sí, cenamos los tres en casa. Mi hija no desapareció el domingo.

—¿Discutieron?

—Otra vez con eso —se irrita Jacob—. Ya le dije ayer que mi mujer y yo no discutíamos.

—No me ha entendido, señor Fisher. Me refiero a discutir con Sharon.

—Ah. —Jacob piensa en ello. Tenían roces casi a diario—. Supongo que sí.

—¿Supone?

Jacob tensa los músculos y hace un gesto con las manos, como si quisiera explicar algo, pero no le sale nada.

—¿Qué quiere que le diga? —vocifera—. Sí, supongo. No lo sé. Estoy confuso.

Parker cierra la Moleskine, se la guarda en el bolsillo del abrigo, y Jacob cree que está dando la charla por terminada, pero no ve que se mueva y entiende que lo ha hecho para que no se sienta evaluado ni se ponga más nervioso. Y, de algún modo, funciona. El hecho de registrar todo lo que dice en esa maldita libreta le estaba sacando de sus casillas.

—¿Qué le ha pasado al marco? —pregunta Parker de pronto.

—¿Cómo?

—La foto con su esposa. —La señala con el dedo—. El cristal se ha roto. No lo estaba ayer.

Un calor molesto envuelve el cuello de Jacob y sube hasta su rostro.

—Cayó —se limita a decir.

Parker asiente varias veces, no añade nada más.

Jacob vuelve a sentir los nervios por todo su cuerpo. Ahora tiene miedo de que el policía vaya a la cocina, vea que el hueco en el organizador de cuchillos está vacío y sospeche de él, o incluso de Sharon. Nota una gota de sudor en la espalda y disimula bajando la mirada. Se dedica a observar las deportivas que lleva puestas, pero cambia de opinión al instante y levanta la vista hacia Parker. No sabe qué está haciendo.

—¿Algo más? —pregunta, y le sale un gallo.

El inspector lanza la pregunta enseguida:

—¿Dónde pasaron el fin de año, señor Fisher?

Jacob arruga la frente.

—¿Y eso qué importa?

—Responda, por favor. Cualquier detalle puede ser importante.

—Nos quedamos en casa.

—¿Por qué?

—¿Es que tengo que darle explicaciones de todo? —inquiere molesto.

—Natalie quería ir a Nevada City. ¿Por qué no fueron?

—Porque... —Jacob se detiene.

—¿Sí? —lo apremia el policía.

—Fue por Sharon: no quería ir a Nevada City y Natalie y ella discutieron. Como no pudo hacerla cambiar de opinión y no queríamos dejarla sola en casa, nos quedamos.

—¿Usted estuvo presente durante la discusión?

—No, estaba en el trabajo.

—¿A Sharon le gusta leer? —le pregunta Parker de repente.

—Sí, pero ¿qué tiene que ver eso con...?

—Vi una novela en su escritorio.

—¿Y?

—Es una novela fuerte, ¿no cree?

—No lo sé. No sé qué estaba leyendo. —Jacob empieza a enfadarse de nuevo.

El inspector recoloca los pies, inspira y expulsa el aire por la nariz.

—Intento relacionar el asesinato de Natalie con la desaparición de Sharon —explica para tratar de calmarlo—. Coincidirá conmigo en que la muerte de su esposa fue muy violenta, y en el libro que tenía Sharon sobre su mesilla de noche había fragmentos subrayados en los que se describen con detalle asesinatos desde la perspectiva de un personaje que siente placer al observarlos. Eso, sumado a que el cerrojo de la puerta está intacto y a la repentina desaparición de su hija, es cuando menos sospechoso.

—¿Me está diciendo que Sharon ha matado a su madre? —grita Jacob, lleno de ira—. ¿Cómo se atreve?

—Lo que digo es que no puedo pasarlo por alto.

Jacob mantiene su expresión airada, pero no deja de pensar en el cuchillo que falta.

—Y me da la impresión de que no conocía del todo a su hija —continúa Parker—. ¿Me equivoco?

—Usted no sabe nada de mí y de mi familia.

—Por supuesto que no. Yo solo interpreto los hechos.

—Es usted un impertinente. Voy a pedir que alguien le sustituya. No quiero que hurgue más en nuestras vidas. Seguro que hay miles de investigadores mejores que usted. Natalie y Sharon se merecen algo mejor.

—Sin duda. Pero el Departamento de Policía no es un restaurante en el que le ofrecen la carta para que escoja lo que más le guste. Siento decirle que seré yo quien investigue la muerte de su mujer. Y llegaré hasta donde sea necesario, señor Fisher. Se lo aseguro.

El tono de Parker enfurece aún más a Jacob. ¿Qué demonios ha querido decir con eso? Lo echaría de su casa, pero sabe que Natalie se lo impediría.

—Hay otra cosa —dice Parker—. ¿De dónde salieron las mantis religiosas?

—¿Cómo que de dónde salieron? —se sorprende Jacob.

—¿No eran suyas?

—Claro que no.

—¿Tampoco de Sharon?

La pregunta es como una aguja en el pecho. Jacob se dispone a protestar de nuevo, pero se detiene. El policía tiene razón. No conoce lo suficiente a su propia hija.

11
William Parker
San Francisco

N.º DE CINTA 49. 10-01-2017. 9.40 h:
Jacob Fisher ha confirmado que las mantis no eran suyas; por tanto, forman parte de la escenografía del asesinato.

La posibilidad de que Sharon haya matado a su madre no es descartable aún. Pero ella no pudo perpetrar los crímenes que se le imputaron a Victor Black; tan solo tenía cuatro años en 2005. En cambio, su padre... Si Jacob es el asesino de las mantis, consiguió salir indemne doce años atrás. De ser así, tuvo que enterarse de la detención de Black y dejó de matar para que la policía pensara que había atrapado al verdadero culpable. Pero, si ha sido él, ahora ha sucedido algo que lo ha empujado a asesinar de nuevo. Aunque ¿asesinaría a su propia esposa? ¿Acaso ella descubrió su secreto y amenazó con denunciarlo? Y, en el caso de que la muerte de Natalie fuera cosa de su hija, debió de hacerlo evocando los crímenes de Black. Pero ¿cómo supo lo de los insectos? Se supone que es información clasificada.

Aturdido, William revisa una dirección que ha anotado en la Moleskine. Arranca el motor y se incorpora a la Decimoctava Avenida. Conduce con una mano mientras se graba con la otra.

N.º DE CINTA 49. 10-01-2017. 9.41 h:
Los de Criminalística se llevaron la novela de terror de Sharon. Aunque dudo que el libro contenga algo importante, lo pediré para examinar los subrayados.

Al cabo de unos minutos, gira a la derecha por Judah Street y pasa junto al tranvía.

N.º DE CINTA 49. 10-01-2017. 9.48 h:
El cerrajero ha confirmado que la puerta de los Fisher no fue forzada, lo que refuerza la hipótesis que señala a Jacob y Sharon como posibles culpables. El padre tiene un comportamiento extraño, y no sé si es por lo ocurrido o más bien por lo que esto significa para él.

Tras aparcar delante de un gimnasio con la fachada pintada de azul y rojo, entra en la tienda The Animal Connection, situada en una esquina. Una campanita suena cuando abre la puerta acristalada, y no solo alerta de su visita a los dependientes, sino a todos los seres que viven entre esas cuatro paredes; decenas de ojos se posan en él inmediatamente: hámsteres, cobayas, ninfas, loros, camaleones, tortugas y un cachorro de pastor belga que juega con una pelota de goma junto al mostrador.

—Buenos días —lo saluda una mujer pelirroja que sale por detrás de una cortina de plástico.

—Buenos días. ¿Es usted la encargada?

Ella sonríe.

—Durante estas horas, sí. ¿Qué necesita?

William se fija en una vitrina donde una masa marrón se mueve lentamente. Reconoce los cuerpos y las antenas cuando se acerca. Hay una etiqueta que reza CUCARACHA GIGANTE DE MADAGASCAR.

—¿Tiene mantis religiosas?

—Sí, están ahí detrás. Venga conmigo.

William la sigue hasta un pasillo lateral con estanterías metálicas atestadas de diferentes sacos de comida para animales. Es entonces cuando las ve. Dentro de un terrario controlado por un termómetro y un humidificador, y equipado con ramas y hojas, las mantis religiosas descansan inocentes con las patas delanteras pegadas al tronco.

71

—Necesito que me ayude a dar con alguien.

La mujer lo mira sin entender y William le enseña la placa.

—Me consta que la persona que busco tiene mantis religiosas, aunque desconozco cuándo y dónde las compró, si es que lo hizo. ¿Podría ver si han realizado alguna venta recientemente, por favor?

—Claro.

Vuelven al mostrador y la mujer revisa el registro de ventas.

—Hace un tiempo que no vendemos mantis religiosas —dice.

—¿Cuánto?

—Un mes.

—Me vale. ¿Tiene el nombre del cliente que las compró?

—Sí, la señora Krammer. Es una mujer mayor, una buena clienta.

—¿Cómo de mayor?

—No sabría decirle... Tendrá más de ochenta años.

—¿Sabe dónde vive?

—Sí, espere. Creo que alguna vez le hemos enviado un pedido a casa.

La dependienta no pone ninguna pega y busca en el registro de envíos del ordenador.

—Aquí está —dice—. El 520 de Victoria Street.

La pintura de la fachada se encuentra desconchada y las cortinas blancas que se ven por la ventana del piso de arriba están medio rotas. William sube una estrecha escalera que lleva a una puerta enrejada y llama al timbre. Al otro lado del hierro oxidado, la puerta principal se abre y una anciana le sonríe. Tiene manchas en un lado de la frente, restos del tinte para el cabello que ha usado hace poco.

—¿Te conozco, joven?

—¿Es usted Gladys Krammer?

—De la cabeza a los pies.

—Verá, soy policía. Estoy investigando una compra de mantis religiosas y en la tienda The Animal Connection me han dado su dirección.

—¿Eso es legal? —le pregunta.

—¿El qué?

—Que te digan dónde vivo. ¿No tengo derecho a la privacidad? —A William no le da tiempo a contestarle. La mujer se ríe y dice—: Pues sí, me has pillado. Fui yo quien compró unas mantis el mes pasado. Pero ¿qué pasa? ¿Es ilegal?

William finge una sonrisa.

—No, señora Krammer.

—¿Entonces? No entiendo nada.

Él duda. No quiere incordiarla, pero se ve en la obligación de hacerle la pregunta:

—No es una mascota demasiado habitual... ¿Con qué motivo las compró?

—¿Me tomas el pelo? —Gladys se lleva una mano al pecho.

—Nunca lo haría, señora Krammer.

—Las tengo en un terrario. Me recuerdan a mi marido, a él siempre le gustaron —dice con nostalgia.

—Entiendo. ¿Las puedo ver? —William necesita asegurarse de que esos bichos no acabaron en la espalda de Natalie Fisher.

La anciana lo mira con desconfianza.

—Si quieres entrar en mi casa, tendrás que enseñarme tu placa.

Se la muestra y Gladys acerca el rostro a la reja para asegurarse de que no es falsa. No muy convencida, saca una llave del bolsillo de su bata y abre.

—Te aviso: si me robas algo, llamaré a mi nieto.

El ambiente está cargado dentro de la vivienda. Gladys no debe de ventilarla demasiado y los olores a comida se han quedado impregnados en las paredes. Los muebles son viejos. Una fina capa de polvo reposa sobre ellos; no ocurre así en las figuritas y estampas de santos cristianos, seguramente las manosee a diario.

La anciana conduce a William a una suerte de cuarto de estar, con una mesa camilla y una televisión antigua. El terrario del que le ha hablado está en una esquina, sobre una cómoda. En su interior, cinco mantis religiosas devoran a un grillo al que ya le faltan un par de patas y parte del abdomen.

La tienda de animales exóticos donde trabajaba Victor Black cerró después de su detención en el verano de 2005. Aparte de The Animal Connection, William tenía apuntados tres establecimientos más, pero no ha habido suerte. De las cuatro tiendas, solo dos tienen mantis religiosas a la venta. Las otras dos pueden conseguirlas a través de un proveedor, pero no lo han hecho en el último año por falta de demanda. No son insectos que se vendan con frecuencia, y la única compradora reciente ha sido una octogenaria que no encaja en el perfil de asesino en serie.

Sin más hilos de los que tirar, William aparca delante de una casa marrón con el tejado inclinado en la Vigesimoséptima Avenida. Baja del coche y, tras mirar a ambos lados, pasa por delante de un pequeño jardín de arecas y ficus. Está a punto de llamar al timbre cuando la puerta se abre. Por ella sale una mujer joven con una carpeta bajo el brazo. Tiene el cabello rubio recogido en una trenza perfecta. Sus ojos azules lo examinan inquisitivos hasta que, segundos después, parecen reconocerlo. Es entonces cuando surge una bonita sonrisa en sus labios y William se fija en sus dientes blancos y alineados.

—Inspector Parker. —Le tiende la mano—. Soy la inspectora Laura Crawford, de la Unidad de Personas Desaparecidas. —Una pareja de ancianos aparece en el vano de la puerta y ahora son ellos quienes miran a William con recelo—. He venido a hablar con los abuelos de Sharon Fisher: ellos tampoco saben nada de su nieta. Lleva desaparecida más de veinticuatro horas, aunque supongo que conoce la situación.

—En efecto —asiente—. Yo también tengo que conversar con ellos.

—¿Le veré luego en la batida? —pregunta Crawford.

William no entiende a qué se refiere, pero ella tampoco espera su respuesta. Se dispone a marcharse y, mientras pasa a su lado, susurra:

—Prepárese.

12
William Parker
San Francisco

Ernest y Agnes Grant, los padres de Natalie Fisher, reciben a William con ropa de luto. Sus rostros están llenos de surcos y sus ojos oscuros lo invitan a dar media vuelta y largarse mientras brillan bajo la luz de la lámpara del techo: aún es mediodía, pero ahí dentro ya ha caído la noche. La mujer, que camina encorvada, cierra la puerta y levanta la mano para que William se detenga. Su marido se queda de brazos cruzados delante del umbral del salón, impidiéndole el paso. A diferencia de ella, Ernest Grant es corpulento y se mantiene bien erguido.

—Perdonen, no me he presentado. Soy el inspector William Parker, de Homicidios.

—Lo siento, no queremos policías en nuestra casa —replica.

—Tal vez no me he explicado bien: estoy investigando la muerte de su hija.

—Sabemos muy bien a qué ha venido —dice Agnes—. Pero no creemos en lo que ustedes hacen.

—¿Creer? —repite él, inquieto—. Debe de haber un malentendido. No sé qué idea tienen de la policía, pero...

—Ya hemos respondido las preguntas de su compañera —lo interrumpe Ernest—. ¿Es que no es suficiente? ¿No entienden que tenemos que pasar un duelo?

—Les aseguro que no es mi intención importunarles. La inspectora Crawford trabaja en la Unidad de Personas Desaparecidas y es la persona encargada de encontrar a su nieta Sharon. Yo, en cambio...

—A mi hermano mayor lo mataron cuando yo era una niña —dice de pronto Agnes, que se apoya en su marido para mirar a William—. Estaba trabajando en el campo y sus compañeros lo dejaron a solas durante media hora para ir a tomar un trago. Él no bebía y prefirió quedarse para avanzar la faena. Era demasiado bueno... Entonces alguien aprovechó que estaba solo y le golpeó la cabeza por detrás con un leño. Según nos dijeron, mi hermano murió en el acto. Y todo por el poco dinero que llevaba encima. —Niega con un gesto y aprieta la mandíbula—. ¿Sabe qué hizo la policía? Nada. No consiguieron detener a nadie porque los compañeros de mi hermano estaban bebiendo en el bar, y los investigadores nos dijeron que podía haber sido cualquiera que pasaba por allí y vio la oportunidad de robarle la cartera a un chico indefenso.

—Ya, pero...

—Yo una vez vi cómo asesinaban a un hombre en la calle, a plena luz del día. —Ernest se suma a la protesta—. Fue en cuestión de segundos. Yo iba a pie y un Cadillac rojo se detuvo delante de mí en un semáforo, me acordaré toda la vida. Iba a empezar a cruzar la calle cuando un coche negro paró junto al rojo con las ventanillas bajadas. El conductor levantó un arma, disparó dos veces contra el del Cadillac y se dio a la fuga. Me quedé ahí, incapaz de apartar la mirada del hombre muerto del coche rojo. La policía me interrogó más tarde. Les di una descripción exacta del tirador. ¡Había visto su cara a dos palmos de distancia! Y parecía que eso a ellos les traía sin cuidado. Solo les importaban la marca del vehículo y su matrícula, pero a mí no me había dado tiempo a ver tanto. Como era de esperar, no dieron con el culpable. Y no solo eso. ¡Llegaron a sospechar de mí! Aquello fue vergonzoso. Vinieron a mi casa y la registraron de arriba abajo buscando un arma. Se fueron con las manos vacías, claro. Y no se hace una idea de lo que tardé en recuperar la confianza de mis vecinos y conocidos.

William espera unos segundos y, al ver que han terminado y le van a dejar hablar, dice:

—Siento que hayan tenido que pasar por eso, de verdad. Los policías tratamos de hacer nuestro trabajo lo mejor posible y podemos equivocarnos, por supuesto. Pero las conclusiones a las que llegamos siempre deben estar fundamentadas con pruebas. Personalmente, considero imprudente dar por cerrada una investigación si no se ha comprobado hasta la última posibilidad, por muy remota que sea. Con esto no pretendo convencerles de que no se pudo hacer más en su día, no lo sé. Pero me gustaría que, a pesar de todo, me diesen un voto de confianza para demostrarles que puedo encontrar al asesino de Natalie.

Ernest y Agnes guardan silencio. Cruzan una mirada y ambos suspiran, dolidos.

—La muerte siempre gana —murmura Agnes.

—¿Qué quiere decir con eso?

Ha empezado a llorar, en silencio.

—Estamos condenados, señor Parker. La muerte reina sobre la faz de la tierra, siempre está al acecho. Nos vigila desde las tinieblas, esperando el momento de llevarse a cualquiera de nosotros. Usted lo entiende, ¿verdad? Ha dicho que trabaja en Homicidios. Ve lo que ella hace a diario. —Sonríe entre lágrimas—. La gente piensa que dar a luz es algo bonito, algo de lo que estar orgulloso. Pero yo no pienso así. Y mucho menos ahora. Tener un hijo es un acto egoísta y cruel. Es crear una vida para entregársela a la muerte, como una ofrenda. No se puede escapar de ella. Dar a luz es traicionar a tu hijo en el momento en que nace. Me pregunto por qué lo seguimos haciendo.

El discurso de la anciana estremece a William. Ahora comprende lo que ha insinuado la inspectora Crawford cuando le ha dicho que se preparase antes de entrar en esa casa.

Repara en que Agnes aguarda una respuesta por su parte. Carraspea para ganar tiempo y suelta palabras sin pensar:

—Para tener un motivo por el que vivir, supongo.

Agnes asiente, convencida.

—Sí. Puede que tenga razón. Pero dígame, señor Parker. Ahora que la muerte nos ha arrebatado a nuestra hija, ¿qué motivo tenemos para seguir viviendo?

William siente que está perdiendo el control de la situación. De hecho, no ha llevado las riendas en ningún momento.

—Se tienen el uno al otro, Agnes, no diga eso —intenta calmar las aguas—. Y también tienen a su nieta Sharon. ¿Saben algo de ella?

—No —dice Ernest—. Pero ya se lo hemos dicho a su compañera. No vamos a repetir lo mismo una y otra vez.

—Claro que no. —William fuerza una sonrisa—. Vamos a hablar de Natalie, si les parece.

—¿Para qué?

El tono de Ernest es arisco, amenazante.

—Para encontrar a la persona que le ha hecho daño.

—La ha entregado a la muerte —comenta Agnes con la mirada perdida—. Solo se la ha dado antes de tiempo. Pero mi hija estaba destinada a irse con ella, como todos nosotros.

Su actitud le crispa los nervios a William.

—¿Y no están enfadados?

—¿Cómo?

—Les han arrebatado a Natalie. Su hija ha muerto asesinada —expone, incrédulo—. ¿No están furiosos? ¿No quieren que el culpable pague por lo que ha hecho?

Agnes baja la mirada sin dejar de agarrarse a su marido.

—Nuestra forma de pensar ha cambiado con los años, inspector Parker. Antes nos habríamos enfadado, sí. Yo misma estuve furiosa durante mucho tiempo cuando pasó lo de mi hermano. Pero ¿de qué sirve? Estamos tristes, eso no se lo niego. —Se le rompe la voz—. Hemos perdido a nuestra Natalie, ¿cómo vamos a estar?

—Yo sí que estoy enfadado con alguien —confiesa Ernest, que deshace el nudo de sus brazos—. Con Jacob, nuestro yerno.

Ese comentario es como un destello de luz en medio de la oscuridad. William se mantiene imperturbable y empieza, por fin, un interrogatorio en el que toma el control.

13
William Parker
San Francisco

—¿Por qué está enfadado con su yerno, señor Grant?

Una sombra cruza el rostro del padre de Natalie Fisher.

—Porque lo consintió.

—¿A qué se refiere? —pregunta William mientras echa mano a la Moleskine.

—Cuando Natalie se prometió con Jacob, hace diecisiete años, yo tuve una charla con él, en privado. Le dije que casarse con mi hija significaba protegerla con su propia vida, y que no iba a dejar que ella se fuera con alguien que no la mereciese. El matrimonio es mucho más que convivencia y amor, inspector. Es respeto. Y ya ve lo que ha ocurrido. Jacob no la ha respetado. Ha dejado que le quitaran la vida, y siendo tan joven... Es como si lo hubiera hecho él mismo. Él es tan culpable como la persona que ha matado a nuestra hija.

Ernest contiene las lágrimas. Agnes le toma la mano y aprieta con fuerza.

—¿Alguna vez vieron en Jacob un mal gesto con Natalie?

—Muchos. —Agnes hace una mueca de dolor—. Jacob puede parecer un hombre honrado que lo ha conseguido todo en la vida. Ahí donde lo ve, tiene una buena posición en el banco. Una mujer preciosa, una hija muy lista... Pero nuestro yerno tuvo problemas serios hace años. Llegaba tarde a casa. La mayoría de las veces, borracho o drogado. Él y Natalie se peleaban mucho en esa época. Nuestra hija hacía esfuerzos titánicos para que Sharon no se enterara de lo que sucedía con su padre. Trabajaba de maestra en el colegio donde estudiaba la niña, de modo que no dependía de nadie para llevarla y recogerla, y lo mismo pasaba con las clases de ballet. Aun así, muchas veces era imposible.

—¿Cuántos años tenía Sharon entonces?

—Ocho —dice Ernest.

Agnes sigue con su relato:

—Nosotros nos enteramos por ella. Un día, Natalie nos pidió que nos la quedáramos, algo que nosotros hacíamos con gusto cuando podíamos, y Sharon, con toda su inocencia, nos contó que sus padres siempre se estaban gritando porque su padre solo iba a casa para dormir. La niña interpretó que Natalie se sentía excluida, como si te dejan de lado tus amigos del colegio, y, en parte, era algo así. De modo que, cuando estaban las dos en casa, Sharon la invitaba a jugar con ella, con sus muñecas y sus juegos de té, para que no se sintiera sola.

—Era una niña adorable —comenta Ernest.

—Pero Jacob metió la pata hasta el fondo —continúa Agnes con tono despectivo—. Una tarde se emborrachó y terminó acostándose con una desconocida. Pasada la medianoche, volvió a casa como un perro. Se lo contó a Natalie y le dijo que estaba muy arrepentido, que no se reconocía y que necesitaba ayuda.

William añade la infidelidad a la lista de errores de Jacob.

—Nuestra hija nos lo hizo saber —explica Ernest—. Aquello era demasiado, y no iba a ser fácil reparar las heridas. Él ingresó en una clínica de desintoxicación y, a partir de entonces y durante meses, nos quedamos con Sharon muchas tardes mientras ellos acudían a terapia de pareja y a grupos de ayuda.

—¿Ella lo perdonó?

Ernest cierra los ojos un segundo, como si la decisión de su hija lo decepcionara, y los vuelve a abrir.

—Yo se lo desaconsejé. Si le digo la verdad, el día que Natalie nos contó por lo que estaba pasando, perdí toda la confianza en Jacob. Y me enfadé conmigo mismo por no haber visto esa faceta suya cuando se prometieron. Le dije a Natalie que ella y Sharon se merecían algo mejor, y no me escuchó. Estaba convencida de que su marido volvería a ser como antes, que solo necesitaba ayuda. Me dijo que estaba destrozada por dentro, pero que no se veía capaz de lanzarlo todo por la borda a esas alturas. Que tenían una hija en común y que debían intentarlo. Yo callé y asentí. Aunque no me pareciera bien, la apoyaría.

William pasa una página de la libreta.

—¿Cuánto tiempo duró esa mala racha entre ellos?

—Natalie nos dijo que fueron seis meses. —Agnes está cada vez más encorvada, aunque ni ella ni su marido hacen ademán de tomar asiento—. Luego estuvieron otros seis yendo a terapia.

—¿Cómo lo llevó Sharon?

—Bien. La niña no rechistaba nunca. Yo creo que se enteraba de todo, pero hacía como si nada. Alguna que otra vez la veías triste. Le preguntabas qué le pasaba y se inventaba cualquier excusa.

—¿Creen que aquello pudo haberla afectado de alguna forma?

Los ancianos se miran dubitativos.

—No hemos vuelto a sacar el tema... —Ernest busca las palabras adecuadas—. Es complicado saber si arrastra una especie de trauma desde los ocho años si no se habla con ella. Pero es que Sharon tampoco está muy comunicativa.

«A lo mejor ese es un indicio que debería haberse tenido en cuenta», piensa William.

—Volviendo a Jacob —dice—, aparte de sus antiguas adicciones y esa infidelidad, ¿saben si cruzó límites con Natalie?

—¿Quiere decir si la maltrataba? —inquiere Agnes.

—Si eso es así, yo mismo iré a su casa y le aplastaré la cabeza contra la pared —asevera Ernest.

—Nunca vieron nada, entonces —deduce William.

—No —niega Agnes—. Natalie nunca nos contó nada.

—¿Sharon tampoco?

Ambos niegan con la cabeza.

—¿Por qué nos pregunta eso? —Ernest lo mira con el rostro tenso.

—Jacob me dijo que ustedes tenían una llave de su casa. ¿La conservan?

—Sí. Tengo todas mis llaves en un mismo llavero. —Lo saca de su bolsillo y las llaves tintinean bajo sus dedos—. Ahora le ruego que conteste a mi pregunta.

—¿Se acuerda de lo que tuvo que pasar cuando mataron al conductor del Cadillac, señor Grant? La policía fue a registrar su casa para asegurarse de que usted no mentía y solo había sido un testigo del asesinato. —Cierra la libreta—. Pues eso es lo que yo intento hacer ahora con Jacob. Quiero asegurarme de que no fue él quien mató a Natalie.

Ernest coge aire y se dispone a decir algo, pero es incapaz.

—Yo... Si eso es...

—Díganme una cosa. ¿Saben quién puede haberle hecho daño a su hija?

Ninguno responde y William maldice para sus adentros. Después de lo que les acaba de contar solo pueden pensar en Jacob. No tendría que haberlo dicho.

—¿Natalie estaba metida en problemas? ¿Alguien la acosaba?

Siguen sin responder. Sus pupilas se mueven sutilmente de un lado a otro; William ha perdido su atención.

—Agnes. —Se permite llamarla por el nombre de pila y ella levanta la mirada hasta sus ojos. Parece agotada, no aguanta más de pie—. ¿Quién entregaría a la muerte a su hija de forma precipitada?

Agnes empieza a llorar. Pierde las fuerzas y se agarra de Ernest. Él la sujeta con delicadeza y la abraza.

—No lo sé —consigue decir la anciana entre lágrimas—. No sé quién la ha entregado. Yo no quería. Tenía que irme yo antes. No puede habérsela llevado tan pronto. Ella no...

Su llanto se intensifica y Ernest, que ha conseguido mantenerse firme hasta ahora, también se desmorona. William baja la mirada y la clava en el suelo. Las voces desgarradas de los Grant se oyen demasiado alto en el pequeño recibidor en el que se encuentran, pero él logra filtrar los sonidos y dejar de escucharlos. Se queda absorto, disociándose de la realidad. La gente suele verlo como una persona fría y calculadora. Algunos incluso bromean diciendo que es un psicópata con placa. Y la verdad es que a veces se aísla, levanta barreras para pensar. Pero otras, como esta, lo hace para no sufrir.

14
Jacob Fisher
San Francisco

Jacob sabe que no es sano pensar demasiado en algo. Lo aprendió en sus sesiones de terapia, hace ocho años. Pero, precisamente, fue a terapia por esa razón.

Todo es culpa de David Pratt, el subdirector de la sucursal.

Si no hubiera flirteado con Natalie después de contar que habían salido juntos en el instituto, él no se habría vuelto loco. Tras su reencuentro, Jacob llegó a creer que tuvieron una aventura y su mundo empezó a girar alrededor de esa idea. Estuvo a punto de confiárselo a Helen, la mujer de David. Quería decírselo para no sentirse solo y tener a alguien en quien apoyarse emocionalmente. Pero no lo hizo. ¿Y si se equivocaba y no había nada entre ellos? Si Helen se lo contaba a su marido, ¿cómo reaccionaría David? Jacob se lo imaginaba riendo, haciéndose el sorprendido por haber creído algo tan ridículo. Se enervaba al imaginar las frases que David escupiría. «¿Cómo podría interesarme por Natalie teniendo a Helen en casa?». «Por el amor de Dios, Jacob, ¿de verdad has pensado que había algo entre tu mujer y yo?».

Un día, David se acercó a su mesa en el trabajo y le propuso ir a tomar algo al término de su jornada. Él rechazó la oferta con el pretexto de que tenía que ir a casa.

—Como yo —se rio David—. Venga, Jacob, solo será una cerveza.

Fueron a un bar cercano y Jacob respondió con monosílabos a todo lo que él decía. A diferencia de unos meses atrás, ahora lo veía como una persona arrogante. David no hacía más que alardear y dar lecciones de vida.

—Lo que tienes que hacer es llevar a tu hija a la Escuela Internacional, como hemos hecho nosotros con Martin. Es un colegio bilingüe. Los niños se van dos semanas a vivir a Francia y pasan a secundaria espabilados.

—Ya.

—¿Cómo está Natalie? Deberíamos volver a cenar juntos algún día de estos, ¿no crees?

Jacob sintió un ardor en su interior y se encogió de hombros como toda respuesta. Se acabó su botellín rápido y dijo que se había hecho tarde. Pagó la cuenta, se despidió de David y subió al coche. Se dirigió a casa, pero estaba demasiado alterado. Pensar en Natalie lo ponía nervioso. No podía olvidarse del tema, así que condujo sin rumbo hasta que, un rato después, aparcó en Market Street. Vio un local con la fachada oscura y un cartel ovalado con el dibujo de lo que parecía un cuervo con esmoquin y sombrero de copa alta. Él había oído hablar del Blackbird, pero nunca lo había visitado. Esa iba a ser la primera vez de muchas.

Jacob vuelve a la realidad.

Aún falta una hora para la batida que la policía ha organizado en el parque de Presidio Real. No es la primera vez que Sharon desaparece. A sus ocho años se escapó de casa mientras sus padres tenían una fuerte discusión. La encontraron perdida en Presidio. Y, ahora que ha vuelto a suceder, van a ver si su subconsciente la ha llevado al mismo lugar. Jacob está ansioso, no sabe qué hacer para que el tiempo transcurra más deprisa. Aunque, por otro lado, él desearía que se detuviera, o simplemente que su hija volviese a entrar por esa puerta.

El solo de guitarra de «Sweet Child o' Mine» de Guns N' Roses suena en el bolsillo de su pantalón. Saca el móvil apresurado y ve en la pantalla un número desconocido. De pronto piensa que se trata de un secuestrador que tiene retenida a Sharon. Asustado, descuelga y se acerca despacio el teléfono a la oreja.

—¿Jacob? —oye que alguien pregunta al otro lado de la línea.

Es una voz femenina. No la reconoce y eso le crea aún más inseguridad.

—¿Quién es? —pregunta nervioso.

—Soy Dolores Lawson, la directora del Fitzpatrick. Perdona que te moleste, solo quería darte mi más sincero pésame. Esto es...

—Gracias.

—¿A qué tanatorio llevarán a Natalie?

Jacob suspira, cierra los ojos con fuerza y parpadea varias veces antes de contestar.

—No lo sé, aún no... Te mando un mensaje más tarde.

Una pausa.

—En el colegio la queríamos mucho.

Con un nudo en la garganta, Jacob finaliza la llamada y busca en internet funerarias en San Francisco. Nunca ha tenido que hacerlo antes y está perdido. Aparecen demasiadas entradas en la pantalla de su móvil y se agobia. No encuentra las fuerzas para decidirse por ninguna, de modo que pulsa sobre la primera y llama al teléfono de contacto. Un hombre responde al segundo tono. Jacob piensa que lo ha cogido muy pronto y no sabe si se ha equivocado eligiendo la primera opción. Se dice que ya es demasiado tarde para rectificar y le cuenta que su mujer ha fallecido y que requiere sus servicios. Tras escucharlo, el hombre le expresa sus condolencias, le da un presupuesto aproximado y, aunque le parece excesivo a Jacob, lo acepta para quitarse el problema de encima.

Cuando cuelga la llamada, le envía un mensaje a Dolores. Revisa su reloj y se desespera. No aguanta más. Coge las llaves del coche y sale de casa cincuenta minutos antes de la hora de la batida.

15
William Parker
San Francisco

La doctora Butler lo ha llamado para decirle que ya ha enviado al Departamento el informe de la autopsia. «¿Algo que destacar?», ha preguntado William con la intención de adelantarse a la lectura. «Nada», ha respondido ella. Ahora conduce hacia el Salón de la Justicia en dirección este cuando, a la altura de Oak Street, un coche en el que no había reparado da un par de ráfagas de luz a su espalda. William ralentiza la marcha y mira por el retrovisor. Se trata de un coche patrulla, y, si no se equivoca, la inspectora Laura Crawford va al volante.

Despacio, se hace a un lado de la calle y detiene el motor. Ella hace lo mismo detrás de él. Se apea y se acerca a su ventanilla bajada. Tras apoyar los antebrazos en la puerta, le sonríe a escasos centímetros.

—¿Le apetece un café?

Toman asiento en una de las mesas de The Social Study, una acogedora cafetería de Geary Boulevard, junto a una pared de ladrillo caravista. William se sorprende al ver los cuadros del local, fotografías en blanco y negro en las que aparecen policías equipados de arriba abajo, manifestaciones con carteles que rezan BLACK FUTURES MATTER y banderas que exigen justicia. Hay libros ordenados encima de lo que parece el respaldo de un sofá azul anclado a la pared, además de dos estanterías con comida orgánica y botellas de vino. La inspectora Crawford ha traído un ordenador portátil consigo y lo ha dejado sobre la mesa, a un lado. El camarero se acerca y toma nota.

89

—¿Qué le han parecido los Grant? —pregunta ella cuando se quedan solos—. Encantadores, ¿verdad?

—Yo no los definiría así, precisamente —reconoce—. Aunque hay que tener en cuenta por lo que están pasando. Durante mi carrera he hablado con muchas personas que han perdido a un familiar, demasiadas, y me atrevería a decir que cualquier comportamiento, por sorprendente que sea, entra dentro de lo normal. Yo no sé cómo reaccionaría ante algo así.

—¿Nunca ha perdido a nadie? —se interesa ella.

—Solo por causas naturales. No es lo mismo.

El camarero les sirve sus cafés y dan el primer sorbo. William nota cómo el líquido caliente baja por su garganta y lo templa por dentro.

—Ahora en serio. —Crawford cambia el semblante—. ¿Ha conseguido algo con los Grant?

—No mucho. Me han hablado de una mala época de Jacob Fisher, hace ocho años. Pero, aparte de eso, poca cosa.

—¿Se refiere a cuando engañó a su esposa y se justificó diciendo que tenía un problema con el alcohol y las drogas?

William se sorprende.

—¿A usted también se lo han contado?

—Sí. Se ve que a los Grant nunca les gustó Jacob y han estado guardándose su opinión por la felicidad de su hija. Pero, ahora que ella no está, quieren desahogarse.

—¿Cree que lo del alcohol y las drogas solo era una excusa para justificar su infidelidad?

—Siempre es lo mismo, inspector. Apostaría a que Jacob Fisher conoció a esa mujer antes de tener esas supuestas adicciones. Es muy fácil decir que no sabía lo que hacía porque estaba ebrio. A lo mejor se emborrachó simplemente para poder dar esa excusa después. Pero de lo que estoy casi segura es de que ese día tenía la intención de acostarse con ella.

William da un sorbo al café y deja que las palabras de la inspectora floten en el aire.

—Para serle sincero, no lo había pensado de ese modo. Laura coge su taza con ambas manos y se la lleva a la boca. Una ligera línea de espuma se le queda sobre los labios y se la limpia con la lengua.

—Anoche estuve con él —dice pensativa—. Lo noté inquieto. Ya sé lo que ha dicho sobre el comportamiento de los familiares de víctimas mortales —comenta al ver que William va a protestar—, yo también he tenido que lidiar con muchos casos así, inspector. Pero Jacob estaba raro, no sé cómo explicarlo. Me enseñó la habitación de Sharon y hubo un momento en que hubiera jurado que lo sorprendí...

—¿Cómo?

—Mirándome. Él disimuló enseguida.

William piensa en ello.

—¿Está segura?

Ella duda.

—No, pero... Es lo que me pareció.

—Lo observaré de cerca —dice William—. Se lo prometo. ¿Qué ha descubierto usted sobre Sharon?

—No sé si está al tanto, pero Sharon Fisher es la tercera menor que desaparece en San Francisco en cuestión de un mes.

Entonces su mente le envía imágenes de carteles a los que no prestó mucha atención en su día: los rostros de dos niñas bajo el lema SE BUSCA. Ahora se avergüenza de no haberles dedicado un minuto de sus pensamientos.

Crawford abre su ordenador y lo gira sobre la mesa para que pueda ver la pantalla. En ella se muestra la página de Personas Desaparecidas del Departamento de Policía de San Francisco.

—El 12 de diciembre se denunciaron dos desapariciones: April Jones, de diez años —señala la fotografía de una niña morena con rasgos asiáticos—, y Jessica Robbins, de trece. —Una preadolescente rubia con acné en las mejillas—. Sharon es la tercera.

—¿Cree que hay alguien que está secuestrando niñas en San Francisco?

Crawford no contesta.

—La pequeña es de Ohio. Estaba con sus padres haciendo turismo por la ciudad hasta que la perdieron un momento de vista. Se despistaron, nada más —se lamenta—. Jessica sí es de San Francisco. Según me contó una de sus profesoras, no había tenido un buen día en el instituto y, en lugar de volver en autobús, tal vez quiso tomar el aire de camino a casa, pero nunca llegó. Tenemos indicios para pensar que ambas desaparecieron en el mismo entorno, en un intervalo breve de tiempo.

—¿Dónde?

—En Alamo Square, a unos minutos del instituto donde estudia Jessica y donde los padres de April perdieron de vista a su hija. Encontramos la pulsera de la mayor allí. Mi equipo localizó un vehículo sospechoso en las grabaciones de seguridad cercanas, un furgón Nissan NV200 negro. Lo buscamos en el registro y la matrícula pertenece a un camión cisterna, no a un furgón.

—Una matrícula falsa —dice William—. ¿Se ve al conductor en las imágenes?

—Solo lo que él quiso que viéramos: un hombre con gorra, gafas de sol y mascarilla quirúrgica sobre la boca. No pudimos seguir una trayectoria fiable del furgón; le perdimos la pista en Webster Street, cerca de las Damas Pintadas. Pedimos una orden judicial para que nos dieran un listado de propietarios del Nissan, pero fue un callejón sin salida. La matrícula real podía ser de cualquier estado y, sabiendo que se había preocupado por que no lo descubriésemos, estamos casi convencidos de que el negro tampoco es el color original del vehículo.

—¿Han revisado las cámaras de seguridad cercanas a la vivienda de los Fisher?

—Mi equipo está en ello. Pero no sé si encontrarán el furgón en este caso.

—¿Por qué?

La inspectora hace clic sobre el nombre de Sharon Fisher en el ordenador y se abre otra página con una foto de la adolescente bajo el rótulo MENOR DESAPARECIDA. A la izquierda hay una tabla con información relevante: fecha de la desaparición, número del caso, nombre, altura, peso, color de ojos, cabello, raza, sexo y fecha de nacimiento. Debajo de la tabla, se lee: «Lleva unos pantalones vaqueros negros, sudadera negra y zapatillas Vans negras. Desaparecida en el 454 de la Decimoctava Avenida el 9 de enero de 2017 a las 7.25 h. Si ve o localiza a Sharon Fisher, llame al 911 inmediatamente».

—Un momento. —Se extraña William—. ¿Cómo que pantalones vaqueros? Sharon desapareció antes de la hora indicada. Su padre llevaba un rato despierto cuando encontró su habitación vacía.

Laura forma una fina línea con los labios.

—Su pijama está en casa, debajo de la almohada. Esa es la ropa favorita de Sharon. Se la ponía siempre que podía y, casualmente, es la que falta en su armario.

William ya intuye a dónde quiere ir a parar la inspectora, pero no dice nada. Ella se acaba su café de un sorbo y lo contempla con expresión seria.

—Esta mañana he ido al instituto donde estudia Sharon y he hablado con sus profesores. La han descrito como una chica reservada, pero con impulsos violentos. Se ve que ha tenido problemas con algunos compañeros desde que ingresó en el centro. —Suspira—. Le voy a ser sincera: creo que Sharon tenía planeada su huida, solo espero que no haya tenido nada que ver con el asesinato de su madre.

16
William Parker
San Francisco

El cambio de temperatura cuando salen de la cafetería es bastante brusco. Con un escalofrío, William se encoge e introduce las manos en los bolsillos del abrigo para protegerlas del frío.

—La batida de la que le he hablado antes es dentro de veinte minutos —dice la inspectora, que se coloca la trenza rubia por fuera de su chaqueta azul marino. Lleva el portátil debajo del brazo—. Debería venir.

—¿Dónde es?

—Vamos a recorrer de arriba abajo Presidio Real. Sharon ya se escapó de casa una vez y la encontraron allí. Creemos que puede haber vuelto por alguna razón.

—Lo siento. Mi trabajo es investigar el asesinato de Natalie Fisher. No es que no me importe la seguridad de Sharon, pero ahora mismo el asesino de su madre sigue en libertad y podría volver a matar. No conozco su perfil ni sus antecedentes, ni tampoco sus motivaciones. Sería una insensatez apartar la vista de esa línea de investigación ahora.

—¿Le tengo que recordar lo que hemos hablado ahí dentro? —Señala la cafetería.

—Ya sé lo que me ha dicho y no lo descarto. —Baja la mirada—. Mire, usted sabrá muy bien que, cuando se organizan batidas de ese tipo, no se espera encontrar a la persona desaparecida con vida. Más bien se busca su cuerpo y...

—Muchas veces solo están heridos —lo interrumpe—. Algunos caen por una pendiente, tienen un árbol encima de una pierna o algo así. Sharon no tiene por qué haber muerto, inspector. Si la encontramos con vida, podrá contarnos qué sucedió ayer y por qué se fue sin avisar a nadie. Es muy importante saber si se fugó antes o después del asesinato, quizá sepa quién mató a su madre. Además, siendo usted el responsable del caso de Natalie Fisher, debería presentarse en la batida. Que los vecinos le vean ayudar. Y, sobre todo, que Jacob le vea allí.

William mira a Crawford a los ojos. Sus iris azules le parecen muy llamativos. La idea de acudir a la batida no le gusta, pero puede que la inspectora tenga razón. Debería estar presente.

Asiente como toda respuesta y ella sonríe, satisfecha.

—Suba al coche y sígame. No quiero que lleguemos tarde.

N.º DE CINTA 49. 10-01-2017. 14.12 h:

La perspectiva de la inspectora Crawford sobre la infidelidad de Jacob Fisher y esa mirada de la que habla me hacen pensar que tal vez él no quisiera tanto a Natalie. A lo mejor ella está en lo cierto y Jacob deseaba estar con otras mujeres. No obstante, se arrepintió de haberlo hecho. Le pidió perdón a su esposa y acudió a terapia durante seis meses para curar, si se le puede llamar así, sus adicciones. Eso fue, supuestamente, porque quería estar con Natalie. Pero ¿y si lo hizo por Sharon? ¿Y si volvió y se quedó en el nicho familiar por su hija? La pequeña tan solo tenía ocho años cuando sucedió. Si Jacob y Natalie se hubieran separado, se habrían enfrentado a un juicio en el que él tenía todas las de perder: alcohol, drogas y adulterio. Natalie se quedaría con la niña y, con suerte, Jacob la vería los fines de semana. En cambio, con la muerte de uno de los cónyuges, la hija pasa a estar bajo la protección del otro.

El marco de fotos en el que aparecen Jacob y Natalie en Egipto estaba roto. Mejor dicho, Jacob lo rompió, puesto que ayer permanecía intacto en la estantería del salón. Algo me dice que eso puede ser relevante.

Pero ¿qué hay de los insectos? En caso de que esa hipótesis fuera cierta y Jacob sea el asesino de Natalie, ¿por qué...?

Si Jacob Fisher es el verdadero asesino de las mantis y Victor Black es inocente, no pudo matar a Natalie sin dejar su firma en la escena del crimen. Sería como si esa muerte no le perteneciera, como si quedara fuera de su historial. Y algo así es impensable para un asesino en serie. Su ego va más allá de la razón.

Crawford sospecha que Sharon está detrás de la muerte de su madre, pero yo no estoy del todo convencido. Que hayan desaparecido tres menores en un mes no puede ser casualidad. Aunque, bien visto, no tenemos ninguna conexión entre Sharon y las otras niñas. Tal vez la batida de búsqueda en Presidio sirva para responder algunas preguntas.

Presidio Real es un parque de quinientas noventa hectáreas, situado en el norte de la ciudad, que, aparte del Cementerio Nacional de San Francisco, también acoge el famoso Golden Gate Bridge. Se encuentran en una de las entradas al parque, justo delante del imponente edificio de la agencia de alquiler de apartamentos The Presidio Landmark. Alrededor de doscientos voluntarios y doce oficiales se han congregado para buscar a Sharon. William y Laura Crawford esperan desde lo alto de la escalera exterior del edificio, por encima de ellos. Cuando han pasado diez minutos de la hora acordada, William dice en voz alta lo que ambos piensan:

—Jacob Fisher no ha venido.

—No —concuerda Crawford—. Pero no importa. En ocasiones, los familiares prefieren quedarse en casa por si la persona desaparecida vuelve. Podemos hacer nuestro trabajo sin él.

La inspectora da un paso adelante y se dirige a la gran masa de gente que, al reparar en ella, calla y la mira con rostro serio:

—Gracias a todos por venir. El Departamento de Policía de San Francisco comparte con ustedes la angustia por la desaparición de Sharon Fisher, vecina de la ciudad y menor de edad. Supongo que habrán leído las instrucciones que hemos establecido para llevar a cabo esta batida de búsqueda. No obstante, las resumiré para los que se han unido en un último momento.

Crawford se da un segundo para tomar aire. Enumera las zonas que inspeccionarán y divide a los voluntarios y agentes en grupos reducidos para barrer el parque. William permanece detrás de ella. Sus ojos van de un rostro a otro, esperando reconocer a alguien o, al menos, que se le queden grabadas sus caras. Él sabe que es imposible retenerlas todas en la memoria, pero se sentiría mal si no lo intentara.

—Empecemos —concluye Crawford.

Los grupos se separan y se adentran en Presidio Real desde distintos senderos.

—¿Por dónde quiere que vaya yo? —le pregunta William.

—Usted y yo iremos con ese grupo de ahí —señala.

Se reúnen con las veinte personas que van por el camino de la derecha del edificio. La vegetación es más frondosa a medida que avanzan por el suelo atestado de hojas caídas. El cielo, encapotado de nubes, es del color de la ceniza. Al llegar a una bifurcación, el grupo se divide para abarcar ambas direcciones.

—No os limitéis a recorrer el camino —ordena Laura—. Salid de él. Mirad entre los árboles y arbustos. Que no quede ni un centímetro del parque por cubrir.

El nombre de Sharon se escucha a gritos una y otra vez entre su grupo y en la lejanía. William se estremece al pensar en lo que está pasando: más de doscientas personas buscan preocupadas a una adolescente que tal vez haya matado a su propia madre.

—Tengo que contarle algo —le dice a Crawford mientras aparta las ramas de un arbusto—. Ayer encontré una novela en la habitación de Sharon. No era el típico libro que le podría gustar a cualquier adolescente. Era más bien una historia sangrienta.

—¿Cómo de sangrienta?

—Se describían asesinatos con todo lujo de detalles. El protagonista, a diferencia de lo que se acostumbra a ver, era el autor de esos sanguinarios crímenes. Y hablaba de ellos como actos placenteros. Me acuerdo de un párrafo... Decía que la sangre era bella y que no podía parar de mirarla mientras el cuerpo de otro personaje, de una mujer, creo, se vaciaba.

La expresión de Laura se tensa y caminan en silencio por el sendero, detrás de los voluntarios.

—Puede que Sharon esté influenciada por su abuela —dice al fin—. Estará de acuerdo en que Agnes Grant tiene una idea de la muerte muy peculiar.

—La muerte: la mujer que reina sobre la faz de la tierra —conviene William, recordando las palabras de la anciana.

—Exacto. Sharon pasó mucho tiempo con sus abuelos mientras sus padres se esforzaban por salvar su matrimonio. A lo mejor Agnes le habló de sus creencias y, siendo Sharon tan pequeña, aquello le dejó huella de algún modo. Puede que el interés por ese tipo de historias surja de las leyendas que le contaba su abuela cuando era una niña.

Pasan por debajo de un puente de poca altura y llegan a otra bifurcación. El camino de la izquierda está cercado. Los diez del grupo cruzan una mirada y deciden separarse de nuevo. Laura es la primera que salta la valla de madera, seguida de los voluntarios del grupo reducido y William. Una vez al otro lado, el nombre de Sharon vuelve a escucharse a voces. Recorren lentamente el perímetro natural de los campos de golf de Presidio, mirando por todas partes, y se adentran en una zona aún más frondosa.

El móvil de William suena y algunos voluntarios se giran hacia él. Lo saca del bolsillo y se dispone a responder, pero se molesta al leer el nombre que aparece en la pantalla: «Mamá». Cuelga.

De pronto, un débil sollozo le hace desviar la mirada hacia delante. Entre los anchos troncos del bosque, un hombre camina cabizbajo hacia ellos. Lleva deportivas y una cazadora verde oliva. William lo observa con atención. Hay algo que...

Todos sus sentidos se alertan: tiene la ropa manchada de sangre. Instintivamente, desenfunda el arma reglamentaria y apunta al hombre con los brazos extendidos.

—¡Alto! ¡No dé un paso más!

Asustados, los voluntarios se echan al suelo con un grito ahogado. Crawford también saca la pistola al ver al individuo.

—¡Las manos arriba, donde pueda verlas!

El cuerpo del hombre se sacude por el llanto, pero obedece. Levanta los brazos, mostrando sus manos ensangrentadas, y los mira desde la distancia.

Es Jacob Fisher.

17
Jacob Fisher
San Francisco

Jacob permanece con los brazos en alto. Los policías se acercan con las armas apuntando a su corazón, tal vez a su cabeza. Se pregunta cómo de fácil sería acabar con todo, simplemente dar un paso y dejar que una de esas balas lo alcanzara. El nudo de la garganta le duele. Por un momento considera la idea de gritar y correr hacia ellos. De dejar que aprieten el gatillo una, dos, tres veces. Que vacíen el cargador si es necesario. Sentir cómo el acero le atraviesa la piel y los órganos. Y morir. El dolor, esa angustia incansable que le oprime el pecho, acabaría por fin.

—¡Le he dicho que no se mueva!

Jacob se detiene. Sus pies estaban avanzando hacia los policías. Su cuerpo ya había elegido por él. Parpadea varias veces y baja la mirada.

—¿Señor Fisher? —Es la voz del inspector Parker, a tan solo unos metros.

Jacob dirige los ojos hacia él y su compañera, la inspectora de Personas Desaparecidas, y ve los cañones de las pistolas de cerca.

«De ti depende, Jacob —se dice—. Puedes acabar con esto ahora mismo».

—¿Qué ha pasado? ¿De quién es la sangre?

Jacob se queda ausente. Piensa en Natalie. Si muriera, iría con ella. Estarían juntos de nuevo. Un amago de sonrisa se dibuja en sus labios. No hay nada que desee más ahora mismo. Luego recuerda a Sharon y la sonrisa se desvanece en su rostro. Ya hace más de veinticuatro horas de su desaparición y él sabe qué significa eso. Las probabilidades de que su hija siga con vida son casi nulas. No hay más que ver a toda esa gente buscándola por el bosque. Solo quieren encontrar su cuerpo para que él pueda llorarla.

—Mátenme, por favor —solloza.

—Al suelo —ordena Parker.

Jacob se arrodilla. Los pantalones se le ensucian de tierra y siente cómo se le clavan algunas piedras pequeñas en las rodillas. El inspector se coloca por detrás de él, le lleva los brazos a la espalda y le pone unas esposas alrededor de las muñecas. Su compañera no deja de apuntarle a la cara. Parker lo cachea en busca de algún tipo de arma, pero no encuentra más que su teléfono móvil, una cartera, las llaves de casa y las del coche. Con un tirón, lo obliga a levantarse y le repite la pregunta:

—¿De quién es esta sangre?

Jacob se siente cansado. Los niveles de adrenalina han caído en picado.

—De nadie.

—¿Es la sangre de su hija? —inquiere Parker.

Jacob reprime el llanto y niega con la cabeza.

—¿De quién es entonces?

—De nadie, ya se lo he dicho.

—¿Qué ha hecho con el cadáver? ¿Dónde lo ha escondido?

Jacob busca en su memoria como si hubieran pasado años desde que quitó esa vida. Cuando consigue recordar, mira con firmeza al policía y dice:

—Síganme. Se lo enseñaré.

18
William Parker
San Francisco

William cruza una mirada con la inspectora Crawford. Al igual que él, ella no ha bajado el arma en ningún momento, pero, aunque intente ocultarla, percibe la inquietud en su rostro y en sus manos.

Jacob da media vuelta y emprende el camino por el que ha llegado. Pretende mostrarles el lugar donde ha dejado el cuerpo que le ha manchado la ropa de sangre.

William gira la cabeza hacia los voluntarios de su grupo, que los observan a unos cincuenta metros, y levanta una mano.

—Quédense ahí —vocifera.

Crawford y él siguen a Jacob bosque adentro. Caminan apuntando al suelo, pero con los brazos tensos, preparados para abrir fuego. Sortean troncos que se elevan hasta el cielo. Oyen el crujir de las hojas secas bajo sus pies y el rumor de algún que otro roedor del parque. Jacob los guía en silencio hasta llegar a un claro rodeado de pinos. Se vuelve hacia ellos y señala con la cabeza una gran roca.

—Ahí detrás —murmura.

—No se mueva —dice William a medida que se acerca al lugar que ha indicado.

Crawford se queda junto a él para asegurarse de que no escapa.

Nada más rodear la roca, ve la sangre. Las tripas. Las moscas alrededor del cuerpo inerte. La piedra que ha usado Jacob como arma del crimen.

William relaja los hombros.

—Venga —le dice a Crawford.

Las cejas de la inspectora realizan un leve movimiento arriba y abajo en cuestión de medio segundo. Ella no contaba con tener que ver el cadáver, pero no protesta y deja atrás a Jacob. Camina hacia William con lentitud y, cuando alcanza su posición, suspira.

—Es un zorro —explica William, mirando el cuerpo pardo del animal—. Ahí, entre esas rocas, tenía su madriguera. Si afina el oído, podrá oír a su cría. —Enfunda la SIG Sauer P226—. Los zorros son animales silenciosos. Suelen cazar de noche. Pero, si el señor Fisher estaba rebuscando entre la maleza en busca de su hija, puede que se haya sentido amenazado y lo ha atacado para proteger a su familia.

Crawford mira a Jacob, que llora en silencio con los brazos por detrás de la espalda.

—Ha sido en defensa propia, ¿verdad, señor Fisher?

Él asiente.

—Quiero que entienda una cosa —dice William—. Le creo, aunque mi trabajo me obliga a asegurarme. Pediré que tomen muestras de la sangre del animal y de su ropa para ver si coinciden. Le voy a quitar las esposas, ¿de acuerdo? —Va con él y abre el mecanismo—. No está detenido, pero, si intenta huir o hacer algo que considere peligroso, tendré que llevarlo al calabozo. Y supongo que, con todo lo que ha sucedido, no querrá eso.

—No.

—¿Por qué ha hecho esto, Jacob? La inspectora Crawford había organizado una batida de búsqueda. Han venido doscientas personas a echar una mano y usted...

—No podía esperar —dice él—. Las paredes se me caían encima en casa. No paraba de mirar el reloj. Me parecía una estupidez dejar que el tiempo pasara sin hacer nada, así que vine a buscar por mi cuenta. Si Sharon necesitaba ayuda, era mejor encontrarla cuanto antes.

Crawford se contiene. Cree que ha sido una decisión insensata, pero de nada sirve discutir ahora.

—Será mejor que vuelva con los voluntarios —le aconseja William a la inspectora—. El señor Fisher y yo esperaremos a la forense. La búsqueda ha acabado para él.

Jacob dirige la vista al suelo, avergonzado.

—Sí —coincide ella—. Seguiremos con la batida. Con suerte, acabaremos antes de que anochezca.

William saca el móvil del trabajo y se lo tiende a Crawford.

—Apunte su número, así estaremos en contacto.

Cuando ella se lo devuelve, William se queda a solas con Jacob. Entra en la guía de contactos y llama a Michelle Butler. La forense habla al otro lado de la línea:

—¿Sí?

—Doctora Butler, soy William Parker, de Homicidios. Hemos hablado antes por lo de Natalie Fisher.

—¿Ya ha leído el informe de la autopsia?

—No, aún no. ¿Está de guardia?

Oye un bufido de aburrimiento.

—Mi vida es una guardia constante, inspector. Le sorprendería la cantidad de libros que puedo leer al mes. ¿Qué ha pasado? ¿Ha encontrado otro cadáver?

—No. Bueno, en realidad, sí. Se trata de un zorro.

—¿Un zorro?

William nota un ligero cosquilleo en la frente. Mira al cielo, extiende el brazo con la mano hacia arriba y ve cómo caen gotas en ella. Van a mojarse durante la espera.

—Mejor se lo cuento en persona. ¿Puede venir a Presidio Real para tomar unas muestras de sangre? Es importante.

Día 3
Miércoles, 11 de enero de 2017
El caso Victor Black

19
William Parker
San Francisco

William saca un café de la máquina de la oficina y se dirige a su mesa. Dos documentos reposan impresos delante de la silla. Uno es el informe forense sobre la autopsia de Natalie Fisher. El otro es el de Criminalística, cuya información se complementa con el contenido de una caja precintada no muy grande con su nombre escrito con rotulador. Tras el incidente de ayer en el parque de Presidio Real, la forense se presentó allí veinticinco minutos después de su llamada. William se había quitado el abrigo y lo había sostenido sobre el zorro muerto con el fin de que la lluvia no lo contaminara. Butler recogió una muestra de sangre del animal y otra de la cazadora de Jacob Fisher, que también se la quitó y la sostuvo boca abajo por orden de William. Luego el inspector acompañó a Jacob a casa y le dijo que no saliera de allí bajo ningún concepto. Este prometió no hacerlo. Pero, como William no se fiaba de él, se quedó dentro del coche, delante de su domicilio, hasta que Butler lo llamó con los resultados del análisis: coincidente.

Después de hablar con la forense, William avisó a la inspectora Crawford.

—Nosotros no hemos encontrado nada —le dijo ella—. Aunque puede que sean buenas noticias, al fin y al cabo. Mañana daremos el siguiente paso.

—¿Cuál?

—Prepararemos una rueda de prensa. La visibilidad mediática es crucial en situaciones como esta. Si Sharon se ha fugado, debe de estar en casa de algún conocido. Ella no dispone de tarjeta de crédito y las de sus padres no fueron robadas. Si lo necesita, pagará con el efectivo que posiblemente tuviera ahorrado o con el dinero de otra persona. En cualquier caso, tendrá acceso a una televisión. Y, si ve a su padre pidiendo que vuelva a casa, a lo mejor recapacita. Si, por el contrario, estamos hablando de un secuestro, puede que sea su secuestrador quien vea las noticias.

William da un sorbo al café.

Toma el documento grapado y lo ojea. A medida que va pasando páginas, localiza los datos clave.

«Diecisiete incisiones».

N.º DE CINTA 49. 11-01-2017. 9.32 h:

El agresor se excedió, quiso disfrutar de cada puñalada, del momento de placer que solo le otorga el asesinato. Debió actuar de forma precipitada. Quería consumar el delito sin que Natalie gritara y escapar sin ser visto, de modo que le ensartó el cuchillo el mayor número de veces en el menor tiempo posible. La primera cuchillada debió de ser la de la nuca.

«Hoja con filo de 13 centímetros de largo, aproximadamente».

Los números no le dicen mucho ahora, pero puede que lo hagan en algún momento.

«La posición de las colas de entrada y de salida de las incisiones sugieren que el agresor es diestro».

N.º DE CINTA 49. 11-01-2017. 9.34 h:

No me he fijado en cuál es la mano dominante de Jacob, pero lo observaré la próxima vez. Si es zurdo, quedará descartado como sospechoso.

Deja el informe forense sobre la mesa y toma el de Criminalística. Pasa las páginas hasta llegar a la parte que le interesa.

«Nueve mantis religiosas», «cuerpos hundidos», «partículas de polvo, fibras capilares, restos orgánicos, tierra y sangre de la víctima».

N.º DE CINTA 49. 11-01-2017. 9.37 h:
Las mantis son la conexión con el caso Victor Black, el asesino en serie que perpetró sus crímenes en 2005. Me enfurece pensar que Jacob Fisher violara la escena del crimen. Los elementos encontrados en sus cuerpos deben proceder del suelo de la cocina, donde quedaron después de matarlas, a excepción de los restos de tierra, que probablemente procedan del calzado de Jacob. A decir verdad, no sé con certeza si las mantis estaban sobre el cadáver de Natalie; ni yo ni la forense ni Criminalística las vimos con vida.

Entre la información extraída del móvil de la víctima, no se destacan llamadas ni mensajes recurrentes o previos al asesinato que escapen del entorno familiar o laboral. Tampoco se ha detectado nada relevante en su historial de búsquedas en internet.

William devuelve el informe al escritorio y mira la caja de Criminalística. Antes de dejar el vaso de café a un lado, se lo acaba de un trago. Con ayuda de un cúter que saca del primer cajón, corta el precinto de la caja y la abre.

En el interior hay un centenar de fotografías dentro de una bolsa de plástico transparente. La imagen de la primera es impactante: el cadáver de Natalie Fisher boca abajo en el suelo con diecisiete cuchilladas en la espalda desde una perspectiva cenital. La sangre forma un charco oscuro bajo ella.

William agradece que se las envíen reveladas. Pero ha debido de haber un error, falta la prueba que solicitó.

Guarda el contenido de la caja en un cajón de la mesa y se levanta. Se cruza con el oficial Ian Davis, que aún mantiene ese horrendo bigote, y lo saluda con un gesto para no detenerse a charlar. Cuando alcanza el pasillo, sube a un ascensor y pulsa el botón con el número seis. Un par de minutos después, llama con los nudillos a la puerta del despacho del teniente Fallon.

—Hombre, Parker —dice cuando entra en el cubículo—. ¿Alguna novedad sobre el caso de los Fisher?

William hace caso omiso a su pregunta.

—Señor, he recibido las fotografías de la escena del crimen que realizó Criminalística, pero debe haber otro paquete para mí. Pedí una prueba, un libro que...

—Es verdad, ya se me olvidaba —exclama—. Los de Criminalística han enviado ese paquete, sí, pero han decidido no entregárselo a usted, dado que ese libro del que habla no era propiedad de Natalie Fisher, sino de Sharon Fisher, su hija, y de ella se encarga la Unidad de Personas Desaparecidas. Si no me equivoco, es la inspectora Laura Crawford quien está al frente de esa investigación.

William asiente, le da las gracias y vuelve al ascensor, malhumorado.

Él pidió esa prueba. Aunque pertenezca a Sharon, también es parte de su caso. Puede que esa adolescente asesinara a su madre a sangre fría. Porque fue premeditado. Las mantis así lo demuestran.

Sale al pasillo de la segunda planta y busca la oficina de la Unidad de Personas Desaparecidas. Media docena de policías pegados a teléfonos fijos levantan la mirada cuando entra por la puerta.

—¿Dónde puedo encontrar a la inspectora Crawford?

—Está en su despacho —dice una mujer con gafas—, al final del pasillo a la izquierda.

—Gracias.

William sigue las instrucciones de la mujer hasta dar con un rótulo con el nombre de la inspectora. Esta vez no llama. Sorprende a Crawford sentada a su escritorio, delante de un ordenador.

—Inspector Parker, ¿qué le trae por aquí?

—¿Tiene despacho?

Ella hace un ademán, quitándole importancia.

—Nada que se me haya ofrecido por méritos propios. A veces vienen familiares a reconocer prendas u objetos que hemos encontrado y, bueno, la oficina no ayuda. La gente necesita intimidad para hacer estas cosas.

—Entiendo. Escuche, ¿le han enviado un paquete de Criminalística? Pedí que me lo enviaran a mí, pero se ve que se han equivocado con...

—No se han equivocado. Yo también pedí el libro de Sharon y, a fin de cuentas, soy quien investiga su desaparición.

—Fui yo quien le habló de esa novela —dice William, molesto.

—¿Me va a decir que usted la vio primero? Vamos, inspector, no somos niños. —Sonríe—. La desaparición de Sharon Fisher es asunto de mi departamento.

—Pensaba que investigábamos prácticamente el mismo caso —le recuerda sus palabras.

—Mire esto.

Laura coge un periódico que descansa sobre el escritorio y le muestra la portada. En ella hay dos fotografías: una de Sharon y otra de una ambulancia que no tiene nada que ver con lo ocurrido. William reprime un exabrupto al leer el titular: «La madre de Sharon Fisher asesinada».

—Era cuestión de tiempo que se filtrara la noticia —comenta Crawford.

A consecuencia de la alerta AMBER, los periodistas no sienten la necesidad de explicar quién es Sharon Fisher e incluyen su nombre en el titular que habla del asesinato de Natalie.

—Con este periódico en la calle —sigue la inspectora—, usted también debería estar presente en la rueda de prensa de esta tarde.

—Cuente conmigo. No tiene novedades, ¿verdad?

La mirada de Crawford se le clava en las entrañas.

—¿Recuerda el furgón del que le hablé? Pues no aparece en las grabaciones de seguridad cercanas a la casa de los Fisher. Eso no quiere decir que no haya estado allí; se trata de una zona residencial y, si el supuesto secuestrador sabe

111

dónde están las cámaras, puede haberlas sorteado con facilidad. Hacemos lo que podemos, inspector Parker, se lo aseguro. No piense que estamos de brazos cruzados. Además, ya se lo dije: Sharon no es la única menor desaparecida en San Francisco y los recursos escasean. Tengo a todo el equipo atendiendo decenas de llamadas. Algunas quieren ayudar y otras buscan todo lo contrario. Y cada información que se nos proporciona es debidamente comprobada. Créame, no es fácil, ni tampoco rápido. Muchas de las llamadas son falsas. Hay quienes se hacen pasar por secuestradores y piden una ingente cantidad de dinero a cambio de la chica. A la mayoría se les cala enseguida, pero nos hacen perder un tiempo valiosísimo.

—¿Y si uno de ellos es el verdadero secuestrador?

Crawford inspira hondo y lo mira con pesadez.

—Puede que lo que voy a decir no sea profesional, pero espero que me entienda. Ojalá esté en lo cierto y haya un secuestrador en el caso de Sharon Fisher.

20
Jacob Fisher
San Francisco

Jacob está de pie frente a la puerta de la funeraria. Debajo del abrigo y una bufanda, titubea. Tiene miedo de entrar. Mira a ambos lados. No quiere hacer el ridículo, pero le cuesta dar un paso adelante. En un intento de calmarse, inspira lentamente y nota el ritmo desacompasado de su cuerpo. Expulsa el aire por la boca y asiente para sí, como dándose el empujón que necesita. Y, en el instante en que él cree que va a moverse, un hombre vestido con traje negro abre la puerta. Está afeitado y peinado de una forma impoluta. Su nariz es aguileña, y sus cejas y patillas, muy pobladas.

—¿Es usted el señor Fisher?

Jacob parpadea, aturdido.

—Sí.

—He visto su silueta a través del cristal opaco de la puerta —explica el hombre—. Soy Cornelius, hablamos ayer por teléfono para concretar los detalles.

Se estrechan cordialmente la mano.

—Pase, no se quede ahí fuera. Estos días hace frío.

Jacob sigue a Cornelius, pero se detiene nada más entrar. Se encuentran en una especie de vestíbulo espacioso. Las paredes son blancas, sin otro adorno que un par de diplomas. Delante de él hay dos puertas cerradas y, por un segundo, se imagina que debe elegir entre ellas por alguna razón absurda.

—Señor Fisher. —Cornelius se le acerca al reparar en su estado—. Siento mucho su pérdida. Ya está todo preparado. Me gustaría que entrara y me dijera qué le parece antes de que venga la gente. Si hay algo que no le gusta o quiere de otra forma, solo tiene que decírmelo. Mi socio y yo estamos hoy aquí para servirle.

—¿Dónde está ella? —pregunta Jacob casi sin mover los labios.

Cornelius señala la puerta de la izquierda y Jacob se pregunta si, de tener que elegir, habría elegido esa.

Con un nudo en el estómago, cruza la puerta y entra en una sala más grande. Hay velas y flores colocadas por toda la estancia, pero sin que llegue a ser excesivo. En un rinconcito, dos mesas redondas disponen de agua, café e infusiones. Unas cincuenta sillas plegables están ordenadas en filas a ambos lados de un pasillo central que lleva a un altillo. Allí, entre coronas de flores, Natalie descansa dentro del féretro abierto, de perfil a la puerta.

Jacob se quita la bufanda y llora al verla. Ahora no se bloquea, sino que se aproxima hacia su mujer sin un atisbo de duda. «Natalie no se merece menos», se dice. Cuando sube el escalón enmoquetado, la observa de cerca y sonríe entre lágrimas. Está preciosa. Su tez parece sonrosada y su maquillaje es tan sutil que ni se percibe. Es ella. Jacob reconoce a su esposa y da gracias por ello. Cornelius ha hecho un gran trabajo.

Se gira y lo ve en el centro de la sala, a la espera de su aprobación. Jacob se muerde el interior de la mejilla y asiente, lo que es suficiente para él, que imita su gesto en un intercambio silencioso.

La puerta se abre y entran los padres de Natalie. Pasan junto a Cornelius, que se aparta a un lado, y se acercan apresurados al altillo. Agnes Grant suelta un alarido por el camino. Ernest aparta la mirada. No quiere ver así a su hija. Ambos llegan hasta el féretro y, para sorpresa de Jacob, no le dedican ni una palabra.

Aún se escucha la voz rota e ininteligible de Agnes cuando las primeras personas acuden al velatorio. Jacob recibe las condolencias de todas ellas y se deja arropar por familiares, amigos y conocidos.

Al cabo de una hora, con la sala llena de gente, una pareja de sesenta años largos hace que Jacob se desborde nada más verla. Se trata de James y Eleanor Fisher, sus padres. Han volado desde Londres para el entierro de Natalie y, por supuesto, para estar junto a su hijo en estos momentos tan difíciles.

—Gracias por venir —dice Jacob durante un tierno abrazo—. ¿Dónde habéis dejado vuestras cosas?

James, de porte estirado y pelo escaso en la coronilla, le pone una mano en el hombro.

—Hijo, no te preocupes por eso ahora. Tenemos donde quedarnos.

—Hay sitio en casa —protesta Jacob.

Eleanor mira con tristeza a su hijo. Tiene un lunar junto a la boca y el cabello rizado y canoso.

—No queremos ocupar el espacio de Natalie, ni tampoco el de Sharon —explica—. Nos quedaremos en un hotel hasta que ella vuelva.

—¿Se sabe ya qué ha podido pasar? —pregunta James.

—La policía lo está investigando, pero no creo que consigan descubrir nada.

—No pierdas la esperanza, hijo —le suplica Eleanor.

Él se encoge de hombros, sin fuerzas.

—Esto ha sido como un tsunami. Mi vida... —Niega con la cabeza, dolido—. Mi vida nunca volverá a ser como antes. No sé cómo voy a seguir adelante sin ellas.

James se molesta al ver la actitud negativa de su hijo. Él entiende que no es una situación fácil, pero no le gusta que Jacob hable como si Sharon también hubiera muerto.

—Todo se solucionará, ¿me oyes? —dice firme—. La policía atrapará al asesino de Natalie, y Sharon volverá a casa.

—Seguro que sí —respalda Eleanor—. Y no estás solo, cariño, nos tienes a nosotros. Siempre, hasta el último de nuestros días nos tendrás a tu lado.

Él baja la mirada y asiente.

—Gracias.

—Jacob, ¿cómo estás? —pregunta una voz masculina.

Cuando levanta los ojos hacia David Pratt, no sabe cómo reaccionar. Va acompañado de Helen, su esposa. Ambos lo miran con cara de lástima, y siente cómo algo se enciende en su interior. Les dice a sus padres que hablarán más tarde, y ellos van con los Grant.

—¿Qué haces aquí? —inquiere Jacob, molesto.

David lleva el traje gris del trabajo, el mismo que tiene que ponerse él todos los días para ir a la sucursal. Helen no se ha quitado el plumífero marrón. A Jacob le hierve la sangre con solo verlos. ¿Era necesario maquillarse tanto para venir al velatorio de Natalie?

—Es lo menos que podíamos hacer —contesta David—. Ven aquí, amigo. —Le da un abrazo que él no corresponde.

—Nuestro más sincero pésame, Jacob. —Helen habla con una mano en el pecho—. Es horrible. ¿Qué ha pasado? Nos han dicho que Natalie fue asesinada. ¿Es eso cierto?

Jacob no le hace caso y se dirige a su jefe:

—Te lo voy a volver a preguntar. ¿Qué coño haces aquí, David?

—¿Cómo que...? ¿Qué vamos a hacer? Pues mostrar nuestras condolencias.

—No necesito tu pésame.

—Es normal que estés enfadado. Pero, tranquilo. Vamos a pillar al hijo de puta que se ha llevado a Natalie por delante, ¿me has oído? Y yo te ayudaré en lo que sea.

—Tampoco necesito tu ayuda.

—Pobre Natalie —comenta Helen—. Con lo buena que era. Mira qué guapa.

—Por cierto —cae de pronto David—, ¿qué hay de Sharon? ¿La han encontrado ya?

—No.

David suelta un bufido y se acerca a Jacob para que su mujer no oiga lo que va a decir:

—Estará con algún capullo y ni siquiera sabrá que... También te digo, qué mal momento para hacer de las suyas.

Un impulso le recorre el cuerpo a Jacob. Le soltaría un puñetazo. Se abalanzaría sobre él y lo golpearía hasta dejarlo inconsciente, pero se contiene. Por Natalie. No quiere tener ese recuerdo del día en que la verá por última vez.

—Iros de aquí. Los dos.

—¿Por qué eres tan desagradecido con nosotros, Jacob? —se sorprende Helen.

—¡Que os vayáis! —grita, rojo de ira.

El velatorio enmudece y todos se giran hacia ellos. Durante unos segundos nadie se mueve. Finalmente, es David quien habla:

—Vámonos, Helen. No sé por qué, pero aquí no se nos quiere. —Mira el cuerpo de Natalie en el ataúd, gesto que no pasa desapercibido para Jacob, y se dirige a él—: Ya hablaremos tú y yo. Lo siento mucho.

Y, entre decenas de ojos inquisitivos, la pareja abandona la sala en silencio.

21
William Parker
San Francisco

Ha vuelto a casa. Tras la conversación con Laura Crawford, ya no sabe qué pensar. Sin una conexión clara con las desapariciones de April Jones y Jessica Robbins, la inspectora sigue considerando que el de Sharon es un caso aparte y que ha sido capaz de matar a su propia madre. Pero William quiere pensar que se equivoca. Y para ello tiene que encontrar pruebas que demuestren la inocencia de la chica.

Como era de esperar, Laura se ha quedado la novela de terror de Alessandra Fiore. Él debe conformarse con las fotografías de la escena del crimen, que ahora reposan sobre el escritorio de su despacho personal, dispuesto con los muebles necesarios para trabajar y nada más. Las examina detenidamente. El cadáver de Natalie Fisher fue capturado desde todos los ángulos posibles. Las fotografías le muestran cada centímetro de la mujer tal y como el agresor la dejó. William se fija en su espalda, en la mancha oscura de su jersey, en las laceraciones profundas. Saca la grabadora y aprieta un botón:

N.º DE CINTA 49. 11-01-2017. 12.45 h:
Me pregunto si la escena del crimen tendrá alguna connotación erótica. La mayoría de los asesinos en serie satisfacen sus deseos sexuales con el asesinato. Algunos violan a su víctima antes de matarla, pero, según el informe de la doctora Butler, no hay indicios de ese tipo en este caso.
Aunque también están las mantis religiosas.
Jacob dijo que se estaban comiendo a su esposa.
Pero ¿son realmente carnívoras?

De pronto recuerda que conoce, o conocía, a una persona experta en insectos. Judy Chambers, la esposa de su mejor amigo Alfred, murió en 2010. Era entomóloga, se dedicaba a estudiar insectos en un laboratorio. William se acuerda de ver decenas de libros sobre mosquitos, escarabajos y arañas en su casa de Los Ángeles.

Un sentimiento de culpa lo invade.

Le prometió a Alfred visitarlo hace meses.

Se conocieron en su primer día de servicio como policía de San Francisco. Sin querer, William tropezó con él y le tiró su café encima de la camisa. Alfred, que ya tenía más de cincuenta años en ese momento, lo miró perplejo, y William se vio en la obligación de invitarlo a otro café. Casi le suplicó que lo aceptara. Fue entonces cuando Alfred le contó que él también era policía, que trabajaba en la División de Tráfico de Los Ángeles y que estaba en San Francisco de vacaciones con su esposa. Judy lo esperaba impaciente en el asiento trasero de un taxi. Cuando lo vio acercarse con la ropa manchada junto a un oficial, salió del coche preocupada. William le explicó lo que había ocurrido y les pidió disculpas. Ellos se mostraron de lo más comprensivos, pero aun así William quiso pagarles el trayecto en taxi.

—¿Quieres pagar? —rio Alfred—. Adelante, chico, hazlo. Pero te aviso, eso tendrá consecuencias.

—¿Qué clase de consecuencias? —preguntó William.

No quería que le contaran nada del incidente a sus superiores.

—Desayunar con nosotros mañana, así me cuentas qué se cuece en el Departamento de Policía de San Francisco. A cambio, yo te puedo hablar de los casos del sur. ¿Qué me dices?

—Ay, Señor —exclamó Judy, irónica, antes de que William respondiera—. Lo que me faltaba. No tenía suficiente con un policía...

Y, sin buscarlo, surgió una bonita amistad entre ellos. De vez en cuando, William conducía hasta Los Ángeles y pasaba el fin de semana en su casa. Otras veces eran ellos quienes subían a un avión y se hospedaban en su humilde morada de Pacífica, donde vivía de alquiler antes de mudarse a San Francisco. Ambos le decían que ahorraban tiempo y dinero por el aire, pero él prefería, y sigue prefiriendo, viajar sobre el asfalto. Los casos policiales y los estudios de Judy eran los principales temas de conversación entre ellos. Solían decir que cada uno tenía sus propias investigaciones y que, bien visto, no distaban mucho las unas de las otras.

A William siempre le parecieron la pareja perfecta. Alfred era la voz de la razón, mientras que Judy era mucho más intuitiva. Pocas veces se equivocaba. Era muy inteligente, y los resultados de sus proyectos lo avalaban.

Hace siete años, Alfred, que contaba los días para jubilarse, recibió un aviso en su radio policial. Al parecer, se había producido una fuerte colisión en el barrio de Silver Lake y él era el oficial más próximo al accidente. Cuando llegó y consiguió hacer que los curiosos se apartaran de los vehículos afectados, se acercó a echar un vistazo. Dos coches estaban detenidos en medio de la calzada con la carrocería aplastada. Reconoció su matrícula en uno de ellos. Aterrado, levantó la vista y vio a su mujer al volante. Había muerto.

Aquel fue un golpe terrible. Cuando llamó a William para contárselo, casi no podía ni hablar. William se pidió un permiso en el trabajo y viajó a Los Ángeles para asistir al entierro de Judy y consolar entre lágrimas a su amigo. Desde entonces, se han visto con menos frecuencia. A William le entristece pensar en ello, pero es la realidad. Hablan por teléfono, eso sí, pero no se ven desde el verano pasado.

Decide al instante ir a verlo. Pero antes tiene que resolver este caso, y Alfred puede ayudarlo en lo referente a las mantis.

Se levanta y sale del despacho. Antes de bajar las escaleras, ve un par de camisas tiradas en el pasillo; aunque no está orgulloso de ello, William es de esas personas que tiran la ropa sucia al suelo y no la recogen hasta que tienen que poner una lavadora. En la planta de abajo, entra en el salón y descuelga el teléfono fijo.

Marca el número de Alfred y espera hasta oír su voz.

—Pero, bueno, ¿te has equivocado, muchacho?

—¿Cómo estás, Alfred? Estaba pensando en ir a verte.

—No mientas. Estoy convencido de que no me llamas por eso. ¿Cómo es el asesino esta vez?

William sonríe. Alfred lo conoce demasiado bien.

—Aún no sé qué tipo de perfil estoy buscando —confiesa—. Pero hay algo que me puede acercar a él.

—¿De qué se trata?

—Había mantis religiosas vivas sobre el cadáver.

Un breve silencio se cuela por el auricular.

—Entonces no me necesitas a mí, sino a Judy —dice con tristeza.

—Ojalá pudiera hablar con ella, Alfred. Pero, en su lugar, espero que tú me puedas ayudar con esto.

—¿Cómo puede ayudarte un viejo policía jubilado?

—Revisando los libros de Judy. Puede que tuviera alguno sobre mantis religiosas.

Alfred suspira con pesadez.

—Está bien. Dame un segundo.

William oye cómo deja el auricular sobre el mueble de su salón y lo imagina buscando entre la gran biblioteca de su difunta esposa.

Al cabo de unos minutos, vuelve a oír su voz:

—¿Estás ahí?

—Sí, aquí sigo.

—He encontrado un libro sobre esos bichos. ¿Qué quieres saber exactamente?

—Si podrían alimentarse de carne humana.

—¿Quieres saber si son carnívoros?

—Así es.

—Por favor, William. Eso lo puedes buscar en internet. Que te tenga que decir yo esto...

—Soy un hombre de papel y lápiz, ya me conoces.

—Y yo uno que necesita sus gafas para leer. ¿Por qué diablos hacen la letra tan pequeña? Espera un momento.

Vuelve a oír cómo deja el auricular y se aleja del teléfono. Un rato después, regresa:

—Vale, a ver. Aquí dice que... Sí, las mantis religiosas son carnívoras. Comen insectos pequeños. Moscas, polillas, saltamontes, grillos. Pero...

—¿Qué?

—También pueden llegar a comer animales más grandes, como anfibios, aves, lagartos, serpientes y algunos mamíferos pequeños.

—Entonces ¿podrían estar alimentándose de una persona?

—No tengas tanta prisa, que uno ya tiene su edad y le cuesta.

Espera en silencio.

—Aquí pone que son inofensivas para el ser humano. No tienen una mandíbula lo bastante fuerte como para ser consideradas un peligro.

William piensa en las fotografías que acaba de ver.

—No mataron a la víctima, eso está claro. Pero, teniendo en cuenta el estado de su espalda, puede que sí se estuvieran alimentando de ella.

—¿Te dice algo?

—No lo sé. Ahora mismo, no. Pero gracias, Alfred.

—No hay de qué, amigo —balbucea—. Escucha, ¿quieres que vaya a San Francisco? Puedo...

—Ni hablar. Te prometí que iría yo. Esta vez me toca a mí.

—No me importaría, de verdad.

—Déjame terminar con esto y dentro de nada me tienes ahí contigo.

—Está bien.

—Gracias por la charla.

—A ti por llamar.

William vuelve sobre sus pasos, sube al despacho y se sienta de nuevo frente al escritorio.

N.º DE CINTA 49. 11-01-2017. 13.08 h:
¿Por qué mantis religiosas? ¿Tendrán un significado concreto para el asesino? ¿Se le preguntó a Victor Black en su día acerca de los insectos? Necesito leer el expediente de ese caso.

Frustrado, coge las fotos y las va pasando una a una. La mano izquierda de Natalie Fisher. Su jersey verde. Su rostro. Una pata de la mesa salpicada de sangre. El suelo mojado. El fregadero. La encimera. El organizador de cuchillos.

Se detiene.

Vuelve atrás. La fotografía de la encimera es clara: no hay rastro del cuchillo sobre ella. Rescata la del fregadero y, en efecto, tampoco estaba allí.

N.º DE CINTA 49. 11-01-2017. 13.11 h:
En el organizador de cuchillos de los Fisher faltaba una pieza. El informe de la autopsia hablaba de una hoja de trece centímetros. Si el hueco encaja con ese dato, querrá decir que, posiblemente, el arma del crimen salió de la misma casa. Y eso apuntará a Jacob y Sharon Fisher. Otra vez.

22
Jacob Fisher
San Francisco

En San Francisco no hay cabida para los muertos. En 1914, tras la migración de miles de personas por la llamada «fiebre del oro», los cementerios de la ciudad se vieron sin espacio suficiente para más entierros. Como respuesta al problema, las autoridades emitieron una orden que permitía exhumar todos los cuerpos y reubicarlos en otro lugar. Así pues, ciento cincuenta mil cadáveres fueron trasladados a Colma, un pequeño pueblo en el condado de San Mateo, a dieciocho kilómetros al sur de San Francisco. Allí, diecisiete cementerios abarcan el 73 por ciento de su terreno. Y, con una población de apenas mil cuatrocientos habitantes, Colma registra cifras de casi dos millones de muertos bajo tierra. San Francisco se quedó con tan solo dos camposantos: el Cementerio Nacional, destinado a veteranos de las fuerzas armadas y sus familiares, y el cementerio de la parroquia católica Misión Dolores. Por lo general, las personas fallecidas procedentes de San Francisco son enterradas en Colma. El entierro de Natalie ha sido en el Cementerio Salem, de la misma ciudad.

Jacob vuelve a San Francisco junto a sus padres en el coche. Los lleva al hotel donde se alojan y se despide de ellos con un eterno abrazo.

El inspector Parker lo ha llamado: quiere hablar con él. Jacob no sabe de qué se trata, pero el entierro lo ha dejado sin fuerzas. Se siente muy cansado, como si todo hubiera acabado, y le gustaría aplazar esa reunión a otro momento. No obstante, él sabe que nada ha terminado en realidad.

Cuando aparca el BMW delante de su casa, ve el Mini Cooper negro del policía y se pregunta si no hay suficientes coches patrulla en el Salón de la Justicia. No cruzan ni una palabra. Jacob le hace un gesto y entran en la vivienda.

—¿Sharon? —Jacob lanza la pregunta al aire, pero no obtiene respuesta.

Decepcionado, deja las llaves en el mueble del recibidor y lleva a Parker al salón.

—¿Qué ocurre?

Parker se toma su tiempo. Barre el salón con la mirada, al acecho de elementos nuevos.

—¿Me puede dar una lista de los asistentes al entierro? —dice mientras saca su libreta para tomar apuntes.

—¿Es necesario? —No espera respuesta, coge aire y enumera, despacio—: Mis padres, James y Eleanor; Agnes y Ernest, mis suegros. Nancy, Carol y Ruth, unas amigas de Natalie. Después estaban unos compañeros de la escuela, la directora... —Jacob se harta de recordar—. Mire, no sé qué quiere conseguir con esto.

—¿Le ha sorprendido ver a alguien hoy?

—Ha venido gente que hacía siglos que no veía. Pero es normal, ¿no?

—Supongo que sí. ¿Estaba el féretro abierto en el velatorio?

—¿Cómo dice?

—Solo quiero saber qué ha decidido.

—Sí, lo estaba.

Parker asiente una sola vez.

—¿Qué? —pregunta Jacob.

—No he dicho nada —se defiende el policía.

—Pero ha pensado algo. ¿Qué pasa si el féretro estaba abierto? Dígamelo. Por favor —añade.

Parker duda, y finalmente lo dice:

—Tras el asesinato, volver a la escena del crimen o tener la oportunidad de ver el cadáver de nuevo puede entrar en los planes del asesino. No siempre es así —aclara—. Pero, si el acto ha sido satisfactorio para él, es probable que quiera sentir algo parecido, aunque no sea igual de intenso.

Jacob tartamudea, sorprendido:

—¿Qui... quiere decir que el asesino de Natalie puede haber venido a darme sus condolencias solo por verla una vez más?

—Solo es una posibilidad.

Jacob se queda aturdido. No puede parar de pensar en David. El subdirector de la sucursal ha ido al velatorio con Helen. Jacob recuerda cómo su mirada se ha posado un momento en el féretro abierto para luego dirigirse a él antes de irse: «Ya hablaremos tú y yo».

Está a punto de contárselo a Parker, pero se detiene. Esto es cosa suya. Él mismo se encargará de David.

—No sé qué decirle. —Cierra los ojos un instante—. Había mucha gente. Todos han visto a Natalie.

—Entiendo. No se preocupe. ¿Puedo ir a la cocina? Necesito comprobar una cosa.

Jacob vacila. Le gustaría preguntar qué es lo que quiere ver, pero estaría fuera de lugar. Así que toma aire y lo invita a ir con un ademán.

El inspector sale al pasillo y se desliza por el vano de la puerta de la cocina. Aún huele a los productos de limpieza que se usaron después de levantar el cuerpo de Natalie. Parker no se entretiene. Rodea la mesa y se acerca a la encimera. Mira en el fregadero y en todos los cajones que encuentra.

—¿Puedo ayudarle?

Jacob observa al policía desde el pasillo.

—¿Dónde está el cuchillo que falta, señor Fisher?

—¿El cuchillo? Pues no lo sé, la verdad. —Intenta aparentar serenidad—. Lo habré dejado en algún sitio. A veces lo uso como destornillador. Soy un desastre. ¿Por qué lo pregunta?

Parker no responde. Saca del abrigo un palillo largo con marcas hechas a rotulador y lo inserta en el hueco del clasificador. Se aproxima y murmura algo.

—¿Qué ha dicho?

El corazón de Jacob bombea con fuerza.

Parker guarda el palillo y se vuelve hacia él.

—El cuchillo que falta mide trece centímetros.

—¿Y qué?

—Es lo mismo que mide el que usaron para matar a su esposa, señor Fisher. Es posible que el cuchillo que falta sea el arma del crimen.

—Oiga —suelta nervioso—, ese cuchillo debe de estar por alguna parte, ¿vale? Lo buscaré. Seguro que...

—¿Y qué demostraría con eso?

—¿Qué quiere decir? —Se pasa una mano por la cara. Está sudando.

—Dígamelo usted.

—¿Cree que soy sospechoso del asesinato de Natalie? —Jacob se tambalea y se apoya en la pared—. Por favor... Yo no soy un asesino. ¿Cómo voy a matar a mi propia esposa?

—¿Cómo era su relación después de lo que ocurrió en 2009?

Jacob arruga el entrecejo. Parker no le deja contestar y sigue adelante:

—¿Ella consiguió olvidar todo lo que le hizo pasar? ¿Le perdonó sus ausencias y su infidelidad? ¿O continuaron juntos por la hija que tenían en común?

—¿Cómo sabe todo eso?

El silencio de Parker lo enerva más que sus palabras.

Jacob se esfuerza por pensar una respuesta, pero se siente presionado y le cuesta razonar.

—Yo... Fuimos a terapia juntos. Ella dijo que me perdonaba. Yo estaba arrepentido, me sentía fatal por lo que había hecho y me costó creer que, después de todo, Natalie quisiera seguir a mi lado. Trabajé mucho para convencerme. Si hubiera sido al revés, yo no... El psicólogo me dijo que, si no lo hacía, me atormentaría toda la vida. Lo conseguí. Fuimos felices durante estos últimos años. No me haga cambiar de visión ahora, por favor. Natalie ya no está.

No me hable de problemas que no puedo resolver con ella a estas alturas. Se lo suplico —susurra.

Parker reflexiona sobre lo que acaba de contar Jacob y cambia el tono a uno más comprensivo:

—Entonces ¿ella no le pidió el divorcio?

—Nunca lo hizo.

—¿Tampoco ahora?

—No.

—De acuerdo. Solo una cosa más, señor Fisher.

Jacob lo contempla exhausto, como si hubiese perdido todas sus fuerzas.

—A raíz de este nuevo dato del cuchillo y con su desaparición, nos vemos obligados a replantearnos el papel de Sharon en el asesinato de Natalie. Que no le hayan llamado pidiendo un rescate no...

Jacob deja de escuchar y se queda mirando el suelo de la cocina. El cadáver de su mujer se plasma delante de él con todo lujo de detalles. Sus piernas dobladas. La espalda ensangrentada. Las mantis religiosas que estiran sus largas patas y hurgan en las heridas abiertas.

—¿Señor Fisher?

Jacob parpadea varias veces.

—Señor Fisher —insiste Parker—, ¿me está escuchando?

—¿Qué? —pregunta, descolocado.

—Usted ya pensaba que el asesinato de su esposa y la desaparición de Sharon podían estar relacionados... de la peor manera, ¿verdad?

Jacob no puede contestar. Le falta el aire. Se lleva una mano al pecho y trata de inspirar hondo. Casi sin darse cuenta, las lágrimas acuden a sus ojos y se desmorona.

Parker espera a que se tranquilice y, cuando ve la oportunidad, vuelve a la carga:

—¿La prensa se ha puesto en contacto con usted?

—No —niega mientras se enjuga los ojos—. Pero ayer hubo periodistas en Presidio Real. He visto fotos de la batida en varios periódicos.

Ninguno lo dice, pero ambos piensan que fue una suerte que no lo fotografiaran manchado de sangre de zorro. Eso habría sido un escándalo.

—¿Cómo piensa afrontar la rueda de prensa de hoy? —pregunta Parker.

—No lo sé. La inspectora Crawford me ha citado una hora antes en el Salón de la Justicia para prepararlo todo.

—Quiero que entienda una cosa, señor Fisher. Lo que tiene por delante va a ser duro: la alerta AMBER ya había dado a conocer a Sharon y, ahora que se ha filtrado la noticia del asesinato de Natalie, es muy probable que la gente relacione ambos hechos y construya sus propias conjeturas. Lo que quiero decir es que debe aprovechar los minutos que le van a conceder delante de los medios. Puede que no sea la única rueda de prensa que tenga que dar, pero, en cualquier caso, sea prudente con lo que dice.

—¿Usted estará allí?

—Sí.

—Y... ¿va a decir que Sharon y yo somos sospechosos?

—No, y usted tampoco debe hacerlo. No diga nada respecto al asesinato de Natalie, ¿de acuerdo? Le pedirá a su hija que vuelva a casa delante de las cámaras y, en caso de que alguien la tenga retenida, que la deje marcharse sana y salva. La inspectora Crawford se lo explicará mejor.

Los nervios trepan por la columna de Jacob. No se ve capaz de hacerlo.

—Tengo miedo, inspector Parker.

—Es normal.

Jacob niega con la cabeza.

—No me ha entendido —dice—. Tengo miedo de que Sharon haya matado a su madre.

23
William Parker
San Francisco

Sube al coche con un nudo en el estómago. Saca la grabadora y, tras unos segundos en los que se queda pensativo, empieza a registrar sus avances:

N.º DE CINTA 49. 11-01-2017. 14.05 h:
La procedencia del arma del crimen refuerza las sospechas sobre Jacob y Sharon. Fue un asesinato planificado, las mantis lo demuestran, y es muy improbable que un asesino de fuera recurriese a un arma circunstancial, de manera que...
Hay algo que no puedo perder de vista: hoy me he fijado en que Jacob es diestro, como el asesino de su esposa.

El móvil lo saca de sus pensamientos y detiene la grabación.
—¿Teniente? —dice al descolgar.
—Parker, le necesito en el John McLaren Park. Ya hay una unidad en camino.
—¿Qué ocurre?
Fallon hace una pausa.
—Es una de las niñas.

Conduce despacio por el parque. Sigue la curvatura de Persia Avenue y Mansell Street y se cruza con el autobús 29 antes de girar a la izquierda por un camino que se abre al público a las cinco de la madrugada. El coche patrulla está a un lado del camino. Junto a él, un banco de madera verde y la entrada de un sendero. La hierba está seca a su alrededor. El marrón se mezcla con el verde bajo un sol tibio y poco esperanzador.

William se baja del Mini y se acerca a los oficiales Ian Davis y Madison Bennett, que custodian el lugar en silencio.

—¿Quién ha dado el aviso? —les pregunta.

Davis se acicala el bigote.

—Unos turistas —dice—, una pareja que recorría el sendero.

—Les hemos tomado declaración —le informa Madison—, tenemos los datos en el coche. No hemos visto necesario retenerlos aquí.

William asiente.

—¿Dónde la han encontrado?

—Está ahí, detrás de ese arbusto —señala Davis—. Criminalística y la forense están de camino. El juez también está avisado.

William pasa junto al banco de madera y camina por el sendero. Cuando rodea el arbusto, que le llega al pecho, la ve. Está sobre la hierba seca, boca abajo y con la cabeza ladeada, justo en la misma posición que Natalie Fisher. El cabello negro le cae sobre la cara. Va vestida con una camiseta blanca de manga larga con dibujos de lugares emblemáticos de California. Su estrecha espalda está perforada cinco veces y la sangre ha oscurecido el tejido. Unas mantis religiosas caminan sobre ella; hay varias más a cierta distancia del cuerpo.

William se acuclilla y le aparta un mechón del rostro. Sus ojos rasgados están cerrados. La reconoce. Recuerda haber visto su ficha en la página web de Personas Desaparecidas. Es April Jones, la niña de diez años de Ohio.

Se incorpora, traspuesto. Un coche frena en seco a unos metros. De pronto se cierra una puerta y se oyen unos pasos acelerados.

—¿Dónde está?

La inspectora Crawford aparece por detrás del alto arbusto. Mira el cuerpo inmóvil de April un segundo y, al ver que la tragedia se confirma, cierra los puños y levanta la cabeza al cielo.

—¡Maldita sea! —grita.

—Lo siento —dice William.

Crawford se obliga a mirar el cadáver. Respira hondo y se acerca. Observa el cuerpo de la pequeña con los puños aún apretados.

—Cúbrala, por favor.

—No puedo hacerlo —le explica él—. Necesito que todo quede registrado en las fotografías de Criminalística. También los insectos.

—¿Por qué?

—En la escena del crimen de Natalie Fisher había mantis religiosas. Es el mismo asesino. La desaparición de Sharon sí que está relacionada con esta de April Jones. Y, si la de April estaba relacionada con la de Jessica Robbins, ahora tenemos algo que une a las tres niñas. Sharon no se ha fugado. Es una víctima.

Crawford asiente.

—No comente lo de las mantis con nadie —le pide William—. Es un detalle que no hemos hecho público. Es mejor que continúe así.

—Tengo que hablar con los padres de la niña —dice ella con la cabeza en otra parte.

—La puedo acompañar, si quiere.

—No. Ellos no le conocen. He sido yo quien les ha dado algo de esperanza estas semanas, quien les ha dicho que haría todo lo posible por encontrar a su hija con vida. He sido yo quien les ha fallado. Es mi responsabilidad darles la noticia.

Está dolida, como si esa pérdida también fuera suya. Aunque, en parte, así es. Anunciar una muerte es quitar un pedazo de vida.

—No se castigue por esto —le aconseja William.

Crawford baja la mirada.

—Alguien tiene que hacerlo —dice, y se aleja de la escena del crimen.

La doctora Butler llega poco después. Ella también se lamenta al ver el cuerpo sin vida de la niña. Comenta con tristeza que ha seguido las noticias de las desapariciones desde que sucedieron.

—Era solo cuestión de tiempo —se lamenta.

—Creo que el autor de este crimen es el mismo que el de Natalie Fisher, doctora. Necesitamos conocer la profundidad de las incisiones y si son compatibles con un atacante diestro.

—Me está pidiendo que haga mi trabajo, inspector. No se preocupe, todo estará reflejado en el informe de la autopsia.

—Si no es mucha molestia, le agradecería que me avisara antes de terminar el informe. Como comprenderá, el tiempo apremia.

Tres técnicos de Criminalística bajan de su furgón minutos después. Se preparan para tomar muestras de todo el perímetro y, antes de que la doctora Butler inspeccione el cadáver, uno de ellos lo fotografía desde diferentes ángulos. William se hace a un lado y piensa en el giro que ha dado el caso mientras oye el sonido de la cámara, una y otra y otra vez, recordándole que hay una niña muerta a tan solo unos metros, y que no será la única si no hace algo pronto.

24
William Parker
San Francisco

Son las cuatro y media de la tarde cuando William baja a la planta sótano del Salón de la Justicia y entra por la tercera puerta a la izquierda. En una suerte de despacho subterráneo, Jim se come un dónut recubierto de chocolate delante de la pantalla del ordenador. Se supone que la lata de Coca-Cola Light que reposa sobre la mesa atestada de papeles viejos es para compensar la cantidad de azúcar del bollo. No es que sea un gran cambio en su dieta, pero por algo se empieza.

El informático, que repara en su presencia justo cuando está a punto de darle un bocado al dónut, detiene el movimiento como si lo hubieran sorprendido en una travesura.

—Puedo esperar fuera, si lo prefieres —dice William.

Jim da finalmente el bocado y lo invita a pasar con un gesto.

—¿Qué te cuentas, William? —pregunta con la boca llena—. Hacía tiempo que no te pasabas por las cloacas.

—He estado ocupado.

—¿Cuándo no lo estás?

William sonríe.

—Necesito que me saques un expediente, Jim.

—La familia bien, gracias —comenta, y se apresura a terminarse el dónut para llevar las manos sucias al teclado—. ¿A qué expediente te refieres?

—Al del caso Victor Black, de 2005.

—Sabes que puedes buscarlo tú mismo, ¿verdad?

—Prefiero que lo hagas tú y me lo des impreso, si no es mucha molestia.

—No. Por supuesto, inspector Parker —dice lacónico.

—Trabajo mejor con el papel —se justifica él—. La tecnología no...

—Tranquilo, todo el cuerpo sabe que eres un hombre del Renacimiento.

Jim teclea en su ordenador y, tras unos cuantos clics, la gran impresora que descansa junto a la pared empieza a sacar páginas y páginas con la tinta fresca. Al cabo de un minuto, la máquina se detiene con un sonido descendente. El informático se levanta, coge los folios y les da golpecitos sobre la mesa hasta que quedan ordenados. Le tiende el taco.

—Son veinte pavos.

—Pídeselos al teniente Fallon.

—¿Ese hombre no se jubila?

—Está a punto. Debe de estar de buen humor, así que yo probaría con lo del dinero. A lo mejor tienes suerte.

—Ni muerto.

William da unos pasos hacia la puerta y se gira.

—Gracias, Jim.

Él hace media reverencia de forma sarcástica.

—Para servirle —se despide.

William deshace el camino por el pasillo. Entra en uno de los ascensores y sube a la tercera planta. El barullo de la oficina se cuela por el pasillo cuando las puertas metálicas le abren paso. Al atravesar el umbral, se cruza con el inspector Harris, que lo saluda sin detenerse.

—Harris —lo llama antes de que abandone la sala.

Él lo mira con urgencia.

—Lo siento, Parker. Tengo prisa.

—Es solo un momento. ¿Puedes estar en la sala de observación a las siete?

—¿Por qué?

—Quiero que escuches desde el otro lado y me des tu opinión.

Harris entrecierra los ojos. Echa un vistazo a su reloj de pulsera y asiente.

—Allí estaré.

William va a su mesa. Se sienta y ojea los documentos que le acaba de facilitar Jim. El informe del caso Victor Black es un trabajo bien hecho, propio de Harris. Además de una cronología completa de la investigación y las conclusiones por parte del forense y Criminalística, incluye los resultados de unos cuestionarios que se le hicieron a Black tras su detención, hecho que ayudaba a conocer más de cerca su naturaleza.

Lee con atención los detalles del primer crimen. La víctima fue Ruby Hoffman, de treinta y siete años. Según las declaraciones de Isaac Hoffman, ambos estaban en proceso de divorcio. Dado que ninguno de los dos disponía de una segunda vivienda u otro lugar donde quedarse, seguían compartiendo casa, pero dormían en habitaciones separadas. Mientras uno se quedaba en el dormitorio principal, el otro pasaba las noches en el cuarto de sus hijos. Llevaban dos meses así cuando, una noche, Ruby llevó a alguien a casa. Isaac ya estaba en la habitación de los niños, dentro de un saco de dormir tirado en el suelo. Sus hijos dormían. Él no. Ruby no había avisado de que llevaría a nadie. Tampoco le había dicho que se estaba viendo con otro hombre.

Isaac no hizo nada, pero lo oyó todo.

A la mañana siguiente le pidió ir a ver algo en el campo de trigo que rodeaba la casa para discutir lejos de sus hijos. Le recriminó que aquello había sido un acto despreciable teniendo en cuenta que él y los niños estaban en casa. Ruby, que anhelaba escapar de esa vida y rehacerla con otra persona, le dijo que tenía razón, que había sido imprudente y que tendría más cuidado la próxima vez. Aunque esa no era la respuesta que Isaac esperaba, tuvo que morderse la lengua.

Al cabo de dos semanas, el 29 de junio, Ruby volvió a quedar con alguien allí. Fueron sigilosos: evitaron los peldaños de la escalera que crujían, se metieron en la habitación de matrimonio y cerraron la puerta. Horas más tarde, con el sol fuera, Isaac encontraría a Ruby muerta y cubierta de mantis religiosas vivas.

No pudo dar ningún tipo de descripción del hombre que había entrado en su casa por segunda vez, si es que había sido el mismo, porque nunca llegó a verle la cara. En esa ocasión ni siquiera había escuchado su voz. Según le dijo al inspector Harris, creyó escuchar unas risas contenidas de Ruby, pero nada más.

La segunda víctima de Victor Black fue Lillian Perkins, de treinta y un años, asesinada el 21 de julio. Vivía de alquiler en un pequeño estudio en el centro de San Francisco, uno que, según declararon sus padres, le permitía ahorrar para, en el futuro, pagar la entrada de su primera vivienda. Nadie se enteró de que había quedado con un hombre. Al menos, esa fue la conclusión a la que llegó Harris. Lillian era una mujer joven e independiente, sin compañeros de piso ni nadie a quien dar explicaciones. Fueron sus padres, después de muchas llamadas sin respuesta, quienes entraron en el estudio y la encontraron sin vida en el lecho. La cerradura estaba intacta, así que Harris supuso que Lillian había llevado al asesino allí, como había hecho Ruby Hoffman. Los insectos se contaban por decenas.

Todo cambió el 7 de agosto con la tercera víctima. Se trataba de Sally Graham, de treinta años. Ella sí que compartía piso, así que, en vez de llevarse a ningún hombre a casa, pagó una habitación en el motel Copland, uno de los más baratos de San Francisco. Allí no había cámaras, tan solo un registro de clientes en un cuaderno viejo donde no aparecía otro nombre aparte del suyo. Si el estado de las dependencias no te importaba, el Copland era el lugar perfecto para pasar desapercibido. Las habitaciones estaban frente al aparcamiento privado, donde el asesino esperó a que Sally dejara sus datos, o eso dedujo después la policía, pues el recepcionista no vio a nadie más que a ella. No se escucharon gritos. Fue Victor Black quien llamó al 911 pasada la medianoche:

> BLACK: Necesito ayuda. Creo que hay una mujer herida en la habitación de al lado.
> POLICÍA: ¿Cómo se llama, señor?
> BLACK (*haciendo caso omiso de la pregunta*): La he visto desde el aparcamiento del motel. Tenía la espalda llena de sangre. Por favor, dense prisa.
> POLICÍA: Está bien, está bien. Dígame en qué motel se aloja.

El inspector Harris y una unidad de agentes acudieron a toda prisa. En efecto, la mujer estaba herida de gravedad, pero las cortinas opacas de la habitación donde la encontraron cubierta de mantis religiosas estaban echadas, de modo que nadie pudo ver nada desde el aparcamiento. Más tarde, Harris averiguaría que el teléfono del que se había llamado al 911 era el de la víctima y que se había conectado a un repetidor alejado del motel Copland. Veinticuatro horas después de la operación a la que Sally Graham tuvo que hacer frente, pudo hablar con ella y consiguió un nombre completo.

Victor Black confesó sus crímenes, pero nunca explicó qué le movió a hacerlo. Dado que existía información que la policía había clasificado y no quería que se filtrase, el juicio se celebró a puerta cerrada. «Fui yo quien las mató» fueron las palabras exactas de Black. No contó cómo lo hizo. Prefirió no hablar de Sally porque no estaba muerta. Tampoco quiso decir nada acerca de las mantis religiosas. No se encontró ningún objeto personal de las víctimas en su casa ni en la tienda de animales que regentaba. Y el negocio, como en el motel Copland, tampoco tenía cámaras de seguridad, por lo que no se pudo confirmar que las víctimas mortales habían ido allí días antes de su muerte. Aunque, por otro lado, uno de los distribuidores alegó que existía un encargo de mantis religiosas que, misteriosamente, no constaba en los registros de la tienda. Aparte de eso, lo único que se tuvo en cuenta en el juicio fueron las palabras de Black y Sally Graham.

A pesar de las restricciones que se llevaron a cabo, se difundieron unas fotografías del juicio por televisión y, pocas horas después, una veintena de mujeres se apostó delante del Salón de la Justicia con carteles que defendían la inocencia de Black, mientras que él respondía por escrito cuestionarios de personalidad. Entre sus respuestas, se destacan: «A veces reboso felicidad: totalmente de acuerdo»; «Creo que la mayoría de la gente con la que trato es honrada y fidedigna: totalmente de acuerdo»; «En ocasiones, primero actúo y luego pienso: en total desacuerdo»; «A veces hago las cosas impulsivamente y luego me arrepiento: totalmente de acuerdo». El proceso fue documentado en vídeo y se vislumbra cómo el sujeto se reía mientras dibujaba equis en las casillas marcadas. Los expertos no pudieron dar por válidos los resultados.

Victor Black creció con una madre soltera que se suicidó cuando él tenía quince años. Tras ese trágico suceso, él se fue a vivir con la única familia que le quedaba: unos tíos lejanos, parientes de su madre. Su corto expediente académico no muestra dificultades intelectuales ni tiene manchas por mal comportamiento. En cuanto a sus relaciones personales, no constan amigos ni parejas, tampoco más empleados en la tienda.

Ingresó en la Prisión Estatal de San Quintín, el centro penitenciario más antiguo del estado, con una sentencia de pena de muerte. Hoy por hoy, aún sigue esperando su ejecución.

Las fotografías de las escenas del crimen están en los anexos. William observa los cuerpos de Ruby Hoffman y Lillian Perkins boca abajo sobre sus camas y con la espalda perforada. Hay mucha sangre en ambos casos. Los insectos oscurecen el lugar.

Levanta la mirada del informe y descansa la vista. Saca la grabadora y pulsa el botón:

N.º DE CINTA 49. 11-01-2017. 17.10 h:
Si Victor Black es inocente y el verdadero asesino ha vuelto a matar, ¿tendría una aventura con Natalie? No hay indicios de actividad sexual reciente en el informe de la autopsia, aunque tampoco los hay en los de Ruby y Lillian. No hizo nada la noche que las mató, no quería dejar restos de su ADN. Pero la pregunta que me revuelve el estómago ahora es esta: si el asesino sigue en libertad y ha sido él quien ha matado a Natalie Fisher y April Jones, ¿qué hay de la tercera víctima? Sally Graham señaló a Black, fue ella quien condujo al inspector Harris hacia él. ¿Acaso mintió? ¿Acusó deliberadamente a la persona equivocada por algún motivo? No es posible... Black admitió haberla atacado.

Aunque... pudieron ser dos personas. Tal vez Black no mató a Ruby y a Lillian, pero sí que lo intentó con Sally y, tras fallar en su ejecución, se vio obligado a confesar todos los crímenes para proteger a su cómplice. O puede que la dejara con vida para que ella lo delatara.

William se queda pensativo unos segundos.

N.º DE CINTA 49. 11-01-2017. 17.12 h:
Me pregunto qué piensa hacer el asesino con Sally Graham.

25
William Parker
San Francisco

Con la ayuda de Jim, el informático, William ha conseguido la dirección actual de Sally Graham y ahora conduce rumbo oeste con todos los sentidos alerta. Ignora si Sally Graham acusó en falso a Victor Black. No obstante, en las últimas cuarenta y ocho horas una mujer y una niña han aparecido muertas en circunstancias similares a las de los crímenes de 2005 y William duda que el autor, sea el mismo o no, haya olvidado a la víctima que sobrevivió.

El asfalto cae en una suave pendiente hacia el océano, pero no llega hasta él. Dos setos bien cuidados custodian la casa de Sally Graham, con la fachada de color verde y el tejado de pizarra. Hay un coche aparcado delante del garaje. William se apea, se acerca decidido a la vivienda y llama al timbre. Mientras espera, mira hacia ambos lados de la calle desierta. Unos pasos se detienen detrás de la puerta, pero nadie abre.

William llama de nuevo con los nudillos.

—¿Quién es? —pregunta una voz femenina.

—¿Señora Graham? —alza la voz—. Soy William Parker, policía. ¿Puede abrirme, por favor? Necesito hablar con usted.

—Muéstreme su placa —le ordena tras unos segundos.

William la levanta a la altura de la mirilla y la mujer aún tarda un poco en abrir la puerta.

—Hola —dice confusa—. ¿Qué quiere?

—¿Es usted Sally Graham?

—Sí. ¿Por qué? ¿Qué sucede?

Una parte de William descansa, aliviada. Sigue viva.

—¿Puedo entrar?

Sally lo acompaña a la cocina y lo invita a sentarse a la mesa.

—Estaba preparando café. ¿Quiere uno?

—Nunca digo que no a un café.

Ella sirve dos tazas y le acerca una. Se sienta a la mesa, frente a él, y disfruta del primer sorbo caliente con los ojos cerrados. William hace otro tanto, aunque no la pierde de vista. Según los datos de su ficha, Sally tiene ahora cuarenta y dos años, y ya acumula algunos retoques estéticos en el rostro, sutiles pero perceptibles. William apostaría a que se ha operado la nariz y se ha hecho algo en los labios. También se nota que el rubio de su cabello no es su color natural.

—¿No trabaja, señora Graham?

—Llámeme Sally, por favor. Sí, trabajo a distancia. Justo me ha pillado en mis treinta minutos de descanso.

—¿A qué se dedica?

—Soy agente de viajes.

—¿Está casada?

—No. ¿Por qué lo pregunta?

—Verá, Sally. Si he venido a su casa es para hablar con usted de lo que ocurrió en 2005.

La mujer deposita la taza de café sobre la mesa y lo mira fijamente.

—No se lo pediría si no fuera necesario —insiste él.

—Hace ya mucho tiempo de eso.

—Lo sé.

—El caso se cerró. —Sigue a la defensiva.

—Así es, pero he de hacerle unas preguntas.

Sally se levanta de la silla y se aleja un paso de la mesa, asustada. William no dice nada, deja que controle la inyección de adrenalina que han disparado sus palabras. Ella tarda un minuto en sentarse de nuevo y rodear la taza de café con las manos.

—¿Sabe por lo que he tenido que pasar? —rompe el silencio con un susurro—. En 2005, mi vida se detuvo: desde entonces todo ha girado alrededor de aquello. Es un trauma del que no puedo desprenderme, y lo revivo cada vez que veo las cicatrices de mi espalda en el espejo. No he vuelto a confiar en un hombre. No he tenido pareja desde entonces, tampoco relaciones de ningún tipo. Apenas salgo de casa ni veo a nadie. Si no fuera porque mi terapeuta insiste en que me mueva de vez en cuando, no cruzaría esa puerta. Vivo con miedo.

—¿Miedo a qué?

—Tengo pánico a que me vuelva a suceder —confiesa, con los ojos vidriosos, antes de añadir—: A veces pienso que alguien me vigila.

—¿Por qué dice eso?

—Algunas noches me ha parecido ver a alguien merodeando ahí fuera —contesta ella con un estremecimiento.

—Pero... el culpable está entre rejas, Sally. Usted misma ayudó a encerrarlo. Debería estar tranquila, ¿no?

—Yo... —Se interrumpe—. ¿Por qué? ¿Por qué me saca esto ahora? ¿Es que creen que Black es inocente? ¿Van a soltarlo? —pregunta con la respiración agitada—. Por favor, no lo hagan. No lo suelten. Vendrá a por mí. Querrá vengarse, querrá terminar lo que dejó a medias. —Llora asustada—. No pueden hacerlo. ¡Me matará!

—Descuide, nadie tiene intención de soltarlo.

—¿Entonces? —dice con un hilo de voz.

—Sally, necesito saber si dijo la verdad acerca de la identidad de su agresor.

—Pero cómo... ¿Qué está usted...? ¡Por supuesto que dije la verdad! ¿Por qué iba a mentir sobre algo así?

—No lo sé. Solo trato de confirmarlo. —Y William sabe que esa confirmación ha de buscarla más en sus reacciones que en lo que salga de sus labios—. Entiendo que le vio la cara a Black aquella noche.

—¡Joder, sí! ¡Me está poniendo de los nervios! —Se levanta de nuevo—. Dígamelo ya. ¿A qué vienen estas preguntas ahora?

William vacila, indeciso. Si lo que ha dicho Sally antes es cierto, y en eso la cree, no tendrá vida social. Con su trauma por lo que le sucedió hace doce años, William piensa que ella no debe de interesarse por las noticias: los sucesos violentos actuarían como disparadores de un recuerdo que intenta enterrar. Por tanto, no sabrá nada sobre el asesinato de Natalie Fisher, y mucho menos del de April Jones. Quizá sepa algo de la desaparición de Sharon por la alerta AMBER. Pero no tiene por qué relacionarla con su tragedia.

Entonces toma una decisión, y espera no arrepentirse de ella.

—Perdone si la he asustado. —Esboza media sonrisa—. Estoy estudiando casos cerrados para curtirme como policía. Aquella investigación fue muy mediática y trato de seguir los pasos del inspector que la encabezó. Si le interesa mi opinión, la actuación policial fue excelente. De todos modos, me preocupa lo que ha dicho de sentirse vigilada. Para que esté más tranquila, enviaré a un oficial a su casa. El mejor. Se quedará dentro del coche ahí fuera. Si ve que alguien merodea por los alrededores como usted piensa, él mismo se ocupará. ¿Le parece bien?

Sally se enjuga las lágrimas. Vuelve a sentarse, coge la taza caliente con ambas manos y se acaba el café. Luego realiza un leve asentimiento.

—Tuve que mudarme después de lo que pasó —explica con la mirada perdida—. Estuve unos días en el hospital y luego fui a casa de mis padres una temporada. Me gustaba aquel apartamento, y también mi compañera de piso, pero estaba demasiado cerca de... de donde pasó todo. Era... —Hace un esfuerzo por tranquilizarse—. Me hipotequé de por vida y, doce años después, aquí estoy, sola y muerta de miedo.

—¿No recibe visitas?

—Sí. Mis padres, alguna amiga... Anoto sus nombres y la fecha en una libreta antes de abrir la puerta, por lo que pudiera pasar. Es una especie de registro de quienes vienen a casa.

—Entiendo —se compadece de ella—. ¿Le contó a alguien lo que le hizo Black?

—Todo el mundo se enteró de lo que me hizo.

—Me refiero a los detalles que no se filtraron.

Sally cae en la cuenta. Se levanta y se sirve otra taza de café. Cuando vuelve a la mesa, vaga por sus pensamientos en voz alta:

—No, ni siquiera a mis padres. Yo me sentía tremendamente avergonzada. La gente decía que era una afortunada, que había sobrevivido a un asesino en serie. Pero me vi tan vulnerable... Fui yo quien pagó la habitación del motel, le ofrecí un lugar perfecto para matarme. ¿Cómo pude ser tan ingenua?

—Es difícil ver las intenciones de un psicópata incluso cuando sabemos que lo es. No debe culparse por ello, Sally. Dé gracias por estar viva. ¿Puedo preguntarle si fue la única vez que quedó con él?

William atisba cómo le tiemblan las manos. Ella se aferra a la taza caliente.

—No —dice—. Ya habíamos quedado antes.

—¿Cuántas veces?

—Una.

—¿En el mismo motel?

—No. La primera cita fue en su casa.

—¿Por qué no fueron allí esa noche?

Sally desvía la mirada, avergonzada.

—Me dijo que se le había roto el aire acondicionado y aquella noche hacía muchísimo calor.

William asiente, comprensivo.

—¿Le puedo preguntar por qué eligieron el Copland para su segunda cita?

Sally empieza a dar golpecitos en la taza.

—Lo propuso él. Estaba cerca, era barato y tenía piscina, dijo que podría ser divertido, así que no le di muchas vueltas y acepté.

Claro, piensa William. Al no poder ir a casa de Sally porque estaba su compañera de piso, debía llevarla a un lugar solitario y sin cámaras, un sitio donde montar su escenario del crimen y dejar el cadáver hasta que lo encontraran, y el motel Copland era el antro perfecto.

—Esa primera vez..., ¿mantuvieron relaciones sexuales? —pregunta.

Ella deja la taza y cierra los ojos.

—No tiene por qué contestar si no quiere —le dice William, aunque en realidad espera que lo haga.

Los gestos de Sally denotan asco y repulsión. El llanto la sacude de nuevo. Sin que pronuncie palabra, su cuerpo responde la pregunta por ella.

26
Jacob Fisher
San Francisco

Jacob mira por la ventana. Falta poco para la rueda de prensa y los periodistas ya están congregados frente a las puertas del Salón de la Justicia, dos pisos más abajo. Hay muchos más de los que él esperaba. Su mirada recorre Bryant Street en busca del Mini Cooper negro, pero aún no hay rastro del inspector Parker.

A unos metros a su espalda, Laura Crawford habla con dos compañeros. Da directrices de una estrategia planeada al milímetro. No obstante, y aunque no se lo haya dicho en ningún momento, Jacob entiende que gran parte de la responsabilidad recae sobre él. El éxito del acto depende de cómo se muestre ante las cámaras.

Cierra la mano derecha y pellizca la tela de su pantalón sin apartar la mirada de la ventana, conteniendo los nervios. La inspectora le ha explicado todo lo que tiene que decir. Han repasado una especie de guion tres veces y, a pesar de todo, siente que nunca estará listo para lo que se avecina.

—... April Jones. ¿Deberíamos contarlo?

Ese nombre le hace desviar la atención a la conversación que mantiene la inspectora con su gente. Jacob escucha sin moverse.

—No sé hasta qué punto nos ayudaría.

—Es demasiado pronto —se opone Crawford—. Si lo decimos, la rueda de prensa tomará otro rumbo, y no nos interesa. Haremos un comunicado mañana. Hoy centrémonos en Sharon Fisher.

—¿Él lo sabe? —susurra alguien refiriéndose a Jacob.

—Aún no.

—¿Cómo lo lleva?

—Está nervioso, pero como todos. Lo hará bien.

—Los padres de Jessica Robbins casi no pudieron hablar delante de las cámaras. Aun así, la respuesta fue buena.

—Sí, hubo mucha empatía por parte de la prensa y la población. Pero no ha sido suficiente para traerla de vuelta a casa.

—Bueno —dice Crawford—, ya sabéis cómo va esto. Si la rueda de prensa funciona, daremos con Sharon en las próximas veinticuatro horas.

Jacob repara de pronto en que las cámaras le apuntan desde la calle. Se aparta de la ventana y va con la inspectora.

—¿Puedo ir al lavabo?

—Sí, está allí. —Le indica ella con la mano—. Bajaremos cuando salga.

Jacob entra en el cuarto de baño. Abre el grifo y se echa agua por la cara y el cuello. Siente la piel caliente bajo los dedos mojados. Se apoya en el lavamanos y se mira en el espejo. Su barba es cada vez más larga. Debería haberse afeitado, tiene mal aspecto.

Cuando sale para reunirse de nuevo con Crawford y entran en el ascensor, no puede evitar la pregunta:

—¿Dónde está el inspector Parker?

Laura Crawford aprieta los dientes. Antes de que se invente cualquier excusa para cubrir a su compañero, las puertas de la cabina se abren y William Parker aparece tras ellas.

—¿Preparados? —dice como si nada.

Las fotografías empiezan a dispararse cuando cruzan las puertas del edificio. Sin embargo, nadie dice nada en señal de respeto. El silencio se corta con el sonido de sus pasos y el ruido de las cámaras.

Al ver a los periodistas tan de cerca, Jacob se asusta y retrocede un paso. Crawford se da cuenta enseguida y, para evitar que lo documenten, se pone delante de él, le sonríe y lo agarra del brazo para acompañarlo a un lado del atril, donde están encajados los micrófonos de las principales cadenas de televisión y emisoras de radio del país. Parker se pone al otro lado. Y es ella, bajo las banderas de Estados Unidos, California y San Francisco, quien toma la palabra para comenzar el acto con una mención a la batida infructuosa en Presidio Real y agradeciendo su colaboración a los más de doscientos voluntarios que se acercaron para echar una mano.

Mientras ella habla, los periodistas no abren la boca. Tampoco levantan la mano para formular sus preguntas. Esperan con paciencia.

—Sharon desapareció el pasado lunes por la madrugada —continúa Crawford—. No sabemos la hora con exactitud, pero sí que fue antes de las siete y veinticinco. Por lo que podemos deducir, lleva una sudadera negra, pantalones vaqueros negros y zapatillas Vans negras. No tiene su teléfono móvil y desconocemos si está con alguien, aunque tenemos motivos para pensar que la retiene la misma persona que secuestró a April Jones y Jessica Robbins. De momento, nadie se ha puesto en contacto con nosotros. —Se gira hacia Jacob y le pregunta con la mirada si está listo, a lo que él no sabe cómo reaccionar—. Jacob Fisher, el padre de Sharon, mantiene la esperanza de encontrarse de nuevo con su hija. Y, en cierto modo, de nosotros depende que así sea. Les ruego que no bajen los brazos en esto, que no dejen de ayudar hasta que demos con ella. Con ellas —rectifica—. A veces solo hace falta un último empujón. Hemos facilitado la foto de Sharon a los medios y hemos puesto carteles por la ciudad. Además, se puede acceder a los datos del caso en la página web del Departamento. Si alguien dispone de información relevante, que llame al número de la Unidad de Personas Desaparecidas. —Vuelve a girarse hacia Jacob y él asiente, con más decisión esta vez—. Señor Fisher...

Crawford se aparta y Jacob se aproxima a los micrófonos con temor. Por el camino ve a Parker con los brazos cruzados e intenta no alcanzar su mirada. Cuando llega al atril, se agarra a la madera como lo ha hecho antes en el lavabo y recuerda el reflejo de su rostro barbudo y mojado. Mira a las cámaras una a una. Ve los puntos rojos. Las lentes oscuras.

—Buenas tardes —dice con la voz ronca.

De pronto se queda en blanco. Siente el sudor en la espalda. Un ligero temblor en las piernas. Busca en su memoria el inicio del guion, las primeras frases que le ha dictado la inspectora Crawford, en vano. Por un momento piensa en escapar de los objetivos de las cámaras, pero él sabe que no tendrá otra oportunidad como esta y no quiere que Sharon lo vea haciendo el ridículo por televisión. De modo que, con la vista clavada en el suelo, improvisa:

—Necesito su ayuda. Se han llevado a mi hija y...

La imagen de Natalie cubierta de mantis religiosas lo sacude.

Se oyen los sonidos de los flashes en medio del silencio.

—Tengo dinero —se escucha decir—. No mucho, pero puedo pagar por información sobre el paradero de mi hija.

Detrás de Jacob, Parker y Crawford se miran. Eso no estaba planeado.

Ahora sí, Jacob se dirige directamente a las cámaras:

—Sharon, cariño —solloza—. Tu padre va a solucionar esto, ¿me oyes? No tengas miedo. Sé fuerte. Aguanta. Pronto estaremos juntos. —Se limpia los mocos con el dorso de la mano—. Y al secuestrador que la tiene cautiva: sé valiente y da la cara.

27
William Parker
San Francisco

Los periodistas se pisan la palabra unos a otros pidiendo atención. Sus voces se escapan de sus gargantas como si hubieran estado encerradas con llave hasta ahora. La quietud desaparece y surge la agitación y la urgencia.

—Señor Fisher, ¿cuánto dinero está dispuesto a ofrecer?

—¿También habrá una recompensa para quien la encuentre?

William piensa que lo que ha hecho Jacob es una completa estupidez. Además de salirse del guion con lo del rescate, se ha dirigido al supuesto secuestrador de forma amenazante, como si tuviera la situación bajo control.

Laura Crawford pone una mano en la espalda de Jacob para que le ceda el puesto en el atril. Él se aparta y deja que hable ella ante la prensa.

—Quiero recalcar que esto no va de dinero —dice con cierto malestar—. Hablamos de la vida de una adolescente. Ténganlo muy presente, por favor. Pasemos a las preguntas, pero les pido que mantengan el orden.

El barullo mengua y el oficial Ian Davis, que se encuentra junto a los periodistas, se encarga de dar el turno de palabra:

—Buenas tardes, inspectora Crawford —empieza uno de ellos—. ¿Tienen la certeza de que Sharon ha sido secuestrada?

—No tenemos evidencias que lo confirmen, pero es la hipótesis que más se sostiene.

—¿Diría que corre peligro?

Crawford respira hondo. Debe de estar recordando el cadáver de April Jones.

—Nuestra labor es encontrarla cuanto antes —dice—, y estamos haciendo todo lo posible para que así sea.

—Ya, pero...

—Siguiente, por favor.

Davis señala a una mujer y esta levanta el brazo para que la inspectora la localice con la mirada:

—Hoy se ha publicado la noticia del asesinato de Natalie Fisher, la madre de Sharon. ¿Nos podrían explicar si guarda alguna relación?

Crawford se gira hacia William y, aunque él no querría, se acerca al atril. Por lo que ha podido observar, Jacob no se ha inmutado ante la pregunta sobre el asesinato de su esposa.

—Buenas tardes. Soy William Parker, inspector de Homicidios. La noticia es cierta —afirma—. Natalie Fisher fue asesinada el lunes por la mañana. Hay una investigación en curso, pero no puedo revelar los avances aún.

—¿El asesinato se produjo el mismo día que la desaparición de Sharon?

—Sí.

—Entonces ¿creen que fue el secuestrador quien la mató?

—Es una posibilidad —admite—. Natalie Fisher pudo haber intentado proteger a su hija y el agresor se lo impidió.

Un hombre lanza la pregunta del millón:

—¿Tienen algún sospechoso?

William se queda pensativo un segundo. Por un lado, las cámaras cercanas a la zona cero de las desapariciones de April Jones y Jessica Robbins grabaron el furgón negro con matrícula falsa, pero no ha sido documentado en el caso de Sharon. Por otro lado, ahora William sabe que el arma del crimen salió de la casa de los Fisher. No quiere mirar a Jacob. A falta del estudio de las incisiones por parte de la doctora Butler, la presencia de mantis religiosas en el cadáver de April Jones es el elemento que relaciona los asesinatos.

De pronto, William se pregunta si Jacob Fisher esconde un furgón Nissan NV200 en algún lugar.

—Lo siento, pero aún no puedo dar ese tipo de información.

—¿Puede contar algo, acaso? —murmura alguien.

—¿Y dónde estaba Jacob Fisher cuando todo sucedió? —pregunta un reportero.

El murmullo crece entre los periodistas. William no puede evitar girarse hacia Jacob y se sorprende al verlo en la misma posición que antes. No ha movido ni un músculo. Escucha cabizbajo. O a lo mejor no está escuchando. Tal vez se mantiene así para que no graben sus reacciones involuntarias; es muy probable que una serie de expertos en comunicación no verbal examinen el vídeo de esa rueda de prensa.

William vuelve a mirar al reportero que ha formulado la pregunta.

—Estaba dormido.

Los comentarios se multiplican, pero hace como si no los escuchara.

El oficial Davis señala a una mujer joven, morena y de pómulos altos, que levanta la mano para captar su atención.

—Buenas tardes, inspector Parker. Camila Hernández, para la FOX. Me gustaría hacerle una pregunta a cada uno.

—Adelante.

Camila Hernández sonríe. Una sonrisa fugaz, protocolaria.

—La primera es para la inspectora Crawford.

William se aparta del atril para que Laura se acerque.

—Tras April Jones y Jessica Robbins, Sharon es la tercera menor que desaparece en un mes —dice Camila—. ¿La ciudad ha dejado de ser segura para nuestras niñas?

—En absoluto. El Departamento de Policía de San Francisco trabaja muy duro para evitar este tipo de cosas.

Camila no dice nada, espera que siga hablando. Crawford, que entiende el significado de su silencio, la fulmina con la mirada.

—Como inspectora en la Unidad de Personas Desaparecidas, soy muy consciente de cuál es la situación que estamos viviendo. No le puedo asegurar que no habrá otro caso, ojalá pudiera, pero lo que sí le diré es que vamos a hacer todo lo que esté en nuestras manos para encontrar a las niñas.

Camila Hernández calibra las palabras de Crawford y, con un gesto de la cabeza, muestra su conformidad.

—Gracias, inspectora. Mi segunda pregunta es para el inspector Parker. —Camila deja que los segundos transcurran, creando expectativa, y habla al fin—: ¿Se ha estudiado la posibilidad de que el culpable de la muerte de Natalie Fisher no sea un desconocido?

De nuevo en el atril, William siente cómo algo tira de él hacia abajo.

—Como he dicho, no puedo desvelar detalles de una investigación en curso.

—Lo sé, pero no le he pedido nombres —aclara la reportera.

El rugido del motor de un coche difumina la tensión que se ha creado delante del Salón de la Justicia. Las cámaras y los micrófonos esperan una respuesta por su parte. La reportera quiere que diga lo que probablemente todos los presentes han pensado, pero que nadie se ha atrevido a pronunciar con Jacob Fisher delante.

—La investigación se fundamenta con hechos —explica William mientras piensa en cómo salir del atolladero—. Por supuesto, todas las líneas de investigación están abiertas, hasta las más remotas.

—Lo comprendo —dice Camila—. Pero una fuente del entorno educativo de Sharon nos ha hablado de su comportamiento y, bueno, digamos que las numerosas agresiones físicas y verbales a compañeros y profesores no

juegan a su favor. Y ahora, con el asesinato de su madre...
Espero que ustedes también entiendan que la gente quiere
saber si la adolescente que están buscando es peligrosa o no.

William aprieta la mandíbula. Esto no está yendo
bien.

Jacob ha levantado la cabeza y mira a Camila Hernández con la boca entreabierta. Luego mira a William y a la
inspectora Crawford.

—No. —William habla antes de que lo haga Jacob y
levanta la voz sin querer—. Nada lleva a pensar que Sharon tuviera motivos para matar a su propia madre. El asesinato de Natalie Fisher fue premeditado, y es improbable
que lo cometiera una persona de dieciséis años.

—¿Por qué? —se apresura a decir Camila.

Esa mujer le está sacando de sus casillas, pero no le ti-
rará de la lengua. No va a hablar del caso de 2005 ni del
asesinato de April Jones. Al menos, por ahora.

—Existen hechos que desmienten esa teoría —se limita a explicar, y se dirige a las cámaras—: Sharon Fisher no
es peligrosa, solo es una adolescente que necesita nuestra
ayuda.

28
Jacob Fisher
San Francisco

—¿Cómo ha ido? —pregunta Jacob cuando entran en el Salón de la Justicia.

—Ahora no —ordena Parker.

Ya en el ascensor, Laura Crawford pulsa el botón de la segunda planta y suben hasta la oficina de la Unidad de Personas Desaparecidas. Siguen el pasillo de la derecha y entran en el despacho de la inspectora. En cuanto se cierra la puerta, es ella quien habla:

—¿Por qué no se ha ceñido al plan?

Jacob desvía la mirada.

—Me he puesto nervioso. No sabía qué decir y...

—Ahora decenas de personas van a llamarnos asegurando que tienen información sobre el secuestro a Sharon.

—¡Que lo hagan! —exclama Jacob—. ¿Eso no es bueno? Quiero recuperar a mi hija.

—Todos mentirán para intentar conseguir el dinero. Menos mal que no ha puesto una cifra.

—Iba a hacerlo, pero no me ha dejado. Casi no he podido hablar.

—Señor Fisher, tiene que entender que aquí los profesionales somos nosotros, no usted. Y si le decimos que siga...

—¿Profesionales? —se molesta—. Que se ganen la vida con esto no significa que sean eficientes. Esa reportera ya lo ha dicho: hay tres menores desaparecidas, así que algo no están haciendo bien. Yo llevo tres días sin saber nada de Sharon, y si hace falta que ponga una recompensa para que quienquiera que la tenga secuestrada me la devuelva, lo haré. Porque pueden ser ustedes los profesionales, pero yo soy su padre. ¡Es mi hija la que ha desaparecido!

—Le voy a ser muy claro, señor Fisher —dice Parker—. Usted no puede poner la investigación patas arriba por muy padre que sea. Si vuelve a actuar de manera imprudente o vemos que interfiere en nuestro trabajo, tomaremos medidas.

Jacob avanza un paso hacia él.

—¿Me está amenazando?

Parker se aproxima aún más a Jacob y lo mira a los ojos. Le saca unos quince centímetros.

—No es una amenaza. Le digo que, si viola la ley, quedará detenido.

Jacob nota cómo se sonroja. Crawford se acerca a la ventana y se lamenta.

—Menudo desastre —murmura.

—Yo no he hecho nada malo —defiende Jacob mientras se aparta del policía.

Entonces Parker aprovecha para formular una pregunta que Jacob no espera:

—¿Puede decir eso de forma oficial?

Jacob cuenta cuatro puertas iguales, una al lado de otra. Todas están cerradas y numeradas, aunque una tiene una luz roja encendida sobre ella. El inspector Parker abre la número tres y lo invita a entrar. Se trata de una sala de interrogatorios no muy grande, con una mesa, dos sillas y un gran espejo unidireccional que ocupa toda una pared. Hay una cámara en una esquina del techo.

—¿Esto es necesario? —pregunta Jacob.

—Me temo que sí.

Jacob entra y se gira hacia la puerta. Laura Crawford lo mira desde el pasillo con seriedad. Parker parece recordar algo y dice:

—Espere aquí. Vuelvo enseguida.

Y cierra la puerta.

Jacob se queda a solas en la diminuta habitación. Se mira en el espejo de la pared y piensa que alguien lo observa desde el otro lado, así que aparta la mirada y se sienta en una de las sillas. Juraría que la cámara del techo está apagada, pero no lo sabe con exactitud. Se pregunta si podrá abrir la puerta desde el interior de la sala. Se dispone a levantarse para comprobarlo, pero se detiene. Mejor no.

Espera dando golpecitos a la mesa atornillada al suelo. El lugar donde se encuentra está insonorizado y el silencio es agobiante. Es lógico, piensa. A la policía no le interesa que los interrogados escuchen lo que sucede fuera de las habitaciones. De pronto imagina a las personas que se han sentado en la silla que ahora ocupa: asesinos, maltratadores, estafadores, violadores. La garganta se le cierra por momentos y le cuesta respirar.

Mira su reloj. Lleva veinte minutos esperando.

Repasa lo que ha sucedido en la rueda de prensa y se frota los ojos con fuerza. ¿Por qué ha dicho lo del dinero? Se arrepiente de haberlo hecho. O no. Está confuso, y que lo hayan encerrado en una claustrofóbica sala de interrogatorios no ayuda.

El piloto de la cámara se enciende y Jacob se remueve en la silla. Ahora sí, lo están grabando. No quiere que sospechen de él, de modo que baja la mirada y se obliga a quedarse quieto, como ha hecho delante de los periodistas.

29
William Parker
San Francisco

La oficina se encuentra medio vacía. Ha habido cambio de turno y los oficiales de servicio han salido a controlar las zonas más concurridas y problemáticas de la ciudad. William localiza a Madison Bennett, ya con la ropa de calle, recogiendo sus cosas.

Justo a tiempo.

—Maddie. —Se acerca a su mesa—. ¿Has terminado?

Ella se gira hacia él y le cae un mechón de pelo mojado en la mejilla. Los calentadores del edificio están estropeados desde hace días. El agua de las duchas sale helada y, con las temperaturas que están teniendo, ducharse ahí se considera una temeridad. Sin embargo, las circunstancias no alteran las rutinas de Madison.

—Hola, William —lo saluda mientras se aparta el mechón de la cara—. Sí, ya me iba. ¿Por?

—¿Puedes hacerme un favor, Maddie? Uno grande.

—¿Qué ocurre? —se preocupa.

—En realidad no se trata de mí, sino de Sally Graham.

—No me suena.

—Sally es una testigo muy importante del caso que investigo. He ido a hablar con ella y me ha dicho que cree que alguien acecha por su casa. Se siente vigilada y tiene miedo.

—¿Y qué quieres que haga yo? Mi jornada ha terminado —le recuerda.

Él le devuelve la mirada como toda respuesta. Madison lo entiende enseguida.

—No, William. Mi marido y mi hijo me esperan en casa y, después de lo que he visto hoy, necesito estar con ellos. Además, yo no puedo pasarme veinticuatro horas trabajando sin parar. Me va a dar algo.

—Le he prometido que enviaría a la mejor oficial del cuerpo.

—No me hagas chantaje. ¿Por qué no se lo has dicho a Davis? Él no suele rechazar las horas extra.

—Porque Sally prefiere que sea una mujer quien vigile su casa.

La expresión de Madison cambia y William la pone al día: la cita en el motel Copland, el apuñalamiento, el trauma que la acompaña desde entonces...

—Espera, ¿me estás hablando de la superviviente de Victor Black?

—La misma.

—¿Qué tiene que ver ella con los asesinatos de esta semana?

—Es una larga historia —evita la pregunta—. ¿Me harás ese favor?

—¿Y por qué no la traemos al Salón de la Justicia? Aquí estaría a salvo.

—Lo sé, pero quiero saber si está en lo cierto o no. Si ves a alguien esta noche, mañana me hago cargo de Sally —le promete—. Solo será hoy, Maddie. Por favor.

Ella suelta un bufido.

—Está bien. Voy a llamar a casa.

William ha conseguido que el teniente Fallon dé luz verde a las horas extra de Madison, pero ha dejado claro que no se repetirá. Según ha dicho, no tienen motivos de peso para volcar recursos en proteger a una paranoica. Por lo visto, Sally Graham ha llamado muchas veces a la policía por la misma razón y nunca nadie ha visto nada. En cualquier caso, William se queda más tranquilo si Maddie se acerca a su casa esta noche.

En la oscura sala de observación, la inspectora Crawford y él ven cómo Jacob Fisher se pone cada vez más nervioso ante la ausencia de William. Cuando repara en que la cámara está encendida, baja la cabeza para que sus facciones no queden documentadas. Se escucha su pesada respiración por los altavoces.

—Sabe lo que hace —comenta William sin dejar de mirar hacia el espejo unidireccional.

—Y tanto —coincide Laura.

—La pregunta es ¿hasta dónde llega su actuación?

—¿Piensa que nos oculta algo?

—Sí. Hace dos días que lo pienso.

El inspector Harris entra en la sala de observación y los saluda con un apretón de manos.

—Perdón por la tardanza —dice al tiempo que se sube las gafas por el puente de la nariz.

William le explica quién es el interrogado y qué es lo que quiere averiguar.

—Como fuiste tú quien investigó el caso de 2005, me interesa tu opinión.

Él asiente y se sirve un vaso de agua del dispensador.

—Cuando quieras.

William coge el sobre que hay en una mesa y se lo guarda en el bolsillo del pantalón. Sale al pasillo, a la potente luz de los focos empotrados del techo, y rodea las salas de interrogatorios. Tras llamar con los nudillos a la tercera puerta, entra en la diminuta habitación. Jacob sigue sus pasos con la mirada, pero no se pronuncia. William se sienta frente a él, al otro lado de la mesa, y le pide que diga su nombre completo, «para que conste»: la conversación va a ser grabada.

—No le voy a obligar a repetir lo que sucedió el lunes por la mañana en su casa —comienza—. Solo quiero que nos centremos en un detalle.

Deja que los segundos transcurran, como ha hecho la reportera con él en la rueda de prensa. Ni una palabra hasta que él ceda. Y lo hace:

—¿Cuál?

—¿En qué circunstancias encontró a su esposa, señor Fisher?

Jacob carraspea.

—Muerta.

—¿Qué más?

—Estaba tumbada boca abajo en el suelo de la cocina.

—¿Qué más?

Jacob lo mira con el odio de quien se siente burlado.

—La habían apuñalado varias veces en la espalda.

William se inclina hacia delante.

—¿Qué más?

—Tenía el cuerpo lleno de bichos.

Por fin.

William se incorpora en la silla.

—¿Qué clase de bichos?

—Mantis religiosas.

—Criminalística recogió nueve cuerpos mutilados de mantis religiosas. Supongo que no las contó cuando las mató, pero ¿le encaja el número que le he dicho?

Jacob piensa en ello.

—Sí —responde.

—¿Confirma haberlas matado?

—Sí.

—¿Por qué las puso sobre su esposa, entonces?

Jacob está a punto de contestar, pero se detiene y piensa su respuesta.

—Yo no las puse —dice.

William cambia de tema drásticamente:

—¿Cuántos años tiene, señor Fisher?

—Cuarenta y dos.

El inspector hace un cálculo rápido: en 2005 tenía treinta. Las víctimas del asesino de las mantis tenían treinta y siete, treinta y uno y, contando a Sally Graham, treinta años, respectivamente. Ellas quedaron con él para mantener relaciones. Y, si no se equivoca, fue en la segunda cita cuando las mató.

Jacob estaba casado con Natalie entonces, y su hija Sharon ya había nacido; tendría cuatro años en ese momento. Jacob tuvo sus problemas con las drogas y el alcohol hace ocho, es decir, en 2009. Le fue infiel a Natalie, pero ¿quién dice que no lo había sido antes ya?

William saca el sobre blanco del bolsillo y lo deja encima de la mesa.

—¿Qué es eso? —se inquieta Jacob.

William lo abre, extrae una de las tres fotografías que contiene y se la tiende.

—¿Lo reconoce?

Jacob mira el furgón negro que se registró en las grabaciones de seguridad el día que desaparecieron April Jones y Jessica Robbins.

—No me suena de nada —dice.

William saca las dos fotografías restantes y se las acerca despacio sobre la mesa.

La garganta de Jacob sube y baja nada más verlas. Son las imágenes de las escenas del crimen de Ruby Hoffman y Lillian Perkins, las dos primeras víctimas del caso de 2005. Ambas están tumbadas boca abajo en sus camas, cubiertas de sangre y mantis religiosas.

Sally Graham afirma haberle visto la cara a su agresor. Ella está convencida de que era Victor Black quien intentó matarla, y puede que así fuera. Pero, lamentablemente, Ruby y Lillian no pueden dar su versión de los hechos. Nada demuestra que Black estuvo en sus casas. No se encontraron pruebas de ningún tipo, ni un mísero mensaje. ¿Y si Black no mató a nadie, después de todo? A lo mejor no tenía pensado acabar con la vida de Sally Graham. Tal vez aquello fue parte de un plan para entregarse y hacerse pasar por el asesino, para proteger al verdadero culpable.

William no ha añadido la foto del cadáver de April Jones por precaución. Jacob aún no sabe que ha sido encontrada sin vida, y aunque William pretende presionarlo, considera que mostrarle algo así al padre de una niña desaparecida sería cruzar una línea prohibida.

—¿De qué coño va esto? —susurra Jacob sin levantar la mirada de las fotografías.

—¿Me puede decir sus nombres, señor Fisher?

Él traga saliva.

—No.

—¿Las recuerda?

—¿Qué? Claro que no.

—¿Qué significan las mantis religiosas?

—No lo sé.

—¿Le fue infiel a su esposa en algún momento de su matrimonio?

La pregunta pilla por sorpresa a Jacob. Se le ve angustiado.

—Sí, pero eso usted ya lo sabía —contesta.

—¿Cuántas veces?

—Solo una.

—¿Cuándo?

—En 2009.

—¿Por qué?

—¿Quiere que le explique por qué me acosté con una mujer que no era mi esposa? —se molesta.

—¿Qué buscaba? —William cambia la pregunta—. ¿Necesitaba algo de acción en su monótona vida? ¿O Natalie y usted estaban pasando por un bache y quiso castigarla de esa manera?

—¿Por quién me toma? Yo no soy así.

—Sin embargo, lo hizo.

—¡Sí! —exclama—. Me equivoqué. Metí la pata hasta el fondo. Pero no fue con ninguna de estas mujeres. Yo no las conocía. No las maté, ni a ellas ni a Natalie. ¿Lo quiere entender?

—Que los tres cadáveres fueran encontrados cubiertos de mantis religiosas es un dato relevante. ¿Lo entiende usted?

—¡Pero yo no tengo nada que ver!

William asiente. Una vez abordada esa posibilidad, prueba con otra:

—¿Natalie se veía con alguien?

Esa pregunta también descoloca a Jacob, y esta vez tarda más en recomponerse.

—¿Cómo? —baja el tono de voz.

—¿Sabe si Natalie le estaba siendo infiel?

—No. Yo no... —Le cuesta pensar después de tantos mazazos. Se lleva una mano a la frente—. Me... Me encuentro mal.

—Señor Fisher, piénselo bien. ¿Natalie podría haber tenido una relación esporádica con alguien ajeno a usted?

—¡No! No lo sé —rectifica.

William no se anda con rodeos:

—La muerte de su esposa parece seguir un patrón que ya hemos visto antes, señor Fisher. Esas mujeres que tiene ante usted murieron asesinadas de la misma forma que Natalie. Y en ambas ocasiones habían mantenido relaciones con su agresor.

Jacob aparta las fotografías de su vista. Se apoya en la mesa. Vacila. Está pálido. Se levanta de la silla y se tambalea hacia la puerta, pero antes de llegar se dobla sobre sí mismo y vomita en el suelo de la sala de interrogatorios.

30
William Parker
San Francisco

La inspectora Crawford ha entrado en la habitación después de que Jacob se descompusiera. Ha hecho una llamada para que fueran a limpiar y se ha dedicado a asistirlo.

El interrogatorio ha tenido que finalizar.

Tras unas palabras con Crawford, William se ha despedido y ha vuelto a la sala de observación.

Sus ojos se acostumbran a la oscuridad rápido. Harris, que aún sostiene el vaso de plástico vacío en las manos, le devuelve la mirada con una expresión extraña.

—¿Qué te ha parecido? —le pregunta William.

—Lo has apretado demasiado.

—A veces es necesario.

—Ya, pero ese hombre acaba de perder a su esposa y a su hija.

—Sharon no está muerta, que sepamos.

Harris lo mira con desaprobación.

—¿Conoces la empatía, Parker?

El comentario le desagrada.

—Sé por lo que está pasando —admite—. Pero ahora mismo es el principal sospechoso del caso... junto a su hija. Tiene antecedentes con el alcohol y las drogas. Le fue infiel a su mujer al menos en una ocasión. Su edad podría encajar con la del asesino de las mantis. La cerradura de su casa no fue forzada y el arma del crimen con el que mataron a su mujer estaba en su cocina.

Harris se vuelve hacia el espejo unidireccional. Crawford le ha traído agua a Jacob y él bebe sentado en la silla. Las fotos de los crímenes de 2005 aún permanecen sobre la mesa.

—¿Tu teoría es que ese hombre mató a Ruby Hoffman, Lillian Perkins y a su propia esposa?

—Sí. Y ahora también a April Jones.

—¿Cómo?

—La hemos encontrado esta mañana. Ha sido asesinada de la misma forma que las supuestas víctimas de Victor Black. Y sí, tenía mantis religiosas sobre ella, si te lo preguntas.

—¿April Jones es la niña de Ohio?

—Exacto.

Harris pone los brazos en jarra y baja la mirada, afectado.

—Pero fue Victor Black quien atacó a Sally Graham —objeta al cabo de unos segundos.

—Para poder incriminarse y encubrir al verdadero asesino.

Harris piensa en ello. No parece convencido.

—Es un precio muy caro. Black está en el corredor de la muerte. ¿Por qué querría pagar por los crímenes de otro?

—No lo sé. Tal vez el asesino sea alguien importante para él.

—Aun así...

—¿Tú crees que Jacob Fisher es capaz de matar a alguien?

—Por lo que he visto, te diría que no.

William asiente, decepcionado.

—En ese caso, Natalie debió de tener una aventura a sus espaldas. Ella se levantaba todos los días temprano, antes que Jacob y Sharon, para hacer ejercicio. Su amante lo sabría y pudo haberse presentado el lunes a primera hora en su casa. Por eso no estaba la cerradura forzada. Fue Natalie quien abrió la puerta. Ella lo conocía y le dejó entrar, como el asesino de 2005.

—Si estás tan convencido de que se trata de la misma persona, ¿cómo explicas lo de la cría de Ohio? Tenía... ¿cuántos?, ¿diez años? Su perfil no encaja con las víctimas de Black.

William baja los hombros.

—Esa parte de la investigación me desconcierta.

Harris relaja el semblante.

—No te exijas demasiado —dice—. Con los años me he dado cuenta de que muchas veces podría haber conseguido los mismos resultados sin tanto esfuerzo.

—¿Y descansas tranquilo pensando que hay un asesino que puede volver a matar si no te das prisa en atraparlo?

Él sonríe.

—Eres un buen policía, Parker, creo que eso ya lo sabes. Pero tienes que recordar que hay vida más allá de los crímenes.

William echa un vistazo al reloj. Madison ya debe de estar apostada frente a la casa de Sally Graham. Espera no haber metido la pata enviándola allí. Mientras una parte de él le dice que no hay nadie que merodee por la casa y que solo son imaginaciones de una mujer aterrada, otra le alarma de los posibles peligros.

—Voy a entrevistar a Victor Black —dice casi sin pensar.

Harris lo mira sorprendido.

—¿Lo dices en serio?

—Debo hacerlo. Necesito saber lo que ocurrió hace doce años para entender lo que está pasando ahora.

—Black nunca se pronunció —le recuerda Harris—. No dijo nada acerca de los asesinatos, solo que fue él quien los cometió.

—Pues le haré hablar. Buscaré la manera de hacerlo.

—Yo ya lo intenté. Nada funcionó.

—Pero ahora seré yo quien lo intente.

Silencio.

Con un gesto seco, Harris tira el vaso de plástico vacío a la papelera y se dirige a la puerta.

—Buena suerte, entonces.

Y cierra de un portazo.

William se muerde la lengua. Inspira profundamente y espira por la boca. Luego dirige la vista hacia la sala de interrogatorios número dos a través del cristal. Laura Crawford anima a Jacob a levantarse de la silla para acompañarlo fuera. Él accede, pero antes de salir se gira hacia la mesa y revisa por última vez las fotografías.

Día 4
Jueves, 12 de enero de 2017
El asesino

31
Jacob Fisher
San Francisco

Jacob está sentado en el borde de la cama con la mirada perdida.

Anoche, cuando llegó a casa, fue directamente al dormitorio. Se acostó con el estómago vacío y se sumió en un profundo sueño. Los nervios de la rueda de prensa y el posterior interrogatorio lo habían dejado exhausto. Sin embargo, se ha despertado alterado a las cuatro de la madrugada. Desde entonces, no ha parado de darle vueltas a lo que dijo el inspector Parker ayer: «Esas mujeres que tiene ante usted murieron asesinadas de la misma forma que Natalie. Y en ambas ocasiones habían mantenido relaciones con su agresor».

Sus temores se confirman. Las pesadillas resurgen ocho años después. Eso si el policía está en lo cierto. Jacob quiere pensar que se equivoca o que se lo dijo para hacerle hablar, que todo fue una mentira. Pero las fotografías parecían reales. Las escenas eran muy similares a la de Natalie.

¿Cómo han llegado a esto? Tuvieron momentos difíciles, como todas las parejas. Él cometió el mayor error de su vida al acostarse con otra mujer, pero de eso había pasado mucho tiempo. Lo habían superado, o eso creía. Tal vez Natalie nunca lo perdonó y estaba esperando el momento de devolvérsela.

Pero si ocurrió así y se acostó con el mismo hombre que las mujeres de las fotos, eso quiere decir que Natalie le fue infiel con un asesino en serie.

Una arcada lo obliga a levantarse y a correr hacia el cuarto de baño. Escupe la bilis en el retrete y tira de la cadena. Luego abre el grifo y se enjuaga la boca.

De pronto se ve pensando en posibles candidatos. Rostros de hombres conocidos que podrían haberse acostado con su esposa. No tarda en dar con él. Siempre ha estado ahí, acechando en la oscuridad de sus pensamientos.

Suspira. Necesita quitarse esas ideas de la cabeza si no quiere perder el norte.

Cierra el grifo y vuelve al dormitorio. Se pone su cazadora verde oliva, limpia de sangre de zorro, y baja al garaje. El BMW ruge cuando gira la llave en el contacto. Jacob pulsa uno de los botones de un pequeño mando y la puerta metálica se abre hacia arriba.

Conduce bordeando el Golden Gate Park y tuerce por Oak Street. La arquitectura victoriana de las casas a su derecha destaca en un escenario rodeado de vegetación. Jacob ni siquiera se fija. Para él solo es una calle más, un lugar gris en medio de su trayecto.

Tiene la radio encendida y el locutor, que acaba de avisar sobre un desvío en la ruta 5R Fulton Oeste, habla ahora con pesadez:

«Tenemos una noticia de última hora. La Unidad de Personas Desaparecidas ha informado hace unos minutos del hallazgo del cuerpo sin vida de la pequeña April Jones, ayer, en el John McLaren Park. April llevaba desaparecida desde...».

Jacob apaga la radio y agarra el volante con fuerza. Su cabeza va a mil por hora. April Jones es una de las niñas de las que hablaron en televisión el mes pasado. Quién le iba a decir que Sharon sería la siguiente. Ahora Natalie está muerta, y una de esas niñas también. Y Sharon no aparece. Y la policía piensa que él es el responsable.

Jacob empieza a sufrir un ataque de ansiedad y aparca el coche en Market Street. Se baja con la mirada en el suelo, intentando controlar la respiración. El sol se ha escondido detrás de una nube y las sombras recorren las paredes. Jacob levanta la vista y reconoce el cuervo con esmoquin y sombrero de copa alta. El Blackbird está cerrado. Se acerca al cartel que reza el horario del establecimiento y descubre que abren a las cinco de la tarde. Claro, piensa, justo cuando terminaba de trabajar en la sucursal. Por eso nunca lo encontró cerrado en su día.

Algo le dice que es una señal para que no haga estupideces, pero él no quiere escuchar más a su cabeza. No puede. Avanza apresurado por la calle en busca de un local abierto. Cruza el paso de peatones y encuentra un restaurante no muy lejos. No es lo que él buscaba, pero le puede servir. Entra y se sienta en uno de los taburetes de la barra. No hay mucha gente a estas horas, tan solo un par de mesas ocupadas.

El camarero lo saluda:

—Buenos días, caballero. ¿Qué tomará?

Aún está a tiempo de marcharse. Natalie le diría que la está decepcionando. Sharon, en cambio, no diría nada. Pondría cara de asco y se iría para no verlo.

El pensamiento, lejos de hacerle recapacitar, lo empuja a decir:

—Una cerveza.

El camarero asiente, aunque tarda un segundo en acercarse a una de las neveras de detrás de la barra. Jacob supone que, dada la hora que es, no querrá borrachos en su local. Al fin y al cabo, es un restaurante, no un bar de copas.

El botellín de cerveza aparece delante de él.

Lleva ocho años sin beber ni una gota de alcohol.

Pero, al enumerar mentalmente sus desgracias de nuevo, se niega a seguir manteniendo las formas. No puede más.

Agarra el botellín y siente el frío en la mano. Sin nadie que lo detenga, se lo lleva a los labios y nota ese sabor que casi había olvidado. El codo no baja en ningún momento y Jacob traga, traga y traga hasta el final.

32
William Parker
San Francisco

William sale de la ducha y se seca el pelo con una toalla. Va desnudo a su dormitorio y revisa toda la ropa del armario durante cinco minutos. Hoy es un día importante. Se decanta por unos pantalones chinos grises, zapatos negros y una camisa blanca.

Una vez listo, abre el cajón de la mesita de noche y saca la SIG Sauer. La guarda dentro de la funda y la sujeta a su cinturón. Está en ello cuando el móvil del trabajo suena y suelta un bufido. Detesta ese aparato.

—Buenos días, Maddie. ¿Cómo ha ido?

—Nadie se ha acercado a la casa de Sally Graham en toda la noche. Se me ha hecho eterno. Me traje un par de termos de café, ni te imaginas cuánta cafeína he podido meterme en el cuerpo para no dormirme. Las vigilancias deberían hacerse siempre en compañía. Esto ha sido una locura, William.

—Lo sé..., y te lo agradezco. Ahora vete a casa y descansa.

—Sí, avisaré a Sally y me iré. Me han dado el día libre. Ni se te ocurra llamarme para pedirme otro favor.

—Descuida. Gracias, Maddie.

Guarda el móvil en el bolsillo del pantalón y baja a la cocina. Aunque tiene el estómago encogido, prepara la cafetera y la pone al fuego. Espera apoyado en la encimera pensando en los acontecimientos del día anterior y recuerda que dejó el expediente del caso de 2005 en el salón. Se dirige a por él. Junto al documento descansa la Moleskine y el bolígrafo, así que aprovecha y lo lleva todo a la cocina. Se sirve un café, se sienta a la mesa vestida con un viejo mantel amarillo y, tras el primer sorbo, el móvil vuelve a sonar.

—¿Doctora Butler?

—Buenos días, inspector Parker. Espero no molestarle tan temprano.

—Para nada —finge con soltura—. Fui yo quien le pedí que me llamara lo antes posible. ¿Ha examinado las incisiones de April Jones?

—Sí. Tenía razón, hay coincidencias con el asesinato de Natalie Fisher: la profundidad de las incisiones es la misma en ambos casos, y las colas de entrada y de salida concuerdan con un agresor diestro.

—Misma arma del crimen, mismo asesino —resume para sí.

—Yo no puedo ser tan categórica, pero los resultados son claros: no se puede descartar esa posibilidad.

—¿Sabe cuándo murió la niña?

—Ayer mismo, unas horas antes de que encontraran su cadáver.

Tras despedirse, William deja el móvil a un lado y abre la Moleskine por la primera página en blanco. Luego revisa el expediente de 2005 y empieza a anotar información escueta sobre las víctimas de ambos casos:

VÍCTIMAS DEL CASO VICTOR BLACK:
Ruby Hoffman (37 años): asesinada el 29 de junio de 2005
Lillian Perkins (31 años): asesinada el 21 de julio de 2005
Sally Graham (30 años): herida de gravedad el 7 de agosto de 2005

VÍCTIMAS DEL CASO ACTUAL:
Natalie Fisher (41 años): asesinada el 9 de enero de 2017
April Jones (10 años): secuestrada el 12 de diciembre de 2016 y asesinada el 11 de enero de 2017

Jessica Robbins (13 años): secuestrada el 12 de diciembre de 2016

Sharon Fisher (16 años): secuestrada el 9 de enero de 2017

Al leer sus notas, William siente una presión urgente por salvar a Jessica Robbins y a Sharon Fisher antes de que sea demasiado tarde.

Da un último sorbo al café y se levanta.

Es hora de conocer a Victor Black.

33
Jacob Fisher
San Francisco

—Ponme otra.

Detrás de la barra, el camarero gira la cabeza hacia los otros clientes antes de dirigirse a Jacob, que ya lleva un litro de cerveza en el cuerpo.

—Creo que es suficiente, señor.

Jacob le dedica una mirada dolida. Está a punto de discutírselo, pero un sentimiento de culpa lo frena. ¿Qué está haciendo? Debería estar buscando a su hija y no emborrachándose donde no lo quieren.

Avergonzado, asiente, paga la cuenta y sale del restaurante.

El viento fresco le da en la cara. Se queda un minuto aturdido, sin saber a dónde ir. Intenta recordar qué le ha llevado ahí y una serie de imágenes lodosas se le plasman en el cerebro. Imagina a Natalie desnuda sobre la mesa de la cocina. De pie, un hombre la embiste repetidamente. Ella se tapa la boca con la mano para que sus gemidos no lo despierten a él y a Sharon, que duermen en el piso de arriba. La imagen se acerca al rostro del hombre y Jacob puede verlo con claridad. Es David Pratt quien se cierne sobre su esposa.

Jacob se sacude el pensamiento de la cabeza, horrorizado.

Se enciende un cigarrillo y, tras mirar a un lado y a otro de la calzada, se dirige al coche. Repara en que se marea con los movimientos bruscos y camina sin prisa. Cuando sube al BMW, baja la ventanilla para que salga el humo del tabaco y busca un contacto en la agenda del móvil.

—Esto sí que no me lo esperaba —dice lentamente una voz ronca al otro lado de la línea.

—Quiero un gramo.

—Eh, eh. Tranquilo. ¿Estás borracho?

—Eso a ti no te importa.

—Tienes razón, no me importa una mierda. Por cierto, ayer te vi por la tele.

—Ni se te ocurra hacer un comentario al respecto.

—Joder, cómo nos hemos levantado hoy.

—¿Tienes un gramo o no? —insiste Jacob.

Se oye un suspiro.

—Nos vemos donde siempre.

—¿No has cambiado de sitio?

—Hay costumbres que no se pierden. Trae la pasta. Si no, no hay gramo que valga.

Tras colgar, Jacob da una calada larga y tira el cigarrillo por la ventanilla. Enciende el motor. Parpadea varias veces y agarra el volante con fuerza. «Si voy despacio no pasará nada», piensa. En el primer cruce, gira a la derecha y la cabeza le da vueltas. Vuelve a parpadear.

—Concéntrate —se ordena.

Poco después, gira otra vez a la derecha. Ahora cree controlar el coche, pero se da cuenta de que no es así cuando tuerce a la izquierda y tiene que dar un volantazo para no atropellar a una anciana que cruza el paso de peatones. Oye un grito de reproche. Él acelera, frena y vuelve a acelerar en cuestión de segundos. No tarda en llegar a su destino. Aparca en doble fila y enciende los cuatro intermitentes. Esa parte de Hyde Street no es que sea muy glamurosa. La acera está llena de residuos de los que se alimentan las palomas. Una docena de personas conversan unas con otras, todas visten de negro y se cubren con una capucha o una gorra, incluso con bragas o pasamontañas.

Jacob localiza a su camello en el lateral izquierdo del grupo. Va en silla de ruedas. La piel de su cara cenicienta se le pega a los huesos del cráneo. Lleva un gorro de lana y tiene una manta sobre las piernas. Junto a él, un hombre delgado apoya la frente en una pared.

—Pensaba que te habías limpiado, banquero.

Jacob no contesta hasta que llega a su altura.

—Hay costumbres que no se pierden —repite la frase que le ha dicho antes el camello.

—Estás hecho un escombro, ¿lo sabías?

—No he venido de cháchara. Dame lo que te he pedido y me voy.

Al camello le cambia la mirada.

—En el banco eres tú quien retiene a tus clientes para que inviertan sus ahorros en estafas legales. Aquí soy yo quien marca los tiempos. Así que cálmate y habla conmigo. ¿Has encontrado a tu hija?

Jacob intenta controlar la ira que le quema por dentro. Le molesta que sepa tanto de él. Nunca le ha contado nada de su vida personal, pero un día, meses después de haber dejado las drogas, estaba en la sucursal cuando alguien dio unos golpecitos en la pared de cristal de su espalda, que daba a la calle. El terror lo invadió en el instante en que reconoció ese rostro cadavérico sonriéndole desde el otro lado del cristal.

—No —responde—. Aún sigue desaparecida.

—¿Cuánto llevas sin verla?

Jacob inspira y suelta el aire por la nariz, impaciente.

—Tres días.

—Buf. Olvídate, entonces.

Jacob agarra al camello de la pechera y alza el puño.

—Retira eso.

Se escuchan voces a su derecha. Los encapuchados se acercan con los brazos separados, dispuestos a defender a uno de los suyos, pero el camello levanta una mano para que se detengan. Con una amplia sonrisa y sin dejar de mirar a Jacob, dice:

—Tranquilos, muchachos. Este no es más que un desgraciado que quiere hacer negocios conmigo. Es un buen cliente, pero parece que no sabe beber y ha venido un poco alterado. No es necesario hacerle daño. ¿Verdad que no, banquero?

Las pupilas dilatadas de Jacob se mueven con rapidez. Tarda unos segundos en ser consciente de la situación. Es entonces cuando lo suelta y retrocede.

—No —titubea.

El camello extrae una pequeña bolsita de debajo de la manta.

—Ya sabes el precio.

Sintiendo los ojos de los encapuchados a un lado, Jacob saca su cartera y le tiende cuarenta dólares al camello. El intercambio es rápido.

—Vete a dormir la mona, anda.

Jacob no se despide. En cuanto se gira para tomar el camino de vuelta al coche, repara en las navajas de los encapuchados. Lo habrían matado ahí mismo. Tiene que apoyarse en una furgoneta aparcada para no caer al suelo.

—Menudo imbécil —oye.

Se obliga a seguir andando y, una vez dentro del BMW, lejos de esas miradas huecas y oscuras, llora asustado.

Podrían haberlo asesinado. Como a Natalie. Habría dejado a Sharon huérfana.

De pronto vuelve a imaginar a su mujer teniendo sexo con David. Luego recuerda su cuerpo sin vida. La sangre. Los insectos. Si Natalie tenía una aventura con él y lo que dijo Parker es verdad, quizá David la mató y también secuestró a su hija. Sharon pudo verlo todo, por eso se la llevó.

—Hijo de puta —murmura.

Saca la bolsita de cocaína que acaba de comprar. La abre y coge lo que puede con un dedo. Sin un titubeo, se lo lleva a la nariz y esnifa el polvo blanco. Hace una mueca. Esnifa una segunda dosis y tose un par de veces. Se mira en el retrovisor para limpiarse. Agarra su móvil y hace una llamada. La voz de su jefe no tarda en colarse por el auricular.

—Hola, David. Tenemos que hablar.

34
William Parker
San Francisco

La niebla deambula sobre el Golden Gate Bridge. William conduce de forma automática, sin prestar atención a la carretera. Cuando entra en un túnel, su mente empieza a dibujar una escena que no solo parte de su imaginación, sino de los hechos de los últimos días. Con la mirada en un punto fijo, saca la grabadora para registrar lo que ve:

N.º DE CINTA 49. 12 01 2017. 10.10 h:
Una silueta sin rostro se desliza entre las sombras. April Jones, de tan solo diez años, busca a sus padres en una calle solitaria. La niña está asustada. Las lágrimas se deslizan por sus mejillas cuando la silueta aparece delante de ella. A April no le da tiempo a reaccionar. La silueta la coge en brazos y la sube a la fuerza a un vehículo negro. Al poco tiempo, otra niña, unos años mayor que April, sube también al furgón: es Jessica Robbins, que pierde su pulsera con el forcejeo. El furgón las lleva a un lugar desconocido, oscuro y polvoriento, atestado de insectos de patas encogidas, donde pasan semanas retenidas en contra de su voluntad. Y llega un día en que la silueta aparece de nuevo y decide que es el último de...

El sonido de un claxon le hace volver a la realidad.

Se precipita hacia un coche parado en medio de la carretera. William pisa el freno con fuerza y las ruedas chirrían sobre el asfalto. El frenazo es brusco, pero consigue evitar la colisión por muy poco.

—¿Es que se ha vuelto loco? —grita el conductor del otro vehículo por la ventanilla.

Ha habido un accidente y el tráfico se ha detenido en la 101, a la altura de Sausalito. El coche de delante tiene los cuatro intermitentes encendidos, pero William no lo había visto. Baja la ventanilla y saca la mano en señal de disculpa. En medio del atasco, su móvil suena y descuelga. La inspectora Crawford habla antes de que él diga nada:

—Hemos visto el furgón negro en las grabaciones de ayer de las cámaras cercanas al John McLaren Park.

—¿Está segura de que es el mismo?

—Sí, no hay duda, es la misma matrícula.

—¿Se le ve la cara al conductor?

—No. Se cubrió el rostro como la otra vez.

—¿Algo que podamos usar para dar con él? Un pendiente, un tatuaje, alguna marca...

—No, nada. Pero con estas grabaciones al menos podemos confirmar que se trata del vehículo del secuestrador.

—Supongo que sí —coincide él—. ¿Cómo va todo después de la rueda de prensa?

—Como cabía esperar, tras las declaraciones de Jacob, nos estamos enfrentando a una cantidad desmesurada de bulos, a gente que pretende llevarse algo del dinero ofrecido. La investigación por nuestra parte se ha complicado mucho.

William se pasa una mano por el pelo. Asoma la cabeza por la ventanilla para ver si hay movimiento más adelante.

—Lo entiendo —dice—. Intentaré adelantar por mi cuenta. Voy a probar algo nuevo.

—¿El qué?

Los vehículos reanudan la marcha.

—Tengo que colgar, estoy conduciendo. Hablamos más tarde.

—De acuerdo. Le aviso si consigo avances.

William conduce en dirección norte. El arroyo Corte Madera reluce plateado a la derecha del camino. Hay un cartel que reza PRISIÓN ESTATAL DE SAN QUINTÍN. Reduce la velocidad y se acerca a la garita y las barreras de seguridad. Un hombre con uniforme gris mira el Mini con desconfianza a través del cristal.

—Soy el inspector William Parker. —Le enseña su placa—. Vengo del Departamento de Policía de San Francisco. Anoche llamé para concertar una visita.

El funcionario revisa sus papeles durante un buen rato. Sin decir nada, pulsa un botón y las barreras se levantan para dejarle paso.

Unos metros más adelante, un segundo guardia abre la verja y William se adentra lentamente en los terrenos de la prisión. El lugar, con vistas a la bahía, comprende ciento setenta y cinco hectáreas. El lúgubre edificio se erige imponente con cuatro grandes bloques de celdas distribuidos en forma de cuadrado. Una torre de vigilancia protege la entrada y numerosas cámaras registran hasta el último centímetro de las instalaciones.

William deja el coche en el aparcamiento y va hacia las puertas principales. Nada más llamar al timbre, un zumbido abre el mecanismo y él empuja la puerta con cuidado. A petición de otro guardia, pasa por un detector de metales y, cuando un pitido avisa de que lleva la SIG Sauer, oye una voz a unos metros.

—¿William Parker?

Un joven vestido con el mismo uniforme que el hombre de la garita espera su confirmación desde una especie de recepción enrejada. Tiene el flequillo negro, lacio y pegado a la frente. La tarjeta identificadora del pecho de la camisa indica su nombre: Bryan.

—Correcto —asiente William.

—Debe entregar sus objetos personales y rellenar un formulario.

—Necesito la libreta y el bolígrafo para tomar apuntes.

Bryan lo considera.

—El bolígrafo se podría convertir en un arma ahí dentro. Le voy a dar un lápiz corto con la punta redondeada. Espero que le sirva.

Se lo tiende junto con el formulario y William deja sus datos por escrito. Luego saca el arma, la grabadora, el teléfono y las llaves, y se cambia los zapatos por unos sin cordones. Sus pertenencias se depositan en una bandeja para que el recepcionista las guarde dentro de su jaula.

—Espere aquí —le dice—. El señor Hunter no tardará en venir.

—¿Quién es el señor Hunter?

—El alcaide.

Ese apellido le hace recordar un día de verano de su infancia, cuando su padre le explicó que había cazadores de humanos, y que la labor de los policías era atraparlos, convirtiéndose de algún modo en cazadores de monstruos. Pero el director de una prisión no juega el mismo papel que la policía. Él retiene a los monstruos en una jaula de hierro y cemento. Tal vez su papel no sea el de cazador, sino más bien el de coleccionista.

Un hombre de unos cincuenta años se acerca por un pasillo. Es alto y ancho de espaldas, y el traje azul marino se ajusta a su robusta estructura. Un reloj dorado reluce desde la distancia en la mano derecha. Manchas solares en la parte izquierda del cuello avisan de una exposición al sol descuidada, puede que por ponerse colonia sobre la piel y conducir varias horas al día: no vive cerca del trabajo. Tiene barba de varios días, aunque, a diferencia de Jacob Fisher, ese hombre la mantiene en perfecto estado.

—Señor Parker. —Le estrecha la mano con fuerza—. Roy Hunter, alcaide de la prisión. No se enfade conmigo, pero le he investigado un poco. —Sonríe—. Por lo que he podido averiguar, usted no participó en el caso de Black. ¿Me equivoco?

—No, señor. Ha sido otra investigación la que me ha traído hasta aquí.

—¿Y qué tiene que ver Black con una investigación nueva, si lleva doce años encerrado?

—Él puede ayudarme a dar con un asesino.

—¿Cómo?

—Lo siento, señor Hunter. Los detalles son confidenciales.

—¿Me oculta los pormenores del caso a mí, pero se los quiere contar a uno de mis reclusos?

—Me temo que sí.

El director vuelve a sonreír, pero ahora de mala gana.

—Victor Black se encuentra en el Centro de Ajuste, lo escoltaré hasta allí. Un guardia permanecerá en la puerta…, por precaución. Solo recuerde que es un hombre peligroso. —Lo mira de arriba abajo—. Tengo la obligación de decirle que si usted está aquí es porque él ha querido.

William frunce el ceño, confuso.

—Diría que fui yo quien llamó anoche para pedir una entrevista con él.

—Sí. Pero el preso también debe aceptarla. Por lo visto, a Victor Black le apetece mantener una charla con usted.

El recepcionista, atento, vuelve la cabeza hacia ellos.

—¿Por qué? —quiere saber William.

—Supongo que por eso que no me ha querido contar. Acompáñeme. Le llevaré con él.

35
Jacob Fisher
San Francisco

Jacob espera en el asiento del acompañante del BMW, cerca de la sucursal. Sus ojos, abiertos de par en par, no se despegan de las puertas del banco. Siente temblores en un párpado.

David Pratt aparece finalmente. Se detiene en la acera y lo busca con la mirada. Jacob llama su atención presionando el claxon del coche. Inquieto, David se aproxima. Cuando repara en el lugar que ocupa dentro del BMW, lo mira confuso y Jacob le hace un gesto con la mano para que se siente al volante.

—Jacob —dice antes de cerrar la puerta tras él—. ¿Cómo estás?

David viste el traje del trabajo, como es normal. Es la misma ropa que llevó al velatorio de Natalie. No se dignó a cambiarse. Jacob recuerda la escena que montó delante de todos, delante de su esposa fallecida.

—Necesito que me hagas un favor.

—Por supuesto. Dime.

—He bebido, ¿vale? La he cagado. Me he pedido una y, cuando me he dado cuenta, ya había tomado demasiadas.

El olor a alcohol que desprende subraya sus palabras; David lo ha notado nada más abrir la puerta, lo que dice Jacob no le pilla de nuevas.

—¿Qué quieres que haga? —se ofrece sin pedir explicaciones.

—¿Puedes llevarme a casa?

—¿Qué? Jacob, estoy trabajando, he dicho que salía solo un minuto a tomar el aire. No puedo irme ahora, te pediré un taxi.

—¡No! —Jacob respira con dificultad por la nariz—. No quiero dejar el coche aquí.

—Mañana puedes venir a por él. O, si lo prefieres, me dejas las llaves y te lo acerco yo mismo a casa más tarde.

—¿Quieres quitarme algo más, David? ¿Con mi mujer y mi hija no ha sido suficiente?

—¿Cómo dices?

Jacob saca una pistola del abrigo y le apunta por debajo del salpicadero.

—¡Joder! —David levanta los brazos y se pega contra la puerta de forma instintiva.

—¡Baja los brazos! —le ordena Jacob—. Quería hacer esto por las buenas, pero me temo que no va a poder ser. Dame tu móvil. Apagado.

Despavorido, David introduce la mano en el bolsillo interior de la chaqueta, saca el teléfono, lo apaga y se lo tiende a Jacob. Este se lo guarda y señala la llave de contacto con el cañón del arma.

—Ahora conduce hasta mi casa sin abrir la boca. ¿Recuerdas la dirección?

David asiente, y su respuesta produce en Jacob una emoción indescriptible.

—Lo suponía.

36
William Parker
San Quintín

El Centro de Ajuste es el módulo de máxima seguridad de la Prisión Estatal de San Quintín, donde residen los presos más peligrosos. Buena parte de los que viven ahí arrastran una cadena perpetua y morirán de forma natural entre esas paredes; otros aguardan en el corredor de la muerte, a la espera de la inyección letal. Es el caso de Victor Black.

De camino a la sala de reuniones, el alcaide le explica a William que Black padece disfonía a causa de una pelea que le provocó serias lesiones en los nervios laríngeos, por lo que no puede levantar la voz. También le cuenta que, desde unas semanas atrás, cerraron un acuerdo con él: le conceden ciertos privilegios, como escuchar la música que le gusta o conseguirle lecturas que le interesen, a cambio de un buen comportamiento. De momento, afirma, ha surtido efecto.

Llegan a una puerta blanca con un ojo de buey custodiada por un guardia de seguridad. Roy Hunter mira al funcionario y asiente una única vez.

—Sobre todo —le dice a William mientras el guardia gira la llave—, no le deje jugar con usted.

—No pretendo hacerlo.

Él no contesta. El vigilante abre la puerta y el sonido de un piano se escapa del interior de la habitación. William reconoce la obra. Es el *Nocturno n.º 2* de Chopin. Victor Black, vestido con un mono naranja, está sentado a una mesa, de espaldas a la puerta. No se gira en ningún momento. Tampoco dice nada. Tan solo espera a que William entre con la música de fondo.

La puerta se cierra tras él y ve los altavoces del techo por donde surgen las notas del piano.

—¿Le gusta la música clásica, inspector?

La voz de Black es casi susurrada.

—Sí —responde William—. Pero no suelo escucharla.

Rodea la mesa y se detiene de pie frente a Black. Por fin lo mira a la cara. Sus labios se tuercen hacia un lado en una suerte de sonrisa. Sus ojos oscuros, en cambio, le desean la más horrenda de las muertes. Tiene arrugas de expresión alrededor de la boca y ligeras patas de gallo junto a sus párpados. A pesar de llevar doce años encarcelado, su piel está morena, aunque sin brillo. Cejas pobladas, nariz romana y un cabello castaño con un corte clásico y elegante que sugiere una reciente visita a la peluquería. Sus manos, que reposan relajadas sobre la mesa, son fuertes y callosas a causa de horas y horas en el gimnasio. No le han quitado las esposas.

—Entonces no puede decir que le gusta —opina él—. Solo acepta su existencia. Lástima. —Cierra los ojos y disfruta de la grabación. Arruga la frente, entreabre la boca y mueve lentamente la cabeza como si la música le produjera placer físico—. Maria João Pires está fantástica en esta versión, ¿no le parece?

—Supongo que sí.

Black abre los ojos y se ríe sin hacer ruido.

—No tiene ni idea. —Señala la silla vacía—. ¿Piensa sentarse?

—No nos han presentado. Soy el inspector William Parker.

Le tiende la mano, pero él no le devuelve el saludo. Se dedica a mirarlo con recelo.

—¿Sabe por qué he venido? —le pregunta William mientras toma asiento en su lado de la mesa.

—Porque yo he querido. Pero eso ya se lo habrá dicho el señor director.

—¿Le puedo preguntar por qué?

—El tiempo se estira mucho aquí dentro. Todos los días son iguales. Uno se aburre haciendo siempre lo mismo. Y un poco de diversión no viene mal de vez en cuando. Habría preferido la compañía de una mujer, no le voy a engañar. Una buena mujer, ya me entiende. Y un buen encuentro.

—Para serle franco, mi objetivo no es entretenerle. Quiero hablar con usted de un tema en concreto.

—Eso ya es un entretenimiento, inspector —le corrige—. Sé que si ha venido hasta San Quintín no es para jugar al ajedrez conmigo. Aunque me gustaría. ¿Sabe jugar?

—Sí.

—Tenemos una partida pendiente, entonces. —Escruta a William con curiosidad—. Algo le preocupa, inspector. ¿Le doy miedo?

Por segunda vez hoy, William piensa en el niño que fue un día, ese que descubrió las reglas de este juego gracias a su padre, en el adolescente que garabateó decenas de criminales en su cuaderno de dibujo mientras se preguntaba cómo sería enfrentarse a ellos. Ahora se encuentra en una prisión entrevistando a uno de los asesinos en serie más conocidos de California, devolviéndole la mirada y escondiendo sus inseguridades. No es miedo lo que siente, sino respeto.

—No quiero decepcionarle, señor Black. Pero he venido a hablarle de...

—Calle y escuche. Esta parte es mi favorita.

Se quedan en silencio y oyen cómo Maria João Pires acaricia las teclas del piano con suavidad. Durante unos segundos, el sonido aumenta en una escala ascendente hasta llegar a un intervalo amplio y agudo en un forte precioso. Black ríe extasiado entre susurros. Después de una cadencia virtuosa, la música vuelve a un sonido aterciopelado y culmina con los últimos acordes de la pieza.

—Dios, Maria. Qué belleza —comenta como si la pianista pudiera escucharlo.

William intenta no perder la paciencia.

—¿Continuamos?

Él pone los ojos en blanco.

Las primeras notas de otra obra de piano, con la misma estética que la anterior, surgen por los altavoces.

—Por favor —dice irónico—. No pierda el tiempo conmigo.

—He estudiado su caso, señor Black...

—No esperaba menos de usted, inspector.

—... y no creo que sea usted un asesino.

Él arquea las cejas y ladea la cabeza, sorprendido. Luego le muestra sus dientes como haría un perro. La risa se le escapa.

—Esto se ha puesto de lo más interesante —dice—. ¿Por qué piensa eso?

No creo que matara a Ruby Hoffman y a Lillian Perkins. Sí atacó a Sally Graham, pero la dejó con vida. ¿Por qué?

—Oh, por favor, inspector. Déjeme hacer las preguntas a mí. Me intriga saber qué le ha hecho llegar a esa maravillosa teoría.

—Atacó a Sally Graham y la cubrió de mantis religiosas minutos antes de llamar al 911 para dar el aviso. Es curioso que solo hiciera esa llamada con la tercera víctima y no con las anteriores. A diferencia de Ruby y Lillian, Sally sobrevivió al ataque y pudo dar su nombre a la policía.

—Me encantaba Sally —dice pensativo—. Disfruté mucho haciéndole el amor la vez anterior.

—Pero no lo hizo con Ruby y Lillian —insiste William.

Black sonríe y suelta un gruñido que pretende ser grave.

—¿Quiere que le cuente mis escarceos sexuales con ellas? ¿Es eso lo que pretende?

William intenta mantenerse impasible, aunque no lo consigue del todo. Con cuidado, deja la Moleskine sobre la mesa y los ojos de Black se van hacia ella. Saca el lápiz que le ha dado antes el recepcionista y, tras abrir la libreta, se prepara para escribir.

—Por favor —dice.

—¿Se piensa que esto es una clase de literatura? —suelta Black, malhumorado.

El corazón de William se acelera.

Black puede detener la entrevista cuando desee. No le conviene alterarlo. Tiene que ser más prudente si quiere que hable.

—Me gustaría tomar apuntes, si no le importa.

—¿No le enseñaron a ejercitar la memoria en la academia de policía?

—Si lo prefiere, puedo guardar la libreta.

—No, inspector. Déjela donde está. Tengo curiosidad por ver qué apunta.

William asiente.

—Cuéntemelo todo.

—No le voy a explicar mucho más de lo que sabe ya. Los hechos son los hechos, ¿no dicen eso?

—Usted no mató a Ruby y a Lillian.

—¿Es necesario que uno documente sus hazañas para que se las reconozcan?

—Eso habría ayudado, no le digo que no.

Black sonríe. Entonces empieza su relato.

37
William Parker
San Quintín

—Ruby entró en mi tienda buscando comida para cobayas —dice Black, y se pasa la lengua por los labios—. Era guapa. Bueno, todas lo eran. Pero Ruby fue especial, supongo que por ser la primera. Entre nosotros había química, y creo que ambos nos dimos cuenta ese día, pero ninguno de los dos lo verbalizó. Vino más veces y, al final, no pudimos resistirnos. Hicimos el amor en el almacén de la tienda. Me contó que se estaba divorciando. Su marido y ella vivían juntos, pero dormían separados. Fui yo quien le propuse vernos en su casa. Me costó convencerla, no se crea. A ella le daba igual su marido, pero pensaba mucho en los niños. Yo le dije que no se enterarían de nada, que iría por la noche, cuando ya estuvieran dormidos. Ella accedió. —Se queda pensativo, sonriendo—. Subimos al dormitorio principal. El cuarto de los críos estaba al otro lado de un pasillo. Su marido dormía allí, con ellos. Cerramos la puerta, nos desnudamos y empezamos a hacer el amor. Al principio fue un leve balanceo. Sentir nuestra piel caliente. Unos besos fugaces entre suspiros y jadeos breves. Pero entonces quise más. Yo estaba muy excitado, inspector. —Da golpecitos con el dedo en su libreta—. Apunte eso. Quise que el marido la oyera, así que comencé a embestirla con más fuerza. Ella intentaba resistir en silencio para no despertar a nadie, pero yo contraatacaba con más intensidad y, a pesar de que Ruby hacía esfuerzos por aguantar, conseguí que los gemidos se escaparan por su dulce boca. —Se muerde el labio inferior—. Ambos llegamos al orgasmo enseguida.

William inspira profundamente y espira por la nariz.

—Continúe.

—Es usted un morboso, inspector.

—Continúe, por favor.

Él obedece:

—Al cabo de unos días, Ruby apareció por la tienda y me contó que había discutido con su marido. Me dijo que nos había oído y que se había puesto como una furia. Yo le dije que había sido culpa mía, que me había dejado llevar sin pensar en las consecuencias. Le pedí perdón y le propuse ir más tarde la próxima vez. Ella se mostró reticente, pero yo le prometí ser muy cauteloso. «Nadie se enterará de nada», le aseguré. Ruby era débil. Y eso me gustaba de ella. Esa segunda noche, me abrió la puerta en camisón. Fuimos al dormitorio y le dije que se tumbara boca abajo en la cama, que no se desnudara. Ella accedió. Yo saqué el cuchillo de la mochila que traía conmigo y, como si fuera un juego, le tapé la boca con una mano. Ruby se dejó hacer, posiblemente recordando lo que había pasado la otra noche. Fue entonces cuando la apuñalé. Varias veces.

—¿Cuántas? —pregunta William. El dato es relevante.

—Siete. Ella dejó de moverse a partir de la cuarta.

Un escalofrío le recorre la columna a William.

—Una vez muerta, cogí mi mochila, la abrí, le di la vuelta y dejé que cincuenta mantis religiosas cayeran sobre el cadáver.

William deja de escribir. Mira a Black a los ojos y ve cómo se regodea en silencio.

—¿Aún cree que soy inocente, inspector? —susurra—. ¿Le parece que he mentido en alguna parte de la historia?

—No entiendo el porqué de las mantis —le confiesa—. ¿Me lo puede explicar?

—Recuerdo el olor tras el asesinato. —Black evita la pregunta—. Usted sabrá de lo que hablo. Es inconfundible, ¿verdad? El olor de una muerte reciente es uno de los deleites más embriagadores que podemos experimentar, sobre todo si somos los responsables de dicha fragancia.

—Lo mira con aire de superioridad—. ¿Le doy miedo ahora?

—No.

—Yo creo que sí.

—No le tengo miedo —repite.

Black se ríe.

—¿Sabe? La política del centro no permite que los guardias tengan armas. Si uno de los reclusos robara una, el caos estaría garantizado. Y, como la mayoría de los funcionarios, ese de ahí fuera tiene a su familia esperándolo en casa. Dudo que se involucrara más de lo necesario en una situación... complicada.

—¿Por qué me amenaza, señor Black?

—Yo no le amenazo. Solo planteo hipótesis, como hace usted, aunque debo decirle que sus conjeturas están equivocadas.

—No puede ser —difiere William—. Usted no pudo cometer aquellos crímenes. Si dejó con vida a Sally Graham fue precisamente para que lo inculpara.

—¿Por qué haría tal cosa?

—Para encubrir al verdadero asesino.

—No hay otro asesino, inspector.

—Ahora es usted quien se equivoca. Alguien ha matado recientemente a una mujer y a una niña a puñaladas. Las encontramos cubiertas de mantis religiosas. Estando usted preso, es evidente que no es el responsable de estas muertes. O el asesino de 2005 ha vuelto a matar o es cosa de un imitador.

Victor Black se queda callado. Sus ojos buscan el fulgor de una mentira en los de William. Ahora no ríe. Sus músculos faciales se tensan y él no oculta su malestar.

—La charla ha terminado —sentencia.

William se inclina en la silla.

—No, espere. No podemos parar ahora. Aún tenemos que...

—¡Guardia! —grita con la voz rota al tiempo que da un puñetazo a la mesa.

El funcionario mira por el ojo de buey y, tras girar la llave, abre la puerta.

—El inspector Parker ya se iba.

—Señor Black, concédame unos minutos más, por favor —le ruega—. Necesito que me diga el nombre del asesino. Es importante para...

—Clayton, llévatelo —ordena.

El vigilante le hace un gesto de apremio a William para que salga de la sala. No quiere que Black se enfade.

Con la música clásica sonando por los altavoces, William se levanta decepcionado y recoge sus cosas. Rodea la mesa sin dejar de mirar a Black. Él, en cambio, tiene la vista clavada en sus manos esposadas.

Pero, cuando William cruza el umbral, oye un susurro a su espalda:

—Mañana a la misma hora, inspector.

38
Jacob Fisher
San Francisco

A David Pratt le tiemblan las manos cuando introduce la llave de Jacob en la cerradura. Él permanece a su espalda, con el arma apuntándole por debajo de la cazadora. Una vez dentro de la casa, Jacob cierra y señala el mueble del recibidor con la pistola.

—Deja la llave en el cajón.

David obedece.

—Jacob, ¿por qué haces esto, amigo?

—Lo sabes de sobra. Y no me llames amigo.

—Sea lo que sea lo que piensas, te equivocas.

—Al salón. Por delante de mí.

En la espaciosa y oscura estancia, Natalie y Sharon le devuelven la mirada a David desde los numerosos marcos de fotos. Es como si estuvieran ahí para presenciar un ritual macabro, felices y sonrientes en la penumbra.

Jacob arrastra una silla hasta el centro del salón y, tras un gesto, David se sienta cabizbajo en ella.

—¿Qué es lo que quieres, Jacob?

—Que me cuentes lo que has hecho.

—¿Y qué se supone que he hecho?

Jacob apoya el cañón del arma en su sien y David cierra los ojos con fuerza.

—¿Te gustaba mi mujer?

—No.

Es una respuesta rápida. Seca. Jacob piensa que David la tenía preparada, que negaría todo cuanto le dijera para salvar la vida. Debería haberse sorprendido ante la pregunta, no contestar de esa forma.

Error número uno.

—¿Te parecía guapa?

—No sé a dónde quieres ir a parar, Jacob, pero...

—¡Respóndeme!

David duda. No sabe qué decir. ¿Existe una respuesta correcta acaso? Siente el sudor corriendo por su espalda. La camisa se le pega al cuerpo por debajo del traje. Finalmente, bajo la presión del metal en su piel, decide halagar a la esposa difunta de su compañero:

—Natalie era guapa, sí. Pero yo nunca me fijaría en la esposa de un amigo.

—¿Ni siquiera en la mujer con la que saliste hace años?

—Aquello está enterrado en el pasado. Solo éramos dos adolescentes.

—No me gustan las mentiras, David.

—¡No te estoy mintiendo!

Jacob baja el arma, retrocede y se queda frente a él. La cabeza le da vueltas y abre las piernas para mantener el equilibrio. Su cuerpo no está acostumbrado al alcohol como lo estuvo en su día; no le ha sentado bien. Creía que la cocaína lo espabilaría, y lo ha hecho, pero no de la manera que esperaba. El corazón le va a estallar de un momento a otro.

—Ella me lo contó —dice entre jadeos.

Ahora sí, la sorpresa cruza el rostro de David.

—¿Qué te contó?

Jacob siente como si la pistola se le resbalara de las manos y la aprieta con fuerza. No ha pasado nada en realidad. Se siente aturdido, desorientado. Centra la mirada en David, que espera una respuesta sentado en la silla. Tiene la frente perlada de sudor.

—Natalie me dijo que te insinuaste —se juega el todo por el todo.

David cobra un color cenizo.

—Jacob, eso no es verdad.

—Me lo dijo ella —miente.

David calla. Sus ojos pasan de Jacob a la pistola y de la pistola a Jacob.

—Te lo puedo explicar.

Error número dos.

—Así que es verdad —susurra sorprendido.

—No, Jacob. Escúchame. Fue en una de nuestras cenas. Estábamos los cuatro, ¿entiendes? Tú fuiste al baño y nos quedamos Helen y yo con Natalie. Como no sabía de qué hablar con ella, le dije que estaba muy guapa, que el vestido le quedaba muy bien. Natalie se cortó un poco y yo pensé que mi comentario podía haberse malinterpretado. Lo hablé con Helen en casa y ella me dijo que no me preocupara, que no lo había visto así. Yo no le di más importancia y lo olvidé. No fue nada más que eso, te lo juro.

—¿Aprovechaste que fui al baño para tontear con mi mujer?

—No, Jacob. No me estás escuchando. Yo nunca me insinuaría a Natalie, y mucho menos delante de Helen. ¿Es que no lo entiendes?

Jacob vuelve en sí. Levanta de nuevo el arma y apunta a David a la cabeza.

—Si vuelves a insinuar que tu mujer es mejor que la mía, David, te juro que te mato aquí mismo.

—Yo nunca he dicho eso.

—¿Qué hicisteis? —vocifera—. ¿Quedasteis a mis espaldas?

—No pasó nada entre Natalie y yo.

—Y una mierda. ¿Os besasteis?

—No.

—¿Os acostasteis?

—¡No!

—¿Helen lo sabe?

—Jacob, estás desvariando. Por favor, baja el arma y hablemos tranquilamente. Te contaré lo que quieras, pero así no puedo.

—De modo que hay algo que contar.

David baja la mirada y hace un gesto de desaprobación. Su cuerpo se sacude y empieza a llorar impotente.

—Deja que me vaya, Jacob. Tengo reuniones programadas y los de la sucursal se estarán preguntando dónde estoy. Llevo demasiado tiempo fuera. Déjame llamar e inventarme cualquier excusa aunque sea.

—No.

—Te prometo que no contaré nada. Puedo explicar que he ido al hospital o... diré lo que tú me digas, Jacob.

—No te hará falta ninguna excusa.

El significado de esa última frase le pone los pelos de punta a David.

—Lo entiendes, ¿verdad? —dice Jacob, atento a su mirada.

—Jacob..., yo no he hecho nada. ¿De verdad crees que Natalie y yo teníamos una aventura?

—¿Cuántas veces ocurrió?

—¡Ninguna! No me puedo creer que estemos teniendo esta conversación.

Jacob trata de controlar la respiración.

—¿Por qué? —pregunta al cabo.

—No existe una explicación para lo que no ha sucedido, Jacob. No te puedo contestar a eso —dice nervioso.

Los recuerdos se arremolinan en la mente de Jacob. Las cenas con David y Helen. Sus sospechas desde entonces. Las tardes de alcohol en el Blackbird. Las veces que esnifaba a escondidas. La noche en que se acostó con otra mujer. Las sesiones de terapia con Natalie. Ella muerta en el suelo de la cocina. Los insectos. La sangre. Sharon.

Está a punto de vomitar. Su cuerpo ya no aguanta más. Necesita acabar cuanto antes.

—Dilo ya, David. No perdamos el tiempo, ¿de acuerdo? Tú confiesas y yo te meto una bala en la cabeza.

El llanto resurge de nuevo en David. No ve una salida posible.

—Aunque lo hubiera hecho, Jacob, aunque me hubiese acostado con Natalie, ¿serías capaz de matarme?

—¿Acaso no la mataste tú a ella?

David se queda callado, sorprendido por la gravedad de la acusación. Es al cabo de unos segundos cuando habla con un ligero temblor en la voz:

—Te juro por mi familia que yo no la maté, Jacob.

—Solo quiero que me expliques por qué lo hiciste. ¿Te insinuaste de nuevo y ella te rechazó? ¿Por eso la mataste?

—Te equivocas. Yo no soy un asesino.

Jacob se inquieta. Recoloca los pies en el suelo e intenta contener las lágrimas.

—¿Dónde está Sharon, David? —pregunta con los nervios a flor de piel.

—No lo sé. Yo no tengo nada que ver con lo que te ha pasado. Te lo prometo.

—¡Tus promesas no valen una mierda!

—Pero es la verdad.

—Si no quieres confesar, respeto tu decisión. Pero tú tendrás que respetar también la mía.

Jacob tensa el dedo sobre el gatillo y David cierra los ojos. Parece aceptar que va a morir en esa casa, rodeado de fotografías de los Fisher.

Pero el timbre suena y ambos se miran alarmados.

—Si gritas, te mato a balazos, te lo juro. Pero, si permaneces callado, puede que te perdone la vida. ¿Me has oído? —le pregunta Jacob, impaciente.

David se seca las lágrimas con el dorso de la mano. Ahora ve una posibilidad de salir de esta.

—Sí.

—Levántate.

Él accede. Sin dejar de apuntarle, Jacob lo lleva al cuarto de la colada, donde lo obliga a sentarse en el suelo y, con ayuda de un par de bridas que saca de la cajonera de almacenaje, le ata las manos a una tubería de la pared.

El timbre vuelve a sonar.

Jacob se pone aún más nervioso. Se asoma por el pasillo y grita:

—¡Un momento!

Luego saca una camisa del cesto de la ropa sucia. Se la introduce en la boca a David y hace un nudo por detrás de su cabeza.

—No quiero ni un ruido, ¿de acuerdo?

Él asiente desde el suelo, maniatado y amordazado.

Entonces Jacob sale del pequeño cuarto, se guarda la pistola en el bolsillo interno de la cazadora y cierra la puerta. Nota un leve temblor en el párpado de camino al recibidor. Cuando abre la puerta y ve quién aguarda en lo alto de las escaleras, se le corta la respiración.

—Jacob, hijo. Pensábamos que no estabas en casa.

39
Jacob Fisher
San Francisco

Con una sensación de total descontrol, Jacob deja que sus padres entren en casa. Les ha insistido en que no era buen momento, pero Eleanor ha dicho que necesitaba usar el baño y que solo querían hablar con él unos minutos. La sigue con la mirada, pues el lavabo se encuentra junto al cuarto de la colada, donde David permanece atado a una tubería. Cuando su madre cierra la puerta, él lleva a su padre al salón.

Al ver la silla en el centro de la estancia, la coloca en su sitio junto a la mesa.

—¿Cómo estás? —le pregunta su padre.

—Bien. —Jacob decide usar monosílabos para enmascarar la embriaguez.

James se cruza de brazos y frunce el ceño, preocupado.

—¿Alguna novedad?

—No.

—¿Qué te pasa?

Jacob desvía la mirada. Qué poco ha durado la pantomima.

—Nada —responde.

James se acerca a su hijo.

—Jacob, mírame.

Él lo hace y, por la expresión de su padre, entiende de inmediato que ha perdido todo su respeto.

—¿Qué has tomado?

—Nada.

—No me mientas.

Se oye el sonido de la cisterna. Eleanor está a punto de salir del baño. Jacob se enfrenta a su padre con la oreja puesta en el pasillo. No quiere que a su madre se le ocurra entrar en la habitación de al lado.

—Me he tomado un par de cervezas, ¿vale? No debería haberlo hecho, ya lo sé. Pero esto es...

Una puerta se abre y Jacob, presa del pánico, se asoma al pasillo.

—Mamá, estamos aquí.

—Voy, voy —avisa Eleanor, que se dirige hacia ellos.

Él respira aliviado y vuelve con su padre. La decepción es evidente en su rostro.

—¿Cómo haces esto ahora, Jacob? ¿Crees que es buen momento?

—No, papá, no es buen momento —responde, enfadado al sentirse como un niño amonestado—: Mi mujer ha muerto asesinada, mi hija ha desaparecido, toda mi vida ha explotado por los aires. No es buen momento. Por eso lo he hecho. Y tampoco es buen momento para que me hables como...

—¿Qué ocurre? —interrumpe Eleanor desde el vano de la puerta.

—Tu hijo ha vuelto a beber.

—¿Qué? Jacob, dime que eso no es verdad, por favor.

Un ruido surge del pasillo y Jacob tose deliberadamente para taparlo.

—Ha sido una estupidez, mamá —dice nervioso—. La situación me ha sobrepasado y me he dejado llevar. Esto está siendo muy duro. Te prometo que no volverá a pasar.

—¿Cuántas veces dijiste eso hace años, Jacob? —arremete su padre.

—Papá, así no me ayudas.

—Tiene razón, James —dice Eleanor—. Tu hijo está destrozado. Es normal que tenga una recaída ahora, por eso nos necesita más que nunca.

—Quien nos necesita es Sharon. Necesita a su padre. A sus abuelos. Su vida peligra más con cada minuto que transcurre.

—Nadie ha olvidado a Sharon, James. Mucha gente la busca. La policía...

—¡La policía no es suficiente! No podemos quedarnos de brazos cruzados esperando a que nos la traigan sana y salva.

Entre los gritos de sus padres, Jacob oye otro ruido desde el pasillo.

—Necesito que os vayáis.

James y Eleanor cesan su discusión y se vuelven hacia él.

—Fuera —insiste.

—Hijo —empieza Eleanor—, nosotros solo...

—No quiero saber nada, mamá. Ahora mismo no puedo afrontar un problema más y teneros aquí discutiendo no ayuda. Quiero estar solo para pensar.

—Espero que no tengas alcohol en casa —comenta James—. Si sigues bebiendo...

—Fuera de aquí —lo interrumpe Jacob. Le molesta escuchar las mismas frases que antaño—. Vamos.

James y Eleanor abandonan la casa y él cierra sin despedirse. No se va, se mantiene detrás de la puerta. A través de la mirilla, ve cómo sus padres se reprochan algo mientras bajan las escaleras del portal. Cuando tuercen a la derecha por la acera, su madre se gira para echar un último vistazo a la casa y él ve que tiene los ojos llenos de lágrimas.

Jacob se apoya con ambas manos en la puerta y se queda absorto mirando al suelo. Intenta cavilar, piensa qué hacer con David, pero no se le ocurre nada.

Saca la pistola y avanza lentamente por el pasillo. El cuarto de la colada sigue cerrado. Jacob pone una mano en el picaporte y espera en silencio. Por un momento teme que David se haya asfixiado con la camisa que le ha metido en la boca.

Cuando abre la puerta, el corazón se le para.

David no está. Las bridas y la camisa están junto a la tubería donde lo había atado.

Un fuerte golpe en el rostro le hace perder el equilibrio y caer al suelo. El arma se le escapa de las manos. David aparece por el pasillo y sube a horcajadas sobre él. Lo golpea con los puños repetidamente. El estado en el que Jacob se encuentra no le permite hacer gran cosa, pero, cuando siente el sabor de la sangre en la boca, el instinto de supervivencia lo lleva a defenderse. Con un gran esfuerzo, aparta a un lado a David y le suelta un puñetazo en el ojo. Está a punto de atacarlo de nuevo cuando David le da un empujón que le hace caer de espaldas. Jacob gime de dolor y tarda unos segundos en volver a la carga. Pero ya es tarde. David se ha incorporado y ha cogido el arma del suelo. Ahora le apunta desde el pasillo y dispara una, dos, tres, cuatro, cinco veces.

40
William Parker
San Francisco

Un grupo de policías conversa sobre política fuera del Salón de la Justicia bajo el sutil movimiento de las banderas suspendidas. William los saluda con un gesto cuando pasa por su lado. Saludos vacíos, con falso interés. A decir verdad, ni siquiera sabe sus nombres.

Cuando está a punto de cruzar las puertas principales, recibe una llamada. Al ver quién es, busca con la mirada un lugar donde poder hablar sin que nadie escuche nada y se aparta a un lado de los amplios escalones grises.

—A April Jones la llevaron muerta al parque, no la mataron allí —dice la doctora Butler al otro lado de la línea.

—Me lo imaginaba. ¿Alguna idea de dónde ha podido estar?

—No. Lo único que puedo confirmarle es que no estuvo en un sitio con suelo de tierra.

William piensa en ello. Ese dato no le sirve demasiado.

—¿No tiene algo más concreto?

—Lo siento, pero no.

—Doctora, una cosa más.

—No hay signos de violencia sexual —se adelanta a su pregunta.

William respira aliviado: es un leve consuelo, pero es algo; al menos eso no multiplicará el dolor de sus padres.

Le agradece su llamada y entra en el Salón de la Justicia. En la segunda planta, llama con los nudillos a la puerta del despacho de Laura Crawford y, antes de que se decida a pasar, una mujer con gafas de pasta cuadradas sale al pasillo y se dirige a la oficina de la Unidad de Personas Desaparecidas sin siquiera dedicarle una mirada.

—Inspector Parker —dice Laura desde dentro del despacho. Está de pie detrás de su escritorio—, entre.

William la ve cansada. Aunque tiene el pelo recogido en una trenza, varios mechones han escapado de la goma, y el azul de sus ojos parece gris por las sombras que la luz cenital le produce en el rostro.

Ambos toman asiento. Crawford abre un cajón del escritorio y saca el ejemplar de *Hundimiento en el mal*, la novela de terror que Sharon tenía en su habitación.

—He buscado a la autora en internet: Alessandra Fiore es un seudónimo, no es su nombre real. El libro original es italiano, pero eso tampoco nos confirma que ella sea italiana. Ni siquiera sé si se trata de una mujer, nunca se ha mostrado de forma pública.

—¿Sugiere que la identidad de una escritora que se oculta tras un seudónimo es relevante para encontrar a Sharon Fisher?

—Aún no he terminado —protesta—. Fiore tiene cinco libros publicados, todos ellos del género de terror, pero solo se ha traducido este. —Pone una mano sobre el ejemplar de *Hundimiento en el mal*—. Según he averiguado, la traducción es de 2004. Tuvo una buena distribución nacional. Sin embargo, el libro fue un fracaso de ventas en Estados Unidos y se descatalogó al poco tiempo.

William entiende a dónde quiere llegar Crawford:

—Sharon no compró el libro, al menos no en una librería común.

—Exacto. He hablado con la gente del entorno de Sharon: nadie había visto este libro antes. Yo creo que está conectado con el asesino.

William la mira sin comprender. Crawford se apoya en la mesa y se inclina hacia delante.

—Verá, he pensado mucho en eso. A diferencia de April Jones y Jessica Robbins, Sharon desapareció antes de las 7.25 de la mañana, a una hora inusual para ella. Aun así, estaba vestida y se dejó el móvil en casa para que no pudiéramos rastrearla, lo que me lleva a pensar que sí tenía planeada su salida.

—¿Vuelve a considerar la hipótesis de que Sharon no está secuestrada?

—No. Estoy convencida de ello. Pero pienso que el secuestrador no actuó con ella de la misma forma que con las otras niñas.

William mira a Crawford a los ojos y cae en la cuenta.

—La manipuló —dice.

—Eso creo —afirma ella—. Puede que se conocieran en algún sitio y se creara una conexión especial entre ellos. El día de la desaparición le pregunté a Jacob con quién se relacionaba su hija y me habló de un par de amigas del instituto. ¿Adivina qué me dijeron ellas?

—Que no se veían con Sharon.

—No lo hicieron en los últimos dos meses —matiza Crawford—. Sharon debía de quedar con alguien, con ese tipo, quizá, a espaldas de sus padres. Y usaba como coartada a cualquiera de sus dos amigas. Criminalística ha descubierto que Sharon tuvo la aplicación de Discord en su móvil, pero que la eliminó antes del lunes. Se trata de una plataforma de comunicación online —explica al ver la incomprensión en el rostro de William—. Es posible que Sharon hablara con el secuestrador por ahí. De momento, no hemos podido acceder a su perfil.

William asiente en silencio mientras asimila su teoría.

—Si estoy en lo cierto —continúa Crawford—, el secuestrador se habría ido ganando su confianza poco a poco. Quizá ha fingido una amistad, ha creado un espacio en el que ella se ha sentido a salvo, un espacio donde sincerarse sobre las frecuentes discusiones con sus padres o los conflictos en el instituto. Él la habrá llevado a su terreno, posiblemente halagando su inteligencia o su madurez. Y es probable que Sharon se haya sentido atraída, incluso que se haya enamorado de él. Alguien de su edad puede ser muy influenciable. Él le habrá hecho promesas o regalos, como este libro —señala el ejemplar de *Hundimiento en el mal*—, hasta llegar a la propuesta de dejar a su familia e irse con él.

—De ser así, quizá fuese la propia Sharon quien le contó que su madre se levantaba temprano todas las mañanas para hacer ejercicio.

Crawford asiente con gravedad.

—Tal vez fuese Sharon quien le dejó entrar en casa.

41
Jacob Fisher
San Francisco

El cuerpo de Jacob yace en el suelo del cuarto de la colada. La pistola descansa junto a sus pies. El silencio reina sobre los restos de una familia rota. La ausencia. El dolor. La cama de Sharon sigue deshecha. Al organizador de cuchillos de la cocina le sigue faltando una pieza. El marco de la fotografía en la que aparecen Jacob y Natalie en Egipto permanece agrietado. Todo parece un mero recuerdo que va a quedar suspendido en el olvido. Evaporado. Perdido.

Pero, cuando la guitarra de «Sweet Child o' Mine» empieza a sonar de forma abrupta, la casa recupera el aliento y Jacob despierta. Le duele la cabeza y tiene la visión borrosa; está seguro de que tiene un ojo morado y nota sangre en la boca. Parpadea varias veces. Se frota los ojos con las manos delicadamente para no hacerse daño y poco a poco va recuperando la nitidez. Al cabo de unos segundos, la música deja de sonar y él se incorpora en el suelo. Revisa el teléfono y ve que la llamada perdida es de la inspectora Crawford.

Siente todo el cuerpo magullado cuando se levanta y, al advertir la pistola, da gracias por que no estuviera cargada. Es una Glock 19 de 9 milímetros. A Natalie no le hacía gracia que hubiera un arma en casa, pero Jacob pensaba que no tenerla era una gran desventaja. Tras muchas discusiones al respecto, llegaron a un acuerdo: la adquirirían, pero nunca comprarían munición; solo la usarían para asustar a posibles ladrones. Hasta el día de hoy, nunca ha sido disparada con balas en el cargador. David la ha dejado ahí tirada.

Jacob nota un vuelco en el estómago: ¿dónde está David Pratt? Aguza el oído, pero no oye absolutamente nada y se convence de que se ha ido.

Va a la cocina, llena medio vaso de agua del grifo y echa dentro un paracetamol efervescente.

David no ha confesado ni a punta de pistola y ahora Jacob le cree: Natalie no lo engañaba con él; David no la mató ni se llevó a Sharon. Jacob se avergüenza de los métodos que ha empleado para averiguarlo. Se imagina al terapeuta de pareja que visitaron ocho años atrás diciéndole que la confianza es la base de todo matrimonio. Pero ¿cómo puede confiar en Natalie si el policía que investiga su muerte dijo que era muy probable que tuviera una aventura con su asesino?

Se bebe el paracetamol de un trago y deja el vaso sobre la encimera. Al mirar al suelo, recuerda a su esposa muerta en el sitio donde está él ahora y un escalofrío lo recorre de arriba abajo. Retrocede unos pasos y se apoya en la pared. La imagen se le aparece cada día como en una pesadilla.

No puede vivir aquí, es imposible. Él sabe que lo despedirán por lo que ha hecho, pero el trabajo ya no le parece importante. Va a encontrar a Sharon, venderá la casa y se irán lejos. Se alejarán de los pensamientos envenenados y de los malos recuerdos. Y empezarán de cero, con todo lo que ello conlleve.

Día 5
Viernes, 13 de enero de 2017
El trato

42
William Parker
San Francisco

El teléfono fijo suena cuando el sol se asoma por el horizonte.

—¿Quién es?

—Ayer te llamé tres veces, pero se ve que no estabas en casa —dice Alfred al otro lado de la línea—. ¿Por qué no quieres que te llame al móvil del trabajo? Se supone que la tecnología nos facilita un poco la vida.

—Los móviles no hacen más que interrumpirla. Dime, Alfred. Tengo algo de prisa.

—Solo quería decirte que he seguido leyendo sobre las mantis religiosas y hay cosas que te pueden interesar.

—Cuéntame.

—Espera, que lo tengo apuntado... Aquí está. A ver. Las mantis suelen emplearse para controlar las plagas de los cultivos. Sin embargo, son animales solitarios. Y, si dos machos se encuentran en época de apareamiento, pueden enfrentarse a muerte para quedarse con la hembra. Pero, si la hembra está hambrienta después de la cópula, devorará al macho.

—Precioso.

—En algunas culturas, las mantis religiosas son símbolo de buena suerte.

William recuerda las fotografías de los crímenes de Victor Black y los cadáveres de Natalie Fisher y April Jones.

—Esto no tiene nada que ver con la buena suerte.

—Yo solo te cuento lo que pone aquí.

—De acuerdo, Alfred. Gracias por la información. Me has sido de mucha ayuda.

El guardia de la garita de la Prisión Estatal de San Quintín lo reconoce y levanta las barreras para que pase con el coche. Su compañero abre las altas verjas. Dentro del centro, William pasa por el control y deja sus objetos personales en una bandeja de plástico tal y como hizo ayer, aunque, además de la Moleskine y el lápiz corto, pide hacer otra excepción.

—Eso tendrá que hablarlo con el señor Hunter —dice Bryan, el joven del otro lado de la reja. Aún no se ha lavado el pelo y hoy tiene el flequillo más pegado a la frente, si es que eso es posible—. Espere aquí, por favor.

El director de la prisión, enfundado en un traje que debe de costar una fortuna, lo recibe con un fuerte apretón de manos pocos minutos después. Cuando William le explica el propósito de su visita y le habla de lo que quiere llevar a la entrevista de Black, Hunter duda. No le hace gracia, pero comprende que es importante y accede.

—Ha llegado un poco pronto —dice mirando su reloj de oro—. ¿Quiere tomar un café?

—En realidad, me gustaría aprovechar el tiempo que tenemos. ¿Me puede mostrar unas grabaciones de seguridad?

Hunter lo observa con interés.

—¿Qué es lo que quiere ver?

—La celda de Victor Black.

Él asiente.

—Claro. Acompáñeme.

Recorren el pasillo por el que Hunter acaba de venir. Luego giran a la derecha y cruzan varias esclusas. El director saca una tarjeta y la acerca a una cerradura magnética. Una puerta se abre tras un pitido. El pasillo del otro lado es más oscuro y custodia otras tres puertas sin seguridad. Entran en la primera y Hunter saluda al vigilante que revisa, delante de un complejo mando de control, una decena de pantallas con imágenes en blanco y negro.

—Eddy, este es el inspector William Parker, de Homicidios —le explica—. Viene a hablar con Black y quiere ver las grabaciones de su celda.

Sin levantarse de la silla con ruedas, el joven funcionario le estrecha la mano. Está afeitado y su piel, a diferencia de la de Hunter, marcada por el sol, presenta un color pálido de alguien que pasa muchas horas encerrado entre cuatro paredes.

—¿Le interesa alguna grabación en especial?

—Sí, todas las de esta semana.

El funcionario sacude la cabeza.

—No me hago responsable de lo que pueda ver —dice mientras teclea algo en el ordenador.

Da unos clics con el ratón y una de las pantallas centrales cambia de imagen. La celda que aparece en ella no tiene ventanas. Es pequeña, con las dimensiones justas para un catre, un retrete y un lavabo. No hay fotografías ni objetos personales. Tan solo un libro que descansa en el suelo junto a la cama.

El funcionario adelanta el vídeo y cambia de pista cuando la luz artificial se cuela por la puerta de la celda y Black la abandona. Ven a gran velocidad horas y horas de grabación. Y así hasta la de esta madrugada.

Los tres primeros días, a Black se le ve tranquilo. Pasea en círculos por la celda, lee, hace ejercicio y duerme toda la noche del tirón. Pero todo cambia a partir de la entrevista de ayer. Después de que William le hablara sobre los asesinatos de Natalie Fisher y April Jones, de las cuchilladas en la espalda y de las mantis religiosas, Black volvió a su celda agitado. Intentó leer, pero no consiguió concentrarse. Y, por los movimientos bruscos en la cama, no ha pasado una buena noche.

Hay algo que lo inquieta.

—Aparte de la mía, ¿ha recibido más visitas? —pregunta William.

—No —responde Hunter—. Ninguna desde que fue condenado.

—¿Nadie ha querido verlo en doce años? —se sorprende.

—Sí. Al principio muchas mujeres le enviaron cartas. Algunas llegaron a pedir un vis a vis con él. Pero Black no se mostró interesado por ninguna de ellas. Dijo que no eran... dignas de él.

William recuerda sus palabras: «Habría preferido la compañía de una mujer, no le voy a engañar. Una buena mujer, ya me entiende».

—¿Se sabe si alguna de ellas lo conocía personalmente, al menos?

Hunter suspira.

—Como bien sabe, el caso de Black fue muy mediático. Hay gente que no conoce los límites, inspector Parker.

—Entiendo. Nadie ha tenido contacto con él —subraya.

—Nadie —repite el director.

William vuelve a mirar la pantalla.

—¿Qué lee Victor Black? —pregunta.

—¿Quiere ir a verlo usted mismo? Puedo hacer que lleven a Black a la sala de reuniones. Nosotros iremos a su celda mientras él espera allí.

Solo hacen falta unas palabras por el walkie-talkie para que un funcionario vaya a por él. Ven por la pantalla cómo le dice algo y abre la escotilla de la puerta de hierro. Las robustas manos de Black aparecen por el agujero y el funcionario le cierra las esposas alrededor de las muñecas. Luego abre la puerta y lo guía por un pasillo, pasan por una esclusa y llegan a un lugar que William ya reconoce. Una vez dentro, el hombre de uniforme se acerca el walkie a la boca y un chasquido suena en la sala de vigilancia.

«Aquí Clayton. Black ya está en la sala de reuniones».

Cuando pasan la esclusa, una funcionaria con el cabello corto y lunares en el cuello los acompaña por un pasillo gris. Esa parte de la prisión es más lúgubre. Huele a humedad. Las paredes están ennegrecidas por las esquinas. Una luz del techo está fundida y esparce oscuridad bajo ella.

La funcionaria abre la puerta número 307 y los invita a pasar con un ademán. Hunter imita su gesto clavando la mirada en William.

Sin decir nada, el inspector entra en la celda de Victor Black y se sorprende al ver que todo está bastante limpio: en las grabaciones no se apreciaba. El estado del colchón no es el mejor, debe de tener muchos años, pero la cama está hecha y las sábanas carecen de manchas. Las paredes de hormigón, por su parte, están atestadas de inscripciones sin sentido, firmas de antiguos reclusos y marcas de conteo.

William avanza unos pasos y se agacha para coger el libro que reposa en el suelo: *Hundimiento en el mal*, de Alessandra Fiore.

43
William Parker
San Quintín

En la sala de reuniones del Centro de Ajuste, Victor Black está sentado a la mesa, de espaldas a la puerta.

—Quiero escuchar a Maria —susurra sin girarse.

Clayton, el funcionario del pasillo, pone los ojos en blanco.

—Lo diré —accede a regañadientes.

—Hay una cosa más —comenta Black levantando las manos esposadas.

El vigilante traga saliva.

—Sabes que no es posible.

—Hágalo —dice William—. Por mí no es problema.

El funcionario vacila, pero acaba por entrar y quitarle las esposas a Black.

—Estaré fuera —le recuerda.

Cierra la puerta y William rodea la mesa en la que se encuentra Black. Él lo mira y sonríe mientras se frota las muñecas.

—Ha venido. Le agradezco el detalle de las esposas.

Como ayer, se muestra tranquilo, muy seguro de sí mismo. Ahora que William ha visto las grabaciones, sabe que esa calma es fingida. Una vez que toma asiento, saca la Moleskine y piensa en cómo empezar la entrevista.

—No tengo mucho tiempo, así que...

—Chis. —Black se lleva un dedo a los labios.

William calla. Espera a que diga algo, pero el silencio de Black se une al suyo.

—¿Podemos hablar de...?

Black niega con la cabeza.

—Qué impaciente es, inspector. No tenga tanta prisa.

Incómodo, le mantiene la mirada durante un par de minutos que se le hacen eternos, hasta que el *Nocturno n.º 2* de Chopin, con Maria João Pires al piano, suena delicadamente, ofreciéndoles un ambiente más cálido para su conversación.

—¿Lo ve? Aunque me consideren un monstruo, aquí tengo cierta autoridad.

—¿Podemos empezar?

Pero es Black quien toma las riendas de la entrevista:

—Dígame, inspector. ¿Sigue creyendo en mi inocencia?

—Sí. Creo que usted no mató a Ruby Hoffman ni a Lillian Perkins, pero sí atacó a Sally Graham, y creo que lo hizo para encubrir al verdadero asesino —resume de nuevo—. De hecho, deduzco que era cliente suyo: usted le proveyó de las mantis religiosas. Me gustaría que fuera sincero conmigo, señor Black. De otra manera, esta conversación no llegará a buen puerto. Y eso es algo que no nos interesa a ninguno de los dos.

Él levanta la barbilla. Lo observa con los ojos entornados como una serpiente.

—No sabía que esto podía tener algún interés para mí más allá de su excepcional compañía.

—Piénselo. Si me da el nombre de la persona a la que encubrió en 2005, su caso tendrá que revisarse. No solo se librará de la muerte, sino que tal vez también consiga una reducción de la pena y la libertad en algún momento.

Black ladea la cabeza.

—¿Y si le digo que no encubrí a nadie?

—Insisto, colaborar en una investigación policial es lo mejor que puede hacer ahora mismo.

—¿Pondría a la pobre Sally Graham en peligro a cambio de un nombre, inspector?

La pregunta pilla desprevenido a William.

—Señor Black, si alguien le obligó a entregarse y le amenazó de algún modo para que no lo delatara, yo mismo me encargaré de su seguridad y de quien usted me diga; estarán a salvo, se lo prometo. Solo tiene que decirme quién es.

Black tarda en contestar.

—Su protección no sirve de nada, inspector.

William ve un poco de luz al final del túnel. ¿Black ha sacrificado su vida a cambio de la de otra persona?

—Entonces hay alguien a quien proteger —prueba—. Sea quien sea, puedo hacer que le aíslen y esté bajo protección oficial hasta que demos con el asesino. Dispondrá de la máxima seguridad. Y, con respecto a usted, podemos negociar las condiciones de su estancia hasta que se salden sus cuentas con el Estado.

Black ríe por lo bajo.

—¿Sabe lo que haría si consiguiera la libertad, inspector?

William se inclina sobre la mesa que los separa.

—Soy todo oídos.

—Iría a por Sally para acabar lo que empecé hace doce años. No me gustan las cosas hechas a medias. Y pienso en ella cada día desde que estoy aquí. La huelo desde mi celda. Es insoportable. ¿Cómo lo diría? Su cuerpo me atrae desde la distancia. Si tuviera la oportunidad de volver a verla, la llevaría a su dormitorio y le quitaría la ropa. La violaría y culminaría acuchillándola por la espalda hasta que me saciara. Esta vez no me detendría. Esta vez no.

William le mantiene la mirada. No sabe si creerle. Él considera dos posibilidades: o que Black mintió y encubrió al verdadero asesino, o que se trata de un imitador. Aunque lo de las mantis se ocultara a la prensa, muchas personas lo sabían: familiares de las víctimas, policías, forenses, jueces... Alguien pudo irse de la lengua. Pero William necesita cerrar la primera vía para centrarse en la otra, quiere asegurarse de que Black no miente.

—Me ofende con sus dudas, inspector —dice ante su mutismo—. ¿Qué tiene que hacer uno para que lo consideren un asesino? ¿Es que matar a dos personas y herir gravemente a otra no es suficiente?

Ha llegado el momento.

Con cuidado para que no se asuste, William abre su abrigo e introduce una mano en el bolsillo interior izquierdo. Cuando saca las fotografías y las coloca sobre la mesa, a Black le cambia la cara. Sus pupilas se agrandan y su boca se abre unos milímetros.

—Estas fotos son de los crímenes de los que le hablé ayer —le explica—. Quiero que las observe bien.

—Ya lo hago, inspector.

—La mujer se llamaba Natalie. La niña, April. Si usted encubrió al asesino en 2005, siento decirle que ha vuelto a matar. No sé qué le ha llevado a hacerlo, pero ha metido la pata. Lo ha echado todo a perder, ¿entiende? Todos los años que usted lleva encerrado no han servido de nada. Aún está a tiempo de salvarse de la pena de muerte.

Black le clava la mirada durante un minuto. Luego alarga el brazo y se acerca una fotografía en la que se pueden ver varias mantis muertas sobre unas baldosas blancas: la cocina de los Fisher.

—¿Las mantis estaban ahí? —pregunta.

Es la primera vez que parece dispuesto a colaborar.

—En realidad, estaban sobre el cadáver, pero alguien se deshizo de ellas.

Black asiente.

El funcionario echa un vistazo por el ojo de buey.

—¿Y bien? —pregunta William.

Black devuelve la fotografía a la mesa. Piensa en silencio.

—Quiero algo más que una reducción de condena —dice al fin.

De pronto el corazón le martillea en el pecho a William.

—Usted dirá.

Black se pasa las manos por el pelo. Cierra los ojos y escucha el piano con deleite. Se balancea sutilmente en la silla con movimientos acordes al ritmo pausado de la música. No es más que unos segundos, lo suficiente para tener a William en ascuas a la espera de una respuesta que lo cambie todo. Finalmente cesa el vaivén de su cuerpo, abre los ojos y dice:

—Tengo un hijo, inspector. Me gustaría conocerlo.

44
William Parker
San Quintín

No es posible, piensa William. En el informe policial no consta que Victor Black tuviera familia. Nadie lo relacionó en 2005 con una posible pareja ni mucho menos con un hijo.

—Sé que no es así, señor Black. No me haga perder el tiempo.

Él se encoge de hombros.

—Está bien. Suerte con los asesinatos, inspector Parker. Ha sido un placer charlar con usted.

—No, espere... —Arruga la frente—. ¿Por qué no se sabe nada sobre esto?

—Porque, cuando me detuvieron, yo no estaba casado y mi hijo aún no había salido del vientre de su madre.

—Nunca dijo nada.

—¿Por qué tendría que haberlo hecho?

—¿Quién es la madre?

—¿Eso quiere decir que hay trato?

—Señor Black, si usted colabora, se revisará su expediente y, con toda seguridad, cambiará su situación: llegará un momento en que podrá ver a su hijo las veces que quiera.

—No me fío de la justicia. A saber cuánto tiempo he de esperar para que lo revisen. Eso si el juez accede. Además, tampoco sé si la madre de mi hijo me permitirá verlo después de estar preso por los crímenes que yo mismo me atribuí.

William piensa en ello. ¿Acaso hay una opción mejor?

—Está bien. Haré lo que pueda.

—Eso no me sirve. Si no trae a mi hijo, no le daré el nombre de la persona que busca.

William siente un cosquilleo en la nuca. Un revoloteo en el estómago. Existe la posibilidad de que Black mienta, pero por ahora no tiene nada mejor.

—Entonces sí que encubrió a alguien en 2005 —dice con calma—. Usted no es un asesino, después de todo.

—¿Hay trato o no? —insiste con gesto indescifrable.

—Sí —dice William con decisión—. Haré lo que esté en mis manos para que conozca a su hijo, señor Black. Dígame quién es la madre y daré con ella lo antes posible.

—Está obsesionado con los nombres, inspector. Déjeme disfrutar un poco más de su compañía. Si se lo digo ya, se levantará y se irá. Y me dejará solo otra vez. No. Antes le voy a contar cómo la conocí.

De nuevo, William calla, sin saber qué caminos abrirá ese relato.

—Todo empezó unos meses antes de los asesinatos —empieza—. ¿Se ha enamorado alguna vez, inspector?

William le devuelve la mirada y se contiene. Ahora es Black quien le tiene comiendo de su mano como uno de sus animales exóticos.

—Con todo el respeto del mundo, señor Black, eso a usted no le importa.

—Oh, claro que me importa, inspector Parker.

William se dispone a mentir, pero finalmente dice la verdad:

—Sí, me he enamorado.

—Me lo imaginaba. Todos nos enamoramos al menos una vez en la vida. Dígame, ¿lo está en estos momentos?

—Le agradecería que no se desvíe.

—No me estoy desviando, inspector. Para llegar a nuestro destino hay que pasar por algunas curvas, pero debe confiar en el camino.

William se contiene, impaciente.

—No.

—¿No confía en...?

—Le digo que no estoy enamorado.

Black lo escruta con la paciencia que a él le falta. Las delicadas notas del piano siguen surgiendo por los altavoces del techo, aunque William desconoce la pieza que suena ahora.

—Parece ser que el desamor tampoco entiende de clases, ¿verdad? —dice Black—. Al final vamos a tener mucho en común.

—Me estaba contando que se enamoró de una mujer —le recuerda William—. ¿Qué pasó?

Él cierra los ojos y sonríe.

—Ella tenía todo lo que a mí me gustaba. Era una mujer preciosa. Una artista volcada en su trabajo. Y créame, era muy buena. Nos conocimos en una de sus exposiciones. Yo entré en la galería con la intención de comprar una obra no muy cara para mi salón. —Abre los ojos y se encoge de hombros—. Cada uno juega con las cartas que le han tocado. Cuando conocí a la autora de aquellas pinturas, se me paró el corazón. Tengo que admitir que el mero hecho de que se dedicara al arte ya me atraía sobremanera. Pero su rostro y su figura parecían tallados por el mismísimo Miguel Ángel. Yo le pregunté acerca de una de sus obras y ella se extendió en la explicación, en su proceso creativo, en lo que quería transmitir. Me lo contó todo. Sin quitarse la ropa, se desnudó ante mí. Era como si no quisiera que nuestra conversación terminara. En ocasiones, alguien se le acercaba y ella se excusaba para atenderlo y luego volver conmigo. Era tan atractiva...

—¿Empezaron una relación? —le pregunta William.

—Esa misma noche fuimos a cenar. Ella estaba radiante de alegría porque había vendido tres cuadros. Yo al final no compré ninguno, pero me llevé a casa a la creadora, que era mucho mejor. El sexo fue cosa de otro mundo. Sus obras eran trabajos realistas, propios de alguien que busca el mínimo detalle, meticuloso, perfeccionista, sensible. En la cama era muy diferente. A mí me gusta marcar los ritmos, dar placer y hacer que se estremezcan debajo de mí. Pero esa noche me vi en un forcejeo por ver quién dominaba a quién. Cómo lo disfruté. Y los gemidos... —dice pensativo—. No nos guardamos nada. Con ella tuve el mejor sexo de mi vida.

—Continúe, por favor.

Black arquea las cejas.

—Reitero lo que le dije ayer, inspector: ¡es usted un morboso! —grita en un susurro.

—Me refiero a la historia de su hijo.

Él ríe.

—Nuestra relación daba pasos de gigante. A los dos meses, me mudé a su casa. La pasión propia de los inicios aún no nos había soltado y pasábamos días y noches entre las sábanas. Pero al tercer mes comenzaron las discusiones. Fue como si, más allá de nuestra conexión carnal, empezáramos entonces a conocernos de verdad. Un día, entre gritos y reproches, me dijo que no le gustaba ir a mi tienda, que los animales la ponían nerviosa y que no entendía cómo podía vivir rodeado de insectos y reptiles. Aquello me molestó. Los animales eran mi familia. Y no miento si digo que lo pasaba mal con cada venta que hacía. Yo sabía que no iban a estar mejor que conmigo. No es que la gente no se preocupara por ellos, pero generalmente estaban más descuidados fuera de la tienda y algunos morían en cuestión de semanas.

—Así que discutían... —William trata de encarrilarlo.

—Sí. Cada vez discutíamos más. Ella renegaba de mi trabajo y yo, finalmente, hice lo mismo con el suyo. En una ocasión le dije que sus obras eran mediocres y que si había vendido tres cuadros el día que nos conocimos fue porque yo convencí a los compradores.

—¿Los conocía? —pregunta levantando los ojos de la libreta.

—Sí, de otras galerías. A diferencia de ellos, yo no tenía tanto dinero para invertir, pero siempre he sido un admirador del arte. Del arte femenino. En realidad, no pensaba lo que le dije. A mí me gustaban sus trabajos, pero la ira no sabe de verdades.

—¿Cómo reaccionó ella?

—Aquello le dolió de verdad. Cuando alguien se mete con una obra de arte, irremediablemente también se mete con el artista. Ella se puso a llorar y me llamó manipulador y mentiroso. El caso es que...

Se detiene.

—¿Qué pasó, señor Black?

—Le estoy contando mucho más de lo que he dicho en años —reconoce.

—Porque hemos hecho un trato.

—Y yo confío en usted, inspector. Pero le aviso: si me traiciona... —dice mientras le clava una mirada vacía, como una caída sin fondo. Luego inspira por la nariz, repliega al monstruo a su guarida —. La discusión fue demasiado lejos —dice al fin—. Ella empezó a hablar de mi madre. Yo no entendía nada. Llevábamos pocos meses juntos y las veces que me había preguntado sobre mi familia, yo le había dicho que no quería hablar del tema, que no teníamos relación.

—¿Le puedo preguntar qué le dijo?

Black se masajea la frente y espira ruidosamente, como si hubiera retenido el aire hasta ahora. Se le ve incómodo. En 2005, el inspector Harris no pudo hacerle hablar. Pero entonces no contaba con la baza que tiene William ahora. Y él siente en lo más profundo de su ser que hayan muerto Natalie Fisher y April Jones para que Black confiese la verdad de una vez por todas.

—Me dijo que había investigado sobre mi pasado. Que sabía que había crecido con una madre soltera que se había suicidado cuando yo tenía quince años y me tuve que ir a vivir con mis tíos segundos hasta los veintiuno. Me habló de mis vergüenzas, inspector.

La curiosidad trepa por el cuerpo de William. Le haría mil preguntas, pero debe ser prudente. Hacer que Black se sienta libre de contar lo que él quiera. No dice nada, espera a que continúe.

—Aquello me alteró demasiado. Ella había hurgado en mi vida y me sentí vulnerable. Me puse violento y le di un puñetazo en la cara. La empujé con fuerza. Ella cayó al suelo y le solté una patada en el costado. Estaba dispuesto a seguir golpeándola, pero entonces empezó a gritar. A pedirme que parara. Dijo entre lágrimas que estaba embarazada.

De nuevo, William intenta contener las emociones, lo que escapa de lo profesional. Hay un asesino que tiene secuestradas a dos menores. No sabe si la ayuda de Black es la única vía para dar con él, pero puede que sí la más rápida.

—¿Ella no se lo había contado? —le pregunta obviando la agresión.

—No. ¿Se lo puede creer?

—¿Qué hizo usted?

—Sorprenderme. Enfadarme. Asustarme. Reír a carcajadas. Gritar de alegría.

—¿Decidieron tenerlo juntos?

—Mi decisión no valía una mierda para ella. Nada más decirme que estaba embarazada, me dejó. Me dijo que no podía estar con alguien agresivo, con alguien «que le daba miedo». —Resopla entre dientes—. Yo le prometí no volver a tocarla, pero ella no me creyó. «Mi hijo no merece un padre así», dijo. Yo no supe qué contestar, sentí el dolor de su adiós en los huesos. Recogí mis cosas y me fui. Nunca volví a verla. Y aún sigo sin conocer a mi propio hijo.

—¿Tiene eso algo que ver con el asesino de las mantis?

Black chasquea la lengua contra el paladar repetidas veces y niega con la cabeza.

—Tráigame a mi hijo y hablaremos de ese tema.

William retira las manos de la libreta y cierra el puño por debajo de la mesa.

—Dígame cómo puedo encontrarlo. ¿Quién es la madre?

—Es muy probable que la conozca, inspector.

William hace memoria. No conoce a ninguna mujer artista. Al menos, no en persona.

—¿Quién es? —insiste.

—Como le he dicho, si el día que la conocí vendió tres cuadros fue gracias a mis amistades. Aunque era buena, el arte es un mundo muy complicado y ella no se dedicaba solamente a sus pinturas. Es policía, como usted. Se llama Laura Crawford.

45
Jacob Fisher
San Francisco

Jacob ya no sabe qué hacer. Anoche le devolvió la llamada a la inspectora Crawford y ella le habló de una posible manipulación de Sharon por parte del secuestrador. Según le dijo, su hija no había quedado con sus amigas en los últimos dos meses. Pero Sharon, recordó Jacob, sí que había salido.

—Debió de quedar con él —supuso Crawford.

Parker ya relacionó a Natalie con el asesino. Ahora Crawford hace lo mismo con Sharon.

Jacob no quiere creer ni una sola palabra y hace lo posible por desmentir la teoría de la inspectora. Se ha pasado la mañana recorriendo la ciudad con la intención de confirmar que nadie ha visto a Sharon con un desconocido. Ha entrado en dieciocho establecimientos diferentes y ha mostrado su foto a cada una de las personas con las que ha hablado.

Nadie recuerda haberla visto en los últimos días.

Jacob ha estado a punto de tirar la toalla y volver a casa. No ha comido nada en lo que lleva de día y está agotado. Pero ha tenido una idea. Ha decidido visitar todas las heladerías abiertas. No es que sea lo más habitual en esta época del año, pero Sharon es una amante de los helados desde pequeña. Jacob no se acuerda de la última vez que fueron a por uno juntos, pero tiene la esperanza de que su hija no haya perdido esa costumbre.

Se siente culpable. Piensa que ha sido un mal marido; Natalie se merecía algo mejor. Pero también ha sido mal padre, pues no ha estado presente en la vida de Sharon, y le duele.

Las heladerías cercanas a su casa no dan resultado, así que se dirige a las más alejadas, situadas al este de San Francisco. Si Sharon se veía con un desconocido y no quería que sus padres se enterasen, debió de quedar con él en lugares por donde ellos no solieran ir.

Va a la heladería Lush, cerca de la Torre Coit. A la Swensen's, en Hyde Street, y a la San Francisco's Hometown Creamery, en Octavia Street. Cuando entra en Cream, en la calle Dieciséis, Jacob se marea y se apoya en el mostrador de los helados.

—¿Se encuentra bien, señor? —le pregunta el chico de detrás del cristal.

Jacob asiente. Avergonzado, pide un cucurucho grande de *stracciatella* y se sienta a una de las mesas. El azúcar y el descanso hacen que recupere fuerzas mientras ve cómo algunas de las personas que entran en la tienda se le quedan mirando y cuchichean entre ellas. Él considera irse, pero no lo hace. Solo desvía la mirada hacia la ventana y se esfuerza por recordar momentos felices con Natalie y Sharon. Durante unos minutos se siente mejor, pero entonces se da cuenta de que todos esos recuerdos en los que ha pensado son demasiado lejanos, de cuando Sharon tenía cinco, seis o siete años. La vida ha cambiado mucho desde entonces.

Y Natalie ya no está en ella.

Jacob mira el helado que tiene en las manos y se odia a sí mismo. ¿Cómo ha podido darse ese capricho? ¿Su mujer ha muerto asesinada, su hija ha desaparecido y él se sienta en una heladería?

Se levanta y tira lo que queda del cucurucho al cubo de la basura. Se aproxima de nuevo al mostrador y le enseña la foto de Sharon al dependiente.

—Es mi hija, la estoy buscando, ¿alguna vez la has visto por aquí?

El chico coge la foto y la mira de cerca.

—Creo que no. Espere y le pregunto a mi compañera.

Cuando se pierde por el vano de una puerta, un niño entra apresurado en la tienda, seguido de su madre. Al ver que no hay nadie atendiendo, se pone de puntillas y toca tres veces el timbre que está sobre el mostrador.

—Ya basta, Elliot —se queja la madre, y se dirige a Jacob—: Disculpe.

—Es que tengo prisa —se justifica el niño.

El dependiente vuelve con su compañera y, antes de que digan nada, Jacob deja pasar al niño con un gesto.

—Este cliente tiene prisa, señor heladero —anuncia con musicalidad—. Atiéndalo a él primero.

Los dependientes le preguntan al niño qué tipo de helado quiere. Detrás, la madre se acerca a Jacob y le sonríe.

—Gracias, es usted muy amable. —Entrecierra los ojos y sonríe—. ¿Nos conocemos?

—Creo que no.

—¿Seguro? Su cara me suena.

Jacob traga saliva.

—Lo siento, señora, pero yo también tengo prisa.

La mujer, ruborizada, se aparta un poco. Luego paga el helado de su hijo, se despiden y abandonan la tienda.

Una vez a solas, la dependienta le devuelve la foto a Jacob.

—¿Dice que es usted el padre?

—Sí, es mi hija. Se llama Sharon.

—Vino la semana pasada —confirma ella—. Cuando vi la noticia de su desaparición, no podía creerlo.

Jacob se agarra al mostrador, pero esta vez no es por un mareo, sino por la adrenalina que le sacude el pecho.

—¿Está segura?

—Sí, yo misma la atendí.

—¿Vino sola? —pregunta con un hilo de voz.

—No, pidió dos cucuruchos. Nos dijo que su pareja la esperaba fuera.

46
William Parker
San Francisco

—¿Bromea? —exclama el teniente Fallon en su despacho cuando le habla de la posible inocencia de Victor Black—. Black confesó esos crímenes, Parker. Lo que dice no tiene sentido.

—Los cuerpos de Natalie Fisher y April Jones mostraban la firma que se le atribuyó a Black, una firma que nunca se hizo pública. Y he tenido ya dos entrevistas con él: estoy casi seguro de que en 2005 se autoinculpó para encubrir a alguien. Tras estos crímenes, Black ya no tiene nada que ocultar. Está a punto de delatar al verdadero culpable, solo he de darle algo a cambio.

—¿Qué quiere?

William sabe que no debería, pero obvia la historia del hijo para no involucrar a la inspectora Crawford sin hablar antes con ella:

—La libertad. Si Black resulta no ser un asesino, los dos cargos de homicidio en primer grado quedarían anulados. Habría que revisar su sentencia, incluso reducirla si su colaboración es de ayuda.

Fallon se masajea la frente, abrumado por los datos.

—Si está en lo cierto, Parker, esta es la mayor cagada que he visto en toda mi carrera como policía. Hablaré con el juez. Le explicaré la situación, a ver qué opina.

—Gracias, señor.

William sale del despacho del teniente y va al de Crawford, en la segunda planta, pero está cerrado. En la oficina de la Unidad de Personas Desaparecidas le dicen que la inspectora ha salido y que no saben cuándo volverá, así que saca el móvil y la llama en el pasillo.

—Disculpe que la moleste, inspectora, pero necesito hablar con usted.

—¿Qué sucede? ¿Ha descubierto algo?

—En realidad, me gustaría hablar con usted en persona, si no es mucha molestia.

—¿Es sobre el caso?

—Sí.

—Entonces no perdamos el tiempo. Estoy en Cream, una heladería de Mission District. Venga aquí.

—¿Ha parado para tomar un descanso?

—Ojalá. Sharon estuvo aquí la semana pasada con su novio. He venido a hablar con los dependientes, no me llevará mucho tiempo.

—¿Sharon tenía pareja? —se sorprende William.

—Eso parece. Pero, por lo visto, nadie sabía nada. ¿Se imagina quién puede ser?

—Buen trabajo, inspectora.

—No es mérito mío. Ha sido Jacob Fisher quien lo ha averiguado, me ha avisado él. Si se trata del asesino, a falta de que sepamos qué hay detrás de la aplicación de Discord borrada en el móvil de Sharon, esto nos valdría para confirmar la teoría de la manipulación: la desaparición de Sharon no sería el resultado de un acto improvisado y repentino, sino premeditado. El secuestrador se habría ganado su confianza.

Los colores de la fachada de la heladería le llaman la atención cuando aparca el Mini cerca de la tienda. La combinación del marrón oscuro y el beis le recuerdan al chocolate negro y a la vainilla, y, sin poder evitarlo, empieza a salivar.

La inspectora Crawford lo ve y se acerca a la puerta del conductor. Él baja la ventanilla.

—¿Dónde quiere que vayamos? —le pregunta ella.

—¿Qué le parece aquí? —Señala el asiento del acompañante—. No es muy amplio, pero es mi posesión más valiosa.

—¿Esta tartana?

William le mantiene la mirada. No sonríe.

—Si la matara, sabría cómo esconder su cadáver, créame.

—Ahora en serio —dice ella—. ¿No prefiere que tomemos algo en alguna cafetería?

—Creo que es mejor que nadie pueda escucharnos.

Crawford frunce el ceño, pero no dice nada. Rodea el Mini y sube a su lado.

—¿Qué pasa? —pregunta.

En vez de soltarlo de golpe, William hace un gesto hacia la heladería.

—¿Qué ha conseguido?

—No tienen cámaras, y tampoco le vieron la cara al acompañante de Sharon. Él se quedó fuera.

—Sabe cómo pasar desapercibido.

—Llevo un mes detrás de él —se molesta Crawford—. Ha tenido que dejar alguna pista. En algún momento ha de equivocarse.

—Puede que tenga más experiencia de la que pensamos.

—¿A qué se refiere?

William respira hondo y mira por la ventanilla abierta. Dos mujeres andan a buen ritmo con ropa de deporte por la acera de enfrente. Se fijan en ellos, pero luego desvían la mirada y siguen hablando de sus cosas.

—Hay algo que no le he contado —confiesa.

—¿El qué?

—Es sobre las mantis religiosas que había sobre los cuerpos de Natalie Fisher y April Jones.

—No lo he comentado con nadie, si es lo que sugiere.

—¿Le dicen algo los insectos? —pregunta él.

—No.

—¿Está segura?

Crawford lo mira confusa.

—¿Debería saberlo?

—No lo sé. Supongo que no.

—Explíquese, inspector Parker, porque no le entiendo.

William sube la ventanilla para asegurarse de que nadie los pueda escuchar.

—En 2005, un hombre fue detenido por asesinar a dos mujeres y herir gravemente a otra. —Ahora sí, la expresión de Laura cambia—. Ese hombre trabajaba en una tienda de animales exóticos. Su nombre es Victor Black.

Crawford no quiere escuchar más. Abre la puerta, se baja del Mini y echa a andar por la acera.

—Inspectora, por favor —dice William a la vez que se apea—, escúcheme.

Ella se detiene y se vuelve hacia él.

—¿Por qué me habla de esto?

—He entrevistado a Black en San Quintín. La similitud de este caso con el suyo me ha llevado hasta él. Es inocente, inspectora. Confesó unos crímenes que no le correspondían para proteger al verdadero culpable. Tras los asesinatos de Natalie y de April, Black ha prometido dar el nombre del asesino a cambio de algo.

—Aunque eso fuera cierto, «inocente» no sería la palabra apropiada para referirse a él. Seguiría siendo responsable de intento de asesinato, obstrucción a la justicia, encubrimiento...

—Lo que intento decirle es que Black no mató a las dos primeras víctimas. El asesino continúa en libertad. Lo siento, inspectora, me lo ha contado todo. Sé que usted y él se conocieron en una de sus exposiciones de pintura. Que mantuvieron una relación y que se quedó embarazada.

—Eso es mentira.

—Sé que le pegó. Y que usted le contó lo del embarazo para que parara.

—Le mentí. —Se seca una lágrima de la mejilla—. Lo hice para que me dejara en paz. Me habría matado allí mismo.

—Entonces es verdad que estuvieron juntos.

Crawford suelta un bufido y da media vuelta, a la altura de su coche patrulla. Se sube y enciende el motor. William se acerca a su ventanilla. Su rostro se refleja en ella.

—Esto es importante —alza la voz para que lo oiga—. Inspectora, no podemos desestimar su ayuda. El asesino tiene secuestradas a Jessica Robbins y a Sharon Fisher. Y tarde o temprano volverá a matar. No hay tiempo que perder, usted lo sabe muy bien.

Con las manos en el volante, Crawford duda, discute consigo misma.

—Hablemos esto como profesionales —insiste William—. Yo le cuento lo que me ha dicho él y luego usted decide qué quiere hacer.

Con la mirada en el salpicadero, ella vuelve a negar con la cabeza. Se ha cerrado en banda.

A William no le gustaría perder esta oportunidad. Entiende a Crawford. Debió de ser una experiencia horrible y habrá hecho todo lo posible para olvidarla. Pero con un asesino suelto hay vidas en peligro, y esto puede salvarlas.

—Escúcheme al menos, solo le pido eso.

Ella lo mira y, tras un segundo de indecisión, hace un gesto con la cabeza para que suba al asiento de copiloto. Al tiempo que William rodea el coche, el motor se para.

—Gracias, inspectora —dice nada más entrar.

—¿Qué le ha pedido? —Crawford va al grano.

Ahora es él quien vacila.

—Quiere conocer a su hijo.

Ella aprieta los labios y sacude la cabeza.

—Yo no tengo ningún hijo con Victor Black.

—¿Abortó?

Crawford calla.

—Inspectora, no voy a obligarla a hacer nada que no quiera, pero es mi deber decirle que probablemente las vidas de Jessica y Sharon dependan de esta decisión.

—¿De verdad me está haciendo esto? ¿En serio me va a cargar con la vida o la muerte de esas dos niñas? ¿Le parece profesional?

—Sé que es difícil.

—¿Usted tiene hijos?

—No.

—Entonces no sabe nada. —Se pasa el dorso de la mano por la nariz—. No puede llegar a entender lo que yo siento ahora.

—Sé que teme por su hijo, pero Black no tendrá posibilidad de hacerle daño. Tomaremos las máximas medidas de seguridad, se lo prometo.

—Lo dice como si ya hubiera aceptado.

—Sabe que es lo correcto.

—Yo nunca le he hablado de su verdadero padre —dice—. Ella cree que murió cuando era un bebé.

—¿Ella?

Crawford mira un coche que pasa por su lado.

—Es una niña. Se llama Olivia.

William asiente lentamente.

—Si no me equivoco —dice—, ya tiene doce años. Seguro que entiende por qué le ha ocultado la verdad hasta ahora.

—Cómo se nota que no es padre, inspector Parker. Las cosas no son tan sencillas. —Baja la mirada—. Aún tiene once. No quiero que esto le afecte. Mi hija no ha crecido con una figura masculina en casa, pero mi prometido y ella congeniaron desde el primer momento, hace un par de años. También es verdad que, a ojos de Olivia, él no sustituyó a nadie; más bien llenó el vacío que teníamos.

William se fija en el anillo de compromiso en su mano izquierda: no lo había advertido hasta ahora.

—¿Cuándo tienen planeada la boda?

—En junio.

—Enhorabuena.

—Gracias. —Hace una pausa—. Si ahora le digo a Olivia que su padre no ha muerto y que es un asesino que la quiere conocer...

—No es un asesino.

—No le creo, Parker —murmura entre dientes—. Como mínimo, apuñaló a una mujer casi hasta la muerte. Y espero que nunca salga de la cárcel.

—Él solo quiere conocer a Olivia.

—Ella es feliz sin conocerlo. Y saber la verdad la marcaría de por vida. No, no quiero hacerlo. ¡No puedo consentirlo! Mi hija está por delante de todo esto.

—Serán cinco minutos, lo suficiente para que Black esté dispuesto a hablar. Con suerte, salvaremos a Sharon, a Jessica y a otras posibles víctimas.

—¡Le he dicho que no!

—Inspectora...

—Baje del coche —le ordena—. Se acabó. No quiero escuchar nada más.

William se dispone a protestar, pero finalmente obedece. El Ford vuelve a rugir, se incorpora a la calle Dieciséis y se pierde en la lejanía.

47
San Francisco

La noche ha caído. El indicador del salpicadero marca nueve grados en el exterior. Las ruedas avanzan inestables sobre tierra, piedras y raíces. Numerosos pinos se alzan a ambos lados del camino, formando una suerte de bosque perfecto para la ocasión.

El furgón se detiene con lentitud. Tiene los faros apagados y se funde en la oscuridad manchada de luz lunar. Cuando la puerta del conductor se abre, una música preciosa surge del interior: *Nocturno n.º 2* de Chopin.

El conductor se baja del Nissan, rodea el vehículo y abre las puertas traseras. Jessica Robbins, de trece años, llora sentada en el suelo de la zona de carga junto a una moto de cross Yamaha TT-R230 sujeta con cuerdas. La niña le devuelve la mirada con pavor. Desde que él se llevó a April no ha vuelto a verla. Recuerda sus gritos. Y el silencio posterior.

—Baja —le ordena.

Jessica no se mueve. Tiene miedo. No quiere morir y se aferra a un tirador que hay a su lado.

—He dicho que bajes.

La niña niega con la cabeza con las lágrimas mojándole las mejillas.

Enfurecido, el hombre sube a la zona de carga y la niña empieza a gritar. La obliga a soltar el tirador a la fuerza y la arrastra hacia fuera. Jessica patalea, llora, gime de dolor. Y, cuando baja y se ve rodeada de árboles, él se acerca a su oreja y dice:

—Eres libre.

La niña cesa su llanto y se queda aturdida unos segundos. Le devuelve la mirada al secuestrador. Cuando él suelta el amarre de sus muñecas, no lo piensa dos veces y corre lo más rápido que sus piernas le permiten. No sabe a dónde se dirige, pero no le importa. Solo quiere escapar, alejarse de ese monstruo que la ha tenido encerrada. Piensa que por fin va a ver a sus padres. A sus abuelos. A sus amigas.

A medida que avanza, la música se escucha cada vez menos. Se dice que mientras la oiga no dejará de correr. A lo mejor puede llegar a una carretera donde alguien la lleve a casa en coche. Hace frío, pero casi puede notar el calor de su chimenea en la piel.

Una rama la hace tropezar y Jessica cae sobre la tierra. Se araña las manos y se hace daño en los codos y las rodillas. Desde el suelo, se gira con un gemido.

El corazón le da un vuelco al ver al hombre caminando hacia ella, con una cámara deportiva sujeta a la frente y un cuchillo en la mano.

Jessica se obliga a levantarse y a seguir corriendo. Las lágrimas vuelven a sus ojos obnubilados. Se ahoga. Está débil. Lleva un mes sin apenas moverse y esta carrera le supone un esfuerzo excesivo.

Sin cesar sus zancadas, gira la cabeza otra vez y ve que el hombre ya no camina, sino que la persigue a gran velocidad. La luz de la luna se cuela por un claro y Jessica puede verle la cara de enajenado.

Ella suelta un grito cuando vuelve a tropezar. Esta vez, la caída es más dolorosa. Y, antes de que le dé tiempo a levantarse, el hombre la alcanza y se deja caer sobre ella, haciendo que el cuchillo le perfore la espalda.

48
William Parker
San Francisco

Ha habido un incendio en Presidio Real, el parque natural donde se realizó la batida de búsqueda de Sharon Fisher. Un camión de bomberos se ha dirigido hacia allí nada más recibir el aviso, aunque el trayecto desde su sede hasta Presidio es de unos veinticinco minutos y, cuando han llegado, el fuego se había avivado. Por suerte, el incendio se ha originado en un vehículo que había en medio de un camino de tierra y solo se han quemado media docena de árboles. Los bomberos han conseguido neutralizarlo, evitando así que se extendiera por el bosque. Pero, cuando parecía que ya estaba todo bajo control, han visto algo más.

William coge su linterna y sale del coche. El camión de bomberos está parado en un camino por asfaltar. Junto a él, dos grandes focos de luz alumbran el lugar desde el suelo terroso.

—Inspector Parker, ¿qué hace usted aquí?

La reportera Camila Hernández, de la FOX, se aproxima con pasos acelerados junto al hombre que la sigue a todas partes con la cámara en alto.

—Nos hemos enterado del incendio, pero no sabíamos que había un cuerpo —se sorprende—. ¿Está dentro del vehículo?

Ella habla sin el micrófono, y William advierte el piloto rojo en la cámara de su compañero.

—Acabo de llegar —dice—. No sé nada aún.

—Si usted está aquí es porque hay un cadáver —asegura ella, y levanta el micrófono con el logo de la cadena—. ¿Qué nos puede decir sobre la trágica muerte de

April Jones? La ciudad aún tiene el corazón encogido por la noticia.

William empieza a caminar hacia el camión.

—Ahora no es el momento. No voy a decir nada, lo siento.

La reportera ignora su respuesta y lo sigue con el micrófono en alto.

—¿Tienen algún sospechoso? Díganos al menos si están más cerca de atrapar al culpable.

Un bombero se interpone en su camino enseñándoles las palmas de las manos enguantadas.

—Disculpen, pero no pueden estar aquí.

William le muestra su placa y él le deja pasar. Camila Hernández y su compañero, en cambio, se quedan atrás.

—Luego hablamos, inspector —prueba la reportera, pero él no le contesta.

Cuando rodea el camión de bomberos y repara en el vehículo calcinado, detiene sus pasos y reprime un exabrupto. Es el Nissan NV200 del secuestrador. Ahora, sin el furgón, será imposible localizarlo.

Un hombre, de mediana edad y con la cara ennegrecida, apaga la linterna frontal de su casco y se le acerca. Se tienden la mano.

—Alguien ha prendido fuego a este furgón con gasolina —le explica—. Al estar dentro del camino, el fuego ha afectado a una pequeña parte del bosque, pero no ha llegado a ser grave, al menos en ese sentido. —Desvía la mirada hacia el final del camino—. Creemos que quien lo ha hecho quería eliminar todo tipo de pruebas.

—¿Lo ha conseguido? —pregunta William, consciente del significado de sus palabras.

—No estoy seguro. Criminalística examinará el vehículo. Pero, viendo cómo ha quedado, dudo que encuentren gran cosa.

—¿Dónde la ha dejado?

Él hace un gesto con la mano.

—Venga conmigo.

William sigue al bombero y enciende su linterna cuando caminan más allá del alcance de los focos. Es entonces cuando lo atisba a lo lejos.

—Es... —empieza el bombero.

—Sí —confirma él—. Es una de las niñas.

El cuerpo de Jessica Robbins se ilumina con el haz de la linterna. Está boca abajo, el cabello rubio le tapa medio rostro. Sus brazos están extendidos hacia delante y su pierna derecha encogida, como si se dispusiera a levantarse. Su espalda, cubierta por una sudadera rosa, presenta manchas de sangre a causa de las seis cuchilladas que le han arrebatado la vida. Las mantis religiosas se deslizan lentamente sobre ella.

—¿Qué está pasando en San Francisco, inspector? —pregunta el bombero.

William mira el cuerpo de Jessica y luego el furgón calcinado, a unos cien metros de distancia. Saca un par de guantes de su abrigo y se los enfunda. Se acuclilla junto al cadáver y levanta una de sus manos con cuidado: tiene heridas abiertas en la cara interna. Recientes. Mira por debajo de un codo y luego enfoca sus rodillas: la ropa está más sucia en esas partes.

—Yo tengo un hijo de nueve años, ¿sabe? —continúa el bombero—. Mi mujer y yo hemos decidido no llevarlo al colegio hasta que esto se arregle.

Sin incorporarse, William saca la grabadora y habla mirando el cadáver:

N.º DE CINTA 49. 13-01-2017. 18.12 h:
El asesino ha mantenido su firma, pero ha cambiado el *modus operandi*. Ha evolucionado.

—De las tres menores secuestradas ya han aparecido dos, y están muertas —se queja el hombre—. Todas son niñas, pero ¿quién dice que a ese tipo le importa el sexo de...? —Hace una pausa—. No las está violando, ¿verdad? —pregunta con cierto malestar.

N.º DE CINTA 49. 13-01-2017. 18.12 h:
A Natalie Fisher la mató en su casa. A April Jones, en el lugar donde la tuvo retenida. Luego llevó su cuerpo al John McLaren Park. Pero a Jessica la ha matado aquí mismo. Creo que el asesino ha parado el furgón en el corazón de Presidio Real y la ha dejado huir por el bosque para perseguirla y matarla como...

—Un monstruo —concluye el bombero.

49
Jacob Fisher
San Francisco

A Jacob le duelen los músculos y las articulaciones. Nada más verlo en la heladería, la inspectora Crawford le ha preguntado cómo se había hecho el cardenal del ojo. Él ha mentido: se ha inventado un torpe accidente en casa. Crawford no ha parecido muy convencida, pero, como ha sido él quien ha conseguido la pista de la heladería, no ha insistido.

Los párpados se le cierran. Ni siquiera se esfuerza por aparcar en el garaje. Baja del coche, entra en casa y, cuando deja las llaves en el cajón del mueble del recibidor, repara en el llavero de Sharon.

Mira hacia el interior de la vivienda.

—¿Sharon? —levanta la voz.

Nadie contesta.

En el salón, un marco está tumbado boca abajo sobre la estantería. Jacob se acerca y lo levanta: se trata de su foto con Natalie en Egipto.

Un mal presagio le aprieta los intestinos.

Da media vuelta y, al otro lado del pasillo, entra en la cocina. Huele a productos de limpieza.

El organizador de cuchillos de la encimera tiene todas las piezas.

Jacob siente que su corazón empieza a latir más de prisa.

Va al cuarto de la colada y encuentra en el suelo las bridas y la camisa sucia que usó para retener a David en contra de su voluntad.

No hay rastro de la Glock.

Jacob sube las escaleras y se dirige a la habitación de su hija. Después de cinco días, todo sigue igual. O eso cree hasta que ve una nota encima del escritorio. Jacob se aproxima para leerla y reconoce la letra de su hija en ella.

«Soy un monstruo, papá. No sé cómo pude hacerlo. Yo quería a mamá, te lo juro. Lo siento. Tengo miedo. Tengo mucho miedo. ¿Qué he hecho?».

Jacob deja caer la nota al suelo. Se queda aturdido durante un minuto. Su mente evoca un millón de imágenes que no son reales. O puede que sí, pero él nunca las ha visto. Se imagina cómo su hija mata a cuchilladas a su esposa.

Desorientado, se vuelve y sale al pasillo. No sabe a dónde ir. Finalmente se decanta por el dormitorio principal. Tiene intención de llorar, de desahogarse como nunca lo ha hecho, o tal vez no llegue a hacerlo porque se quedará dormido en la cama. Sin embargo, desvía su atención al ver la luz del baño privado encendida.

—¿Sharon? —susurra con un hilo de voz.

Cuando entra en el cuarto de baño y se gira hacia la derecha, un dolor en el pecho le impide respirar.

Sharon está dentro de la bañera, vestida y con la cabeza apoyada en el borde de acrílico. Tiene los ojos cerrados y la boca entreabierta. El agua, de un color rojo oscuro, le llega por encima del pecho. Hay una cuchilla ensangrentada en el suelo, junto a la bañera.

—Hija... —murmura Jacob, que se agarra el pecho con dolor—. ¿Por qué? —se lamenta sin poder llorar.

De pronto, algo se mueve en la boca de Sharon y Jacob lo observa paralizado. Unas patas espinosas y dobladas se apoyan sobre los labios de su hija. Las largas antenas surgen bajo sus dientes superiores.

Cuando la mantis religiosa se deja ver por completo, Jacob coge aire y despierta alterado. Mira a ambos lados confuso.

Está sentado en el sillón verde del salón. La televisión está encendida. En la pantalla hay imágenes de árboles engullidos por el fuego en plena noche. El titular reza INCENDIO EN PRESIDIO REAL. Una reportera morena y de pómulos altos habla a la cámara con un micrófono de la FOX en la mano. Jacob la recuerda. Es Camila Hernández, la periodista de la rueda de prensa.

«Los bomberos aseguran que el incendio ha sido provocado, pero se desconoce la identidad del pirómano. Por otro lado, se teme que haya al menos una víctima que...».

Jacob escucha atentamente mientras la cámara hace zoom e intuye la figura del inspector Parker. Camila sigue hablando, pero él ya no escucha.

Se levanta del sillón de un salto.

La imagen se oscurece y pierde calidad de repente. Con el zoom al máximo, el cámara ha intentado capturar el momento en que Parker, acompañado de otro hombre, ha apuntado con su linterna a un bulto en el suelo.

Un terror conocido invade a Jacob.

No termina de escuchar la noticia. Sin apagar la televisión, coge las llaves del coche y sale disparado de casa.

El BMW aúlla cuando pisa el acelerador. Presidio está a tan solo cinco minutos, pero Jacob no sabe en qué zona del parque están.

No le importa. Los buscará hasta encontrarlos.

Una vez que entra en el recinto boscoso, conduce de forma imprudente. Da volantazos a izquierda y derecha. Los caminos parecen estrecharse. Jacob pierde el control y, antes de colisionar contra una verja, frena con brusquedad. Entonces los ve: los coches, las luces, el camión de bomberos, los periodistas.

Jacob baja del BMW y corre hacia ellos.

—¡Sharon! —empieza a sollozar—. ¡Sharon!

Las cámaras se vuelven hacia él y graban cómo se acerca al lugar de los hechos. Decidido, Jacob pasa por debajo de la cinta policial. Se dispone a ir hasta el lugar que ha salido por la televisión, pero una persona lo detiene con su cuerpo.

—¡Es mi hija! —Jacob llora entre sus brazos. Forcejea en vano—. ¡Déjeme pasar! ¡Soy su padre!

Parker lo abraza con fuerza para impedírselo.

—No es ella, señor Fisher. No es ella.

50
William Parker
San Francisco

Laura Crawford ha gritado de impotencia delante del cuerpo de Jessica Robbins.

Ya es la segunda niña desaparecida que muere en una semana. Es evidente que el asesino está siendo capaz de burlarse de ellos: ha matado a sangre fría a una menor en el mismo escenario que hace tan solo unos días peinaban doscientos voluntarios para encontrar a otra.

Los padres de Jessica no han tardado en llegar. Se han abierto paso entre los periodistas y han pedido ver a su hija. William les ha dado sus condolencias. Les ha prometido que podrán hacerlo más tarde y que encontrarán al responsable, pero ellos ni siquiera lo han escuchado.

Por su parte, Jacob Fisher ha sufrido un ataque de ansiedad y los paramédicos de la ambulancia han tenido que administrarle una dosis de diazepam.

Más tarde, los oficiales Ian Davis y Madison Bennett han arrestado a Jacob, que no daba crédito a lo que hacían. Madison le ha esposado las muñecas por detrás de la espalda.

—Queda arrestado por detención ilegal y amenazas graves con arma de fuego.

En ese momento, Jacob ha callado, ha bajado la cabeza y se ha dejado llevar por los oficiales hasta el coche patrulla.

La inspectora Crawford le ha contado a William que Jacob retuvo contra su voluntad a David Pratt e intentó sonsacarle una aventura con Natalie a punta de pistola.

Su futuro dependerá de la justicia.

Ahora, lejos de la zona del incendio y de la escena del crimen, Crawford y él permanecen apoyados en el lateral de un coche bajo la noche estrellada. El silencio los acompaña después de tanto caos, y se dan unos minutos de tranquilidad antes de hablar de lo que ha ocurrido.

—Me siento fatal —reconoce William—. Fui yo quien le dijo a Jacob que su difunta esposa pudo haber tenido una aventura con otro hombre. Con su asesino, para ser más concretos.

Crawford introduce las manos en los bolsillos de su abrigo.

—Jacob ha cruzado la línea de la ley, y eso no tiene nada que ver con usted.

William niega con la cabeza. Agradece sus palabras, aunque no se siente menos responsable. Se pregunta por qué Jacob no le habló de sus celos, de los motivos que le han llevado a cometer un delito. Laura le ha contado que Pratt estaba poniendo la denuncia cuando ha empezado el incendio en Presidio, y había esperado un buen rato para ser atendido, por lo que queda descartado como sospechoso.

Crawford mira hacia la zona cero. Los reporteros han empezado a entrevistar a los bomberos.

—¿Qué conclusiones saca de este asesinato? —pregunta.

William se detiene a pensarlo unos segundos.

—El asesino está evolucionando —dice—. Es como si diera rienda suelta a su locura, pero sin salirse de su plan. Si trasladar un cadáver es arriesgado, hacer lo que ha hecho hoy lo es aún más. Podrían haberlo visto.

—Es difícil que haya alguien en el bosque por la noche.

—No era tarde cuando ha ocurrido.

—Pero era de noche, al fin y al cabo. Anochece pronto estos días.

El móvil de William suena.

—Disculpe.

Se aparta unos metros y descuelga.

—Menuda semana, Parker —comenta el teniente Fallon al otro lado—. Ya me he enterado. ¿Cómo va la cosa por ahí?

—No puede ir peor, señor.

Fallon aprovecha su respuesta para contarle el motivo de su llamada:

—He hablado con el juez sobre la posible inocencia de Victor Black.

William mira de reojo a Crawford. Está enviando un mensaje de texto con su teléfono.

—¿Y bien? —baja la voz.

—Si conseguimos pruebas irrevocables que demuestren que los crímenes de 2005 fueron perpetrados por otra persona, está dispuesto a reducir el resto de su condena. Si ahora Black colabora con nosotros para atrapar al culpable, tiene muchas posibilidades de salir en libertad dentro de unos años.

De pronto William siente una responsabilidad aún mayor. Un nudo en el estómago.

¿Y si su intuición es incorrecta y Black está aprovechando la salida que él mismo le ha puesto en bandeja?

Pero se sacude el pensamiento enseguida. Black no colaborará porque él no puede ofrecerle lo que pide: Laura Crawford no quiere presentarle a Olivia, la hija que tienen en común.

—¿No le parece bien la respuesta del juez, Parker? —se sorprende Fallon ante su silencio.

—Sí..., es solo que estoy considerando otras vías de investigación.

—¿Me toma el pelo? Ayer mismo me dijo que Victor Black está dispuesto a darle el nombre del asesino, me hace hablar con el juez del caso y ahora me sale con perder el tiempo con «otras vías de investigación». —Suspira—. Confío en que mañana a primera hora vaya cagando leches a la Prisión de San Quintín. En el verano de 2005 murieron dos personas y con la de esta noche ya son tres muertes en cuestión de días; todas asesinadas por el mismo hombre. Se acabó. Ya tengo suficiente con el escándalo que se formará cuando se sepa que detuvimos a la persona equivocada hace doce años. Mañana mismo me va a dar un nombre, ¿queda claro?

—Sí, señor.

La llamada se corta y William regresa con Laura.

—¿Todo bien? —le pregunta ella.

Él le devuelve la mirada y, al cabo de unos segundos, dice:

—Inspectora, creo que debo insistir en algo.

Crawford se cruza de brazos. Sabe perfectamente lo que le va a pedir.

—El teniente Fallon ha conseguido que el juez revise el caso de Black —le explica—. Si demostramos que su detención fue un error en 2005, que nos dejamos engañar y que el verdadero asesino sigue matando, lo dejarán en libertad.

—Eso sí que sería un error.

—Sería lo correcto a ojos de la justicia.

—La colaboración de Victor no es necesaria para seguir con la investigación.

—Puede que no sea necesaria, pero sí la aceleraría notablemente. Y, después de lo que ha pasado, el caso se ha complicado demasiado como para desestimar su ayuda. Sharon Fisher corre peligro. Debemos aprovechar el tiempo, inspectora.

—Otra vez me chantajea para que lleve a mi hija con Black...

—Estamos hablando de tres cadáveres, cinco contando los anteriores.

Crawford desvía la mirada, se descruza de brazos y se lleva las manos a la cara. Cuando mira de nuevo a William, hay un cambio en sus ojos.

—De acuerdo —dice—. Pero vamos a hacerlo bien. Hablaré con Olivia. Le contaré la verdad sobre su padre y le preguntaré si quiere conocerlo. Si se niega, zanjaremos el tema para siempre, ¿de acuerdo? Y, si acepta ir a San Quintín, yo estaré presente y quiero que nos aseguren la máxima seguridad, como usted me prometió. De otro modo, no habrá encuentro.

—Me parece perfecto.

—Pero quiero que le conozca a usted antes.

—¿A mí? —se sorprende William.

—Usted también estará en San Quintín, ¿no? Pues quiero que Olivia le conozca en un entorno fuera de lo profesional, que pueda confiar en usted.

—Está bien. ¿Cuándo le viene bien que lo hagamos?

Crawford suelta el aire.

—Mejor cuanto antes.

51
William Parker
San Francisco

Cuando la inspectora abre la puerta, les llega la voz aguda de Olivia desde el recibidor. Retratos hechos a carboncillo cuelgan de las paredes: un hombre y una niña con todo lujo de detalles.

—¿Los ha dibujado usted? —pregunta William.

—Sí. ¿Le gustan?

—Son fascinantes.

Los dibujos que acaban de ver toman forma cuando pasan al salón. Tom, el prometido de Laura, juega a adivinar películas con Olivia. Hace como que se coloca una corona invisible sobre la cabeza y gesticula abriendo mucho la boca y levantando las manos en forma de garra. La niña se ríe sentada en el sofá, de espaldas a ellos.

—¡Eres Ira, el de *Inside Out*! —vocifera señalándolo con el dedo.

—¡No! Estoy haciendo *El rey león*.

—¡Oh, vamos! Si haces películas de tu época es imposible que gane.

—¿De mi época? —ríe Tom.

—Supongo que la cena está lista —dice Crawford con media sonrisa.

—¡Mamá!

Olivia salta del sofá y corre a abrazarla. Tiene el pelo rubio como su madre. Sus ojos, en cambio, son más oscuros. Dos pequeños lunares destacan en su mejilla derecha. En cuanto repara en William, se queda parada, más tímida.

—¿Quién es?

—Se llama William —dice Crawford—. Es un compañero de mamá.

Olivia pierde la timidez de repente. Se acerca y le tiende cordialmente la mano.

—Hola, William. Yo me llamo Olivia. ¿Te quedas a cenar?

—Solo si a ti te parece bien.

La niña se pone el dedo índice sobre la barbilla, fingiendo pensar en ello.

—Sí, me parece bien —dice de camino a la cocina.

Tom, que muestra el vello de sus musculosos antebrazos con el jersey arremangado, lo saluda entre risas.

—No esperábamos un comensal más —confiesa—. ¿Tiene mucha hambre?

—Yo me conformo con poca cosa, no se preocupe.

—Perdona, cariño, no te he avisado —dice Laura—. Yo puedo cenar el túper de macarrones que hay en la nevera.

—No, no. —William levanta una mano—. Yo me comeré los macarrones. No me importa, de verdad.

—¡Los macarrones para mí! —grita Olivia desde la cocina.

Tom sirve el filete de ternera a la pimienta con patatas fritas mientras Crawford calienta los macarrones en el microondas. Una vez en la mesa, es él quien pregunta:

—Trabajas en Homicidios, ¿verdad, William? —Se detiene—. ¿Está bien si nos tuteamos?

—Me habéis invitado a cenar a vuestra casa, faltaría más. Y sí, correcto: trabajo en Homicidios.

—¿Eso qué es? —pregunta Olivia con la boca llena de macarrones.

Instintivamente, William y Tom miran a Crawford.

—Es... —empieza ella— cuando investigan la muerte de una persona, cariño.

—¿Como cuando murió el abuelo?

Crawford bebe un poco de agua.

—No. El abuelo murió de forma natural. Murió de viejito —aclara—. Y lo que William investiga son las muertes que suceden cuando no tienen que suceder.

Olivia mira a William con los labios manchados de salsa de tomate.

—¿Y qué haces?

—Yo detengo a los malos.

—Pero ¿siempre lo consigues?

Él sonríe.

—Casi siempre.

—¿Qué pasa cuando no lo consigues?

—Pues... nada. Es un verdadero fastidio, y mucha gente se siente triste y decepcionada, pero a veces es complicado.

—Ah, ¿no pasa nada si no haces bien tu trabajo? —pregunta incrédula.

—Te has metido en un lío, Parker —murmura Crawford a su espalda.

—Si te portas mal en mi colegio, la señorita Harvey te pone de pie y te hace sujetar libros pesados mucho rato. El otro día a Mark se le cayeron al suelo y toda la clase se rio. Yo también —confiesa mirando a su madre con media sonrisa en los labios rojos—. Pero es que fue muy gracioso.

—Estoy seguro de que tú no tienes que hacer eso, ¿me equivoco?

—No, porque yo me porto bien.

—Oli, come, que se te enfría —le recuerda Crawford.

—Que sí, mamá.

—¿Cómo ha ido en Presidio Real? —quiere saber Tom, que pincha un trozo de carne con el tenedor.

—Ahora no, Tom —responde Crawford—. Luego te cuento.

Tom asiente y se dirige a William:

—¿Tú qué piensas, William? ¿Crees que Sharon Fisher fue cómplice de...? —Mira a Olivia un segundo—. Bueno, ya me entiendes.

—No. Sharon es una víctima más, como April Jones y Jessica Robbins.

—¿Podemos dejar el tema mientras cenamos? —protesta Crawford.

—Sí —acepta William—, mejor dejamos el tema ahora.

—Gracias, inspector.

Olivia arruga la frente.

—¿Por qué os llamáis así? —pregunta—. ¿No sois compañeros?

—Supongo que es un mal vicio que tenemos los policías, Olivia —dice William, irónico.

—Pues no queda bien. Es como si no os conocierais.

Los tres adultos sonríen.

—Tienes razón, cariño —dice Crawford, y se dirige a William—: ¿William, entonces?

—Claro. Al fin y al cabo, somos compañeros.

Olivia deja en tenedor en la mesa, da una palmada y exclama:

—¡Eso decía yo!

Ante la ocurrencia de la niña, ríen a carcajadas.

Después de engullir una exquisita tarta de limón casera, vuelven al salón.

—Me ha gustado conocerte, William —dice Olivia como despedida—. Ven siempre que quieras.

—Oye —Crawford le da con un dedo en el hombro—, eso debería decirlo yo, ¿no crees?

—La señorita Harvey siempre dice que tenemos que respetar la opinión de los demás.

Entonces Crawford se muerde el labio, mira dubitativa a William y se agacha para hablar con su hija:

—Oli, ¿por qué no le enseñas tu habitación a William?

El rostro de la niña se ilumina.

—¡Vale! —contesta al tiempo que lo coge de la mano y lo arrastra hacia las escaleras.

—Se lo voy a contar a Tom —le susurra Crawford desde la distancia.

A medida que suben las escaleras, William siente que la temperatura baja varios grados, como si la calefacción no llegara al piso de arriba. Olivia lo acompaña hasta una habitación con las paredes pintadas de rosa pastel. Hay muñecas colocadas en estanterías y sobre la cama. Todo está limpio y ordenado menos el escritorio: libros y libretas abiertos, estuches, cuadernos para colorear y cromos de dibujos animados. La ventana está abierta de par en par.

—¿No tienes frío, Olivia?

—No. Mira —reúne unos cuantos cromos de la mesa—, ¿te gusta *Star contra las Fuerzas del Mal*?

—Nunca lo he visto.

—¿Y *Los padrinos mágicos*?

—Tampoco.

—¿Y qué ves tú? ¿Las noticias? —dice con poco interés.

—En realidad, no suelo ver la televisión.

Olivia lo observa con el ceño muy fruncido.

—William, eres un poquito raro.

Él suelta una pequeña carcajada.

—No te voy a decir que no.

Olivia devuelve los cromos a la desordenada mesa, coge una de las muñecas de la estantería y se la tiende. Se trata de una Barbie vestida de policía.

—Mira, esta es mamá. ¿A que se parece mucho?

—La verdad es que sí.

—Tiene el pelo largo y rubio, como ella. Los ojos azules. ¡Y es policía! ¿A que es mucha coincidencia?

—Y tanto. ¿Tú ya sabes qué quieres ser de mayor?

—Sí, veterinaria, como Tom. Me gustan mucho los animalitos y quiero cuidarlos, acariciarlos... —Mueve las manos como si estuviera acariciando uno—. ¡Son tan monos! A mí me gustaría tener un perrito, ¿sabes? Uno como el de Kimberly. Así, pequeñito y como un peluche. Pero mamá dice que no puede haber animales en casa, que es alérgica. Yo creo que es un poco mentira; lo dice porque no quiere tenerlo. ¿Tú tienes mascotas?

—No. Me paso casi todo el día fuera de casa y creo que no la cuidaría como es debido.

—Pero lo pueden hacer tu mujer o tus hijos. Si yo tuviera un perrito, lo sacaría a pasear todos los días.

William sonríe.

—No tengo esposa ni hijos —explica.

—Ah, ¿tienes marido?

—Vivo solo, no estoy casado.

—¿Por qué?

De nuevo, William se ve sin una respuesta. Se dispone a decir cualquier cosa cuando Crawford y Tom aparecen por el vano de la puerta.

—Oli, ¿qué te tengo dicho de la ventana? —dice Crawford.

—Hum... No me acuerdo —miente.

Laura pone los ojos en blanco. Entra y cierra.

—Quiero decirte una cosa, cariño.

—¿El qué?

Crawford se sienta en el borde de la cama y coge a Olivia de las manos:

—¿Recuerdas lo que te conté sobre tu padre?

—Sí. Murió en un accidente cuando yo era un bebé.

Su madre asiente lentamente.

—Pues... —empieza— puede que no fuera del todo verdad.

—¿Por qué? —pregunta la niña sin comprender.

—Tu padre no está muerto.

Olivia arruga la frente como ha hecho antes con William. Sus mejillas se encienden en pocos segundos y mira al inspector confundida.

—No, no —dice su madre al entender lo que está pensando—. William solo es un compañero de mamá. Tu padre se llama Victor y... —hincha el pecho con dificultad— quiere conocerte.

La niña dirige la mirada a Tom, que se mantiene inmóvil, y luego a William.

—Ay, me haces daño, mamá.

Crawford no se había dado cuenta de que estaba apretando demasiado las manos de Olivia. Suelta el amarre y se las besa varias veces.

—Perdóname, cariño. ¿Qué me dices? ¿A ti te apetece conocerlo? No quiero que te sientas obligada a decir que sí, ¿eh? Si no quieres, no tienes más que decirlo. Tu opinión está por delante de todo. —Y le dedica una mirada a William.

—Hum...

Las mejillas de Olivia cobran aún más color. La personalidad extrovertida que ha mostrado hasta ahora se esconde detrás de la inocencia y la timidez. Los tres adultos esperan su respuesta en silencio. Son pacientes. Ven cómo la niña duda antes de hablar. Su vitalidad vuelve a ella y dice:

—Vale, llámalo y dile que quedamos un día de estos.

Día 6
Sábado, 14 de enero de 2017
El secreto

52
Jacob Fisher
San Francisco

Hace frío en el calabozo. Jacob ha dormido en el suelo, junto al banco de metal que hay enfrentado a la puerta. Iba a hacerlo sobre él, pero pensó en todos los desconocidos que lo habrían hecho antes y prefirió el cemento.

Cuando se incorpora, repara en el hombre que ronca en la celda de al lado. Anoche no estaba. Jacob confirma su hipótesis nada más verlo: está tumbado sobre el banco de metal y un hilo de saliva se precipita por la comisura de su boca.

Se levanta con un quejido, se acerca a los barrotes y localiza a un policía junto a la puerta del pasillo.

—Buenos días, agente. ¿Puede venir un momento?

El oficial contesta desde el mismo sitio:

—¿Qué quieres?

—¿Sería tan amable de decirme qué tengo que hacer para que me suelten?

—De momento, esperar.

—¿Y no puede hablar con alguien para que lo aceleren? Por favor, mi hija está desaparecida, necesito salir de aquí.

El policía lo escruta de arriba abajo.

—¿Cómo te llamas?

—Jacob Fisher.

—Siéntate —le ordena.

—¿Puede ayudarme?

—He dicho que te sientes.

Jacob obedece y ve cómo el policía se pierde por el pasillo. Oye un zumbido y una puerta que se abre y se cierra.

Jacob inspira hondo. Se dice a sí mismo que todo se solucionará, que David entenderá que estaba bajo mucha presión y borracho, retirará la denuncia y, más pronto que tarde, lo dejarán en libertad. Si no se equivoca, la policía no puede retener a una persona más de cuarenta y ocho horas en el calabozo, aunque él espera que lo suelten antes. No le gustaría que Sharon se enterara de esto.

El zumbido vuelve a sonar. La puerta se abre y el policía vuelve junto con uno de los oficiales que lo detuvo anoche.

—¿Qué es lo que quiere, señor Fisher? —le pregunta Davis.

Jacob se levanta y avanza hasta los barrotes.

—Salir de aquí.

—Como todos —dice con recelo.

—Esto es un error —defiende él—. No puedo estar en el calabozo mientras investigan el asesinato de mi mujer y buscan a mi hija desaparecida. ¿Es que no tienen compasión por un hombre al que se lo han arrebatado todo?

—Eso debió de pensarlo antes de... —revisa un documento que Jacob no había visto hasta ahora— detener ilegalmente a un hombre y amenazarlo con un arma de fuego.

—Por el amor de Dios, agente. Sé muy bien lo que he hecho, pero le aseguro que todo tiene una explicación.

—Aunque así sea, ha cometido dos delitos en menos de una semana.

—Intentaba averiguar qué le había pasado a mi familia —dice con amargura—. Le juro que no voy a causar más problemas.

Davis se mira los pies y se aproxima a la puerta enrejada.

—Y yo sé que es un momento difícil para usted, señor Fisher. Pero debe entender que nosotros solo hacemos nuestro trabajo. No podemos saltarnos las normas.

Esas palabras resuenan en Jacob. De pronto se acuerda de cuando él mismo las pronunciaba antes de que lo ascendieran a gestor de alto patrimonio. ¿Cuántas veces se protegió detrás de ellas? Demasiadas. Alguien necesitaba un préstamo para seguir pagando el desorbitado precio del alquiler, se le denegaba y él nunca podía hacer nada, era solo un peón. A alguien le quitaban todo su dinero por un error informático y él no podía hacer nada, solo seguía las normas de la empresa.

Pero las normas están hechas por gente sin problemas.

Ahora Jacob sabe cómo es vivirlo desde el otro lado, pues nunca se había visto en una situación tan complicada. Y se da cuenta de que, la mayoría de las veces, los clientes del banco solo pedían un poco de ayuda para hacer frente a las injusticias de la vida.

—Debe esperar, ¿de acuerdo? —dice el oficial—. Pronto le informarán de cómo se va a desarrollar su caso.

53
William Parker
San Quintín

La jornada ha empezado con una buena noticia: un informático del Departamento ha conseguido entrar en el perfil de Sharon Fisher en Discord. La adolescente usó la plataforma solamente para comunicarse con un usuario llamado Mantis#1234. Su conversación se limitaba a mensajes unilaterales, enviados por el individuo, que indicaban una localización y una hora: todas las citas tuvieron lugar en zonas residenciales sin cámaras. Crawford tenía razón: el secuestrador se la ganó poco a poco. El informático intentará averiguar la dirección IP de los mensajes, pero no asegura que resulten de ayuda.

Antes de salir del coche, William hace una llamada que dura menos de un minuto.

Crawford, Olivia y él pasan los controles de seguridad de la Prisión Estatal de San Quintín y dejan sus objetos personales en bandejas de plástico. Tom se ha ofrecido a acompañarlos, y Crawford se ha negado. Ella se avergüenza de tener un pasado con un asesino en serie confeso y no quiere que esta visita quede grabada para siempre en sus vidas. A ella le gustaría que se les olvidara en cuanto volviesen a cruzar las puertas de salida, pero entiende que es imposible.

Bryan, el funcionario de pelo grasiento, no para de mirar a Olivia, que le devuelve la mirada con una mezcla de respeto y curiosidad.

Crawford le ha explicado a su hija dónde se encuentran y qué ocurre ahí dentro. Lejos de asustarse, Olivia se ha interesado por el trabajo de los funcionarios. Se ha dedicado a formular una pregunta tras otra hasta la llegada del alcaide Roy Hunter. Él sabe lo del encuentro.

—Pero bueno, ¿a quién tenemos aquí? —sonríe a Olivia—. ¿Cómo te llamas?

—Olivia. Bueno, mis amigas me llaman Oli. Y mi madre y Tom también. La verdad es que casi nadie me dice Olivia. Pero tú me puedes llamar como más te guste. A mí me da igual.

—Vaya, vaya. —Hunter no da crédito a la soltura de la niña—. Pues yo me llamo Roy. Es un placer conocerte, Olivia.

—Señor Hunter, ¿han avisado a Black? —le pregunta William.

Él se pone serio.

—Sí. Los está esperando en el locutorio. —Han preferido evitar el contacto directo de la sala de reuniones—. Allí estarán separados por un cristal.

William se gira hacia Crawford. Está pálida.

—¿Te parece bien?

Ella traga saliva y asiente.

Hunter se dispone a indicarles el camino, pero William levanta una mano y lo interrumpe:

—Querré las grabaciones del encuentro.

—Podemos arreglarlo —dice Hunter.

—¿Las cámaras del locutorio alcanzarán la cara de Black?

Hunter lo piensa un segundo.

—Se supone que sí. Si quiere, nos aseguramos.

—Por favor.

Siguen al director por el pasillo, giran a la derecha y cruzan varias esclusas. Gracias a una llave magnética, una puerta se abre y entran en un pasillo exclusivo para los funcionarios. Eddy los saluda antes de que Hunter abra la puerta del puesto de vigilancia y señala una de las pantallas.

—Ya lleva unos quince minutos allí.

Hunter comprueba él mismo la grabación en directo. Con un gesto, invita a William a entrar en la oscura sala y este localiza a Victor Black en las imágenes. Solo se le ve medio rostro.

—¿Podemos tener una imagen completa, Eddy?

El vigilante pulsa un par de botones y una de las imágenes rota hacia un lado y queda centrada.

—Listo. Pero, si se colocan delante, no se verá nada.

—De acuerdo —dice William—. Nos pondremos uno a cada lado de la silla. ¿Luego me podría dar las imágenes en un CD? —le pregunta al vigilante.

Eddy ríe.

—¿Lo dice en serio? Los CD casi no se usan hoy en día.

—¿Puede o no?

Al ver que no bromea, el funcionario adopta una actitud seria y dice:

—No se preocupe, se llevará las imágenes a casa.

Hunter mira a Crawford y a Olivia, que esperan desde el vano de la puerta.

—¿Preparadas?

De camino al locutorio, Crawford no suelta en ningún momento la mano de su hija. Su cabeza le pide a gritos salir de ahí, alejar a Olivia del hombre al que, doce años antes, pensó que nunca más volvería a ver.

Nada más llegar a una puerta custodiada por un funcionario, Hunter se dirige a ellos:

—El teléfono tiene un botón para activar el altavoz, por si quieren escuchar todo lo que dice. Tómense el tiempo que necesiten, nadie les molestará: he anulado todas las visitas de la mañana. Cuando acaben, avisen a Clayton —señala al funcionario— y vendré a por ustedes. Buena suerte.

—Gracias, señor Hunter.

Las baldosas del suelo del locutorio son marrones. Las paredes, con heridas en forma de grietas y humedades, amarillas. Hace meses de la última vez que se limpió esa sala; hay motas de polvo por doquier. A la izquierda, cinco ventanas idénticas están separadas por paneles de madera oscura con la intención de mantener la privacidad de quienes visitan a sus familiares. Todas disponen de silla y un teléfono amarillento a cada lado para comunicarse a través del grueso cristal. La última no se ve desde la puerta.

William le dice a Crawford que espere ahí con Olivia y avanza lentamente por las sucias baldosas sin dejar de mirar hacia las ventanas.

Vacía.

Desvía un momento la mirada para localizar la cámara de seguridad que el vigilante ha manipulado desde su centralita: sigue orientada en la dirección correcta.

Vacía.

William ha llegado a pensar que, si Black no es un asesino en realidad y cargó con la pena de muerte por otra persona, su actitud narcisista y amenazante debe de ser fingida: alguien que solo mira por sí mismo no haría algo así. Ahora que ha aceptado colaborar con la policía, quizá desconfíe y mantenga la mentira para guardarse las espaldas hasta el último momento, por lo que pudiera pasar. Sin embargo, William no está del todo seguro y nota el corazón en la yugular a medida que avanza.

Vacía.

Se gira y ve a Crawford y a Olivia cogidas de la mano junto a la puerta, atentas a sus movimientos.

Vacía.

Con el sonido de sus pasos retumbando entre las estrechas paredes, deja atrás el último panel de madera y encuentra a Victor Black al otro lado del cristal. Tiene el auricular del teléfono en la oreja y le devuelve la mirada con una amplia sonrisa. No tarda en señalar el teléfono de su lado, animándolo a descolgar. Cuando William lo hace, su voz sibilante entra dentro de su cabeza:

—¿Ha cumplido su palabra, inspector?

—Sí.

Black sonríe aún más.

—Es un buen amigo. Un policía ejemplar, desde luego. Pero también una buena persona.

—Tiene cinco minutos.

—¿Qué? —La sonrisa se le borra del rostro—. ¿Pretende que resuma once años de ausencia con cinco minutos de charla?

—No es negociable. ¿Lo toma o lo deja?

Black lo asesina con la mirada.

—¿Dónde está? —pregunta.

William se vuelve hacia la puerta y les hace un gesto a Crawford y a Olivia para que se acerquen. La inspectora se acuclilla y habla con la niña en voz baja. Olivia niega con la cabeza y responde algo ininteligible. Por la cara de Crawford cuando se incorpora, su hija sigue queriendo conocer a su padre. Antes de que lleguen, William pulsa el botón del altavoz del teléfono y deja el auricular sobre la tabla de madera que sirve de mesa.

Victor Black no puede ocultar su asombro al ver a Laura Crawford, la mujer de la que se enamoró hace doce años. Pero cuando ve a la niña que la acompaña, cuando reconoce sus propios ojos en ella, empieza a reír. Ríe a carcajadas. Su risa resquebrajada se cuela por el altavoz y parece infectarlo todo con virulencia.

54
Jacob Fisher
San Francisco

Jacob está convencido. Después de darle muchas vueltas, entiende que este es su final. Es lo que se merece por no valorar lo que tenía. Ahora es tarde: ha perdido a Natalie, ha perdido a Sharon, ha perdido su vida, y nada la traerá de vuelta.

Se encuentra tumbado de espaldas sobre el banco de metal del calabozo. Ya no le importa quién lo ha usado ni lo sucio que puede estar. Se lo merece. El universo le está haciendo pagar por todo lo que ha hecho y él no va a impedirlo.

Se oye el zumbido y la puerta del pasillo, pero no se inmuta. Está perdido en sus recuerdos más felices, de cuando parecía que él y su familia iban a tener la mejor de las vidas. Se gira cuando escucha la voz de la oficial Madison Bennett al otro lado de los barrotes.

—¿Cómo está, señor Fisher?

Jacob se levanta y se aproxima a ella.

—Tengo que salir de aquí.

Madison va al grano:

—He venido a decirle que el inspector Parker ha movido unos hilos para que agilicen su caso. Pronto comparecerá ante el juez.

Jacob asiente, entre sorprendido y agradecido. Piensa que el policía tiene más empatía de la que él creía, aunque cambia de opinión al instante: Parker debe de arrepentirse de lo que le dijo en el interrogatorio y ahora quiere saldar cuentas con él.

Se agarra con ambas manos a los barrotes.

—¿Cuándo podré salir?

—Eso no depende de mí —dice Madison mientras se da la vuelta para marcharse.

—¿Saben algo de mi hija? —pregunta Jacob con urgencia.

La oficial se gira hacia él.

—Yo no llevo la investigación, señor Fisher.

—Pero sabrá si la han encontrado, al menos.

Madison aprieta los labios y dice:

—Haremos todo lo que esté en nuestras manos para salvarla, se lo aseguro.

Otra frase sin significado. Otra respuesta que no llega a serlo.

Jacob toma una decisión en décimas de segundo: no va a quedarse de brazos cruzados esperando a que la policía haga su trabajo. Si el juez le concede la libertad, seguirá buscando a su hija por su cuenta. Y la encontrará, cueste lo que cueste.

55
William Parker
San Quintín

—Esto sí que es una sorpresa —dice Black mirando a Crawford y a Olivia.

William se queda en una esquina de la ventana para que la cámara pueda grabarlo todo.

—Tienes cinco minutos —le dice la inspectora con desdén.

Black ríe.

—Tú tan intensa como siempre. No sabes cuánto me he acordado de ti aquí dentro.

—Eres un cerdo.

—Habla bien delante de mi hija, ¿quieres?

Olivia se encoge ante la repentina discusión de su madre con ese hombre.

William no quiere que Crawford eche el acuerdo a perder, así que intenta calmar las aguas centrándose en la niña:

—Oli, ¿te quieres sentar?

Ella obedece: suelta la mano de su madre y sube a la silla.

Es entonces cuando Black se olvida de Crawford y se aproxima al cristal para mirarla de cerca.

—Hola, preciosa. ¿Te han dicho quién soy?

Ella asiente sin decir nada.

—Tenía muchas ganas de conocerte. ¿Cómo te llamas?

—Olivia. —Esta vez no se extiende en la respuesta.

—Qué nombre tan bonito. Yo me llamo Victor.

—¿Por qué hablas así? —pregunta ella.

Black pulsa el botón de su teléfono para activar el altavoz y deja el auricular sobre la madera. Se baja el cuello del jersey negro que lleva debajo del mono naranja y le muestra a Olivia una cicatriz en el cuello.

—Me hicieron daño.

—¿Quiénes?

—La gente que vive aquí —le explica.

—¿Y por qué lo hicieron? —se interesa Olivia.

Black resopla.

—En el mundo hay gente malvada. Ya te darás cuenta cuando seas mayor.

—¿Tú eres malo?

Black levanta las cejas. Mira a Crawford y a William antes de responder.

—No —dice como toda respuesta.

—Entonces ¿por qué estás en la cárcel?

Los ojos de Black vuelven a moverse con rapidez.

—Yo no debería estar aquí, Olivia. La policía se equivocó y me detuvo antes de que tú nacieras. El hombre malo quedó en libertad y yo no he podido conocerte hasta ahora. ¿A que es injusto?

La niña se remueve en la silla. Piensa en ello y asiente.

—Pero, si todo va bien —dice Black—, pronto saldré de aquí y podremos vernos más.

—Ni lo sueñes —replica Crawford.

Black finge no escucharla y sigue hablando con Olivia:

—Os visitaré todos los días. Puede que algunas noches también, quién sabe.

—Vale. Te presentaremos a Tom. Es muy gracioso, ya verás.

—Olivia —intenta detenerla su madre.

—¿Quién es Tom?

—No es nadie —zanja Crawford.

—Es el novio de mamá —dice Olivia con suficiente confianza—. Se quieren mucho y se van a casar. ¡Ah! ¿Sabes qué? Me han dicho que voy a tener un hermanito y que me dejan escoger su nombre. Yo les he dicho que prefiero un perrito, pero mamá dice que...

El cristal de la ventana retumba de forma estrepitosa con el potente puñetazo de Black, que mira a Crawford con la boca tensa y los ojos a punto de salírsele de las órbitas. Olivia grita asustada y baja de la silla para ir con su madre. William da un paso al frente y dice:

—La reunión ha terminado.

—De eso nada —protesta Black, sin apartar la mirada de Crawford—. Me ha prometido cinco minutos con mi hija.

—Laura, llévate a Olivia fuera.

—¡No! —grita Black.

—Tengo todo lo que quería —miente—. Enseguida estoy con vosotras.

Crawford no se lo piensa. Coge a Olivia de la mano y sale del locutorio con decisión.

Cuando la puerta se cierra, el silencio reina de nuevo en la estrecha sala. William se sienta frente a Victor Black y escruta la tensión en sus facciones. Él le mantiene la mirada mientras respira ruidosamente por la nariz.

Después de ver su repentino cambio de temperamento, William tiene una teoría que necesita comprobar. Pero para conseguirlo ha de seguir una estrategia.

—Usted no encubrió a nadie en 2005 —dice—. Me equivoqué. Fue usted quien mató a aquellas mujeres. El inspector Harris arrestó al hombre adecuado: es un asesino.

—Se lo dije desde el principio, inspector, pero usted no quiso hacerme caso.

«Bien», piensa William. Black ha vuelto a defender la autoría de los crímenes que se le imputaron. Sin Olivia delante, ya no le interesa mantener su inocencia.

Black quiere lo que es suyo.

—Unos crímenes casi idénticos a los suyos me hicieron dudar —le confiesa—. La policía encontró a sus víctimas boca abajo, apuñaladas por la espalda y cubiertas de mantis religiosas vivas. Las tres —remarca—. Las víctimas de esta semana comparten método y firma: las mantis reli-

279

giosas sobre el cadáver son significativas, puesto que ese era un detalle que no se había hecho público.

—Las respuestas estaban delante de usted, inspector. Pero parecía ciego ante las evidencias.

—¿A qué se refiere?

—A las mantis, por supuesto.

—¿Lo dice por el número de insectos?

—¿Lo ve? No tiene ni idea. —Niega con aire de superioridad—. Todas las que dejé sobre las víctimas eran mantis macho. En las fotografías que me enseñó se veía claramente que había tanto machos como hembras. Era una imitación burda e infantil.

William entrecierra los ojos. No recuerda haber leído nada sobre el sexo de las mantis en el informe de Criminalística. Ese dato tampoco aparecía en el expediente de 2005, al menos que él recuerde.

—¿Cómo los diferencia? —quiere saber.

—Por su tamaño. Las hembras son más grandes, pero con las alas y las antenas menos desarrolladas, y su abdomen presenta seis segmentos, mientras que el de los machos tiene ocho.

Entonces William recuerda lo que le dijo su amigo Alfred por teléfono cuando le pidió información sobre mantis religiosas: «Si la hembra está hambrienta después de la cópula, devorará al macho». La hembra matará al macho, se alimentará de él...

Entonces cae en la cuenta.

Victor Black quiso revertir el proceso.

—Todo fue por ella —murmura.

—¿Cómo dice?

William no le contesta. Antes quiere entender su naturaleza, bucear en él hasta llegar a las raíces que crecen en lo más hondo.

Se rasca la cabeza y dice:

—¿Le puedo preguntar cómo se llevaba con su madre antes de que ella se suicidara?

Black se agarra con fuerza al tablero de madera y William repara en que no es la primera vez que lo hace. Lo ha hecho nada más ver a Crawford. Intenta contener su ira.

—¿A qué viene esto?

—Cuando Laura Crawford le dijo en 2005 que había investigado su pasado y había averiguado que creció con una madre que acabó quitándose la vida, usted respondió dándole una paliza que podría haber sido mortal si ella no hubiera anunciado a gritos su embarazo. La muerte de una madre puede ser traumática, por supuesto, pero no hasta ese punto. Dígame, señor Black. ¿Cómo era su madre? ¿Tenía problemas con el alcohol? ¿Drogas, tal vez? ¿Se burlaba de usted? ¿Lo humillaba? ¿Acaso le pegaba? No me diga que abusó sexualmente...

—¡Cállese! —vocifera al otro lado del cristal.

Silencio.

—Así que es eso —dice William, muy tranquilo.

—Ni se le ocurra decir una palabra al respecto, ¿me oye? —lo amenaza con la voz agrietada.

La mente de William esboza bocetos con celeridad: un padre que desaparece, una madre que da a luz sola, un niño herido que sufre abusos sexuales, una madre que se suicida, un cambio de familia, un amor que decepciona al niño herido. Un bebé. Los asesinatos.

Fue él.

—No voy a opinar de ello, señor Black. Tan solo quiero saber la verdad.

—Ya le he dicho que las maté yo. Lo dije desde el día en que su compañero vino a mi tienda para detenerme.

Después de las mentiras y los cambios de versión de Black, William no confía en su palabra. Y no quedará satisfecho hasta conocer toda su historia, sin lagunas. Necesita estar completamente seguro de cada detalle para dar el siguiente paso. No puede perder más el tiempo.

—Lo sé —dice—. Pero no le estoy pidiendo eso ahora.

—A usted le gustaría abrirme en canal y diseccionarme como a una rata de laboratorio.

—Señor Black, usted ya ha decidido su destino; no tiene nada que perder si me cuenta lo de su madre.

—¿El honor no le parece suficiente?

—¿Acaso cree que voy a escribir un libro sobre usted? Lo siento, pero no le voy a dar ese placer. Y espero que nadie lo haga nunca. Lo que me cuente se va a quedar aquí, entre estas paredes.

Black lo considera.

—¿No me ofrece nada a cambio de mis palabras?

—Sé que ya no hay nada que le interese, señor Black. Me mintió, cambió su versión para hacerme creer que había encubierto a alguien en 2005 solo para conocer a su hija antes de morir, porque usted sabía que nunca le concederían la libertad. Pero, ahora que ya lo ha hecho, no tiene nada que esconder.

—Aún me quedan muchos años por delante —replica él—. ¿Cree que quiero vivir en una celda diminuta y sin ventana el resto de mi vida? ¿Cree que me gusta la mierda que sirven en la cafetería? Si me abro de esa manera ante usted, al menos ofrézcame algo que valga la pena. Ayer me habló de mejorar las condiciones de mi estancia en la cárcel. Pues bien, me conformo con eso, y sé que es una nimiedad para el juez. Es un buen trato para todos.

William piensa en ello. Si el juez estaba dispuesto a reducir su condena, ahora no se opondrá a esto.

—De acuerdo —acepta—. Le conseguiré una mejor vida aquí dentro a cambio de su historia. Pero si me miente, señor Black, tarde o temprano lo sabré, y no hablaré con el juez hasta que cierre el caso.

La expresión de Black se relaja.

—Me pregunto qué hará la policía de San Francisco el día que lo maten.

—Morir no entra dentro de mis planes a corto plazo.

Black sonríe.

—No lo parece, inspector Parker.

56
William Parker
San Quintín

Black se recoloca en la silla y empieza su relato con la mirada perdida:

—Cuando mi madre se quedó embarazada de mí, mi padre la abandonó. Yo no lo conocí. Nunca quise hacerlo después de saber lo que hizo. Mi madre me crio sola. No tenía más familia que quisiera ayudarla, y ella se dejaba consolar frecuentemente por las botellas de alcohol que coleccionaba en la despensa. Tuvo varios amantes a los que llevaba a casa cuando yo era tan solo un niño. Me acuerdo de todos ellos. Siempre que venían se encerraban con mi madre en el dormitorio y yo pegaba la oreja a la puerta para oírlos. Ninguno se quedó más de seis meses. Con el paso de los años, los amantes de mi madre fueron menguando. Ella se hundía cada vez más en el alcohol y los hombres dejaron de prestarle atención. Estaba deprimida la mayor parte del tiempo y la pagaba conmigo muchas veces. Yo me volví la razón de sus desgracias. Ella me culpaba de que mi padre la hubiera abandonado. ¿Y qué podía decir un niño de once años? —Cierra los ojos durante unos segundos. Cuando los abre, le brillan más que antes—. Un día, después de gritarme por haber roto un vaso de cristal y haberme cortado, me cogió la mano ensangrentada y me chupó la herida. Recuerdo sentir su lengua alrededor de mi dedo. Luego se secó las comisuras de la boca con el puño y se fue a su habitación sin decir nada.

Black se detiene. Se le ve incómodo, pero continúa:

—Aquello no volvió a ocurrir, al menos durante un tiempo, pero los reproches empeoraron. Me gritaba cada día por diferentes motivos. Lo que más me repetía era que mi padre se había ido por mi culpa y que, si yo no hubiera nacido, ellos aún serían felices juntos.

—Eso es muy injusto... —comenta William, intentando hacer que se sienta comprendido.

—¿No había dicho que no opinaría? —protesta, malhumorado.

William levanta las manos en señal de disculpa y le deja hablar sin más interrupciones.

—Yo me pasaba el tiempo encerrado en mi habitación. Me volví un chico retraído. No tenía amigos ni nadie con quien compartir lo que estaba sufriendo. Mi madre no me quería y yo no sabía qué hacer para que lo hiciera. —Se queda mirando un punto fijo de la pequeña mesa improvisada—. Había cumplido quince años la primera vez que ella vino a mi habitación y, sin decirme nada...

De pronto le tiembla el dedo meñique.

—Yo no sabía qué... —Vacila—. La dejé hacer. Luego se fue.

Sus palabras quedan suspendidas en el aire durante unos segundos.

—¿Se repitió? —le pregunta William.

Él asiente.

—Ninguno de los dos se pronunciaba cuando sucedía. Tampoco hablábamos de ello. Y yo me di cuenta de que ya no me trataba tan mal como antes. Pero una tarde que volvía de clase vi a la policía y una ambulancia delante del edificio donde vivíamos. Mi madre estaba muerta en la acera; se había tirado por la ventana.

William lo mira en silencio.

—No se compadezca de mí, inspector. Le recuerdo que soy un asesino en serie.

En vez de amilanarse como Black ansía, William sigue ahondando en su historia:

—Supongo que le costó superar esa muerte.

—Resultó una experiencia de lo más curiosa —dice para su sorpresa—. Al principio fue horrible. La pérdida era tan grande... Pero más tarde lo vi en perspectiva y mis sentimientos cambiaron de forma radical. La tristeza se marchó y vino la ira. Ahora era yo quien odiaba a mi madre. Y la odiaba no solo por lo que me hizo pasar, sino por haberme abandonado a mi suerte con todo lo que ya cargaba a mis espaldas. Sentí que había hecho conmigo lo que quiso y se había ido sin siquiera despedirse. Mi madre se quitó la vida y yo la odié por no haberme dado la oportunidad de arrebatársela yo mismo.

William cierra el puño por debajo de la madera.

—¿Cómo fueron sus posteriores relaciones sentimentales?

—Solo me enamoré una vez, y mire cómo me lo pagó.

—Pero tuvo encuentros esporádicos con otras mujeres, ¿verdad?

—¿Usted no, inspector? Me dijo que no estaba enamorado, pero eso no significa que no se lo pase en grande.

Como de costumbre, Black reconduce la conversación hacia William. Después de mostrarse vulnerable para conseguir unas mejores condiciones en la prisión, quiere recuperar el control intimidándolo. Pero William no va a consentírselo.

Hoy no.

—Gracias por su tiempo, señor Black —dice mientras se levanta.

—¿Cómo? ¿Ya se va?

—Sí.

—¿De verdad? Vamos, inspector, no se enfade. —Sonríe, divertido—. Es de mala educación levantarse de la mesa sin terminarse la comida.

—¿Quiere que hablemos? De acuerdo, le voy a decir lo que pienso de usted. —Coge aire y empieza—: Tras la muerte de su madre, se fue a vivir con sus tíos segundos, unas personas que, supongo, lo acogieron por pura obligación. Usted no se sentía querido en esa nueva casa, pero por lo menos nadie abusaba de usted y pudo sobrellevarlo con entereza. En cuanto pudo trabajar de cualquier cosa, se independizó. Sin vida social y con un pasado tormentoso, debió de costarle relacionarse con las mujeres, al menos al principio, pues, por lo que sé, llegó a tener decenas de admiradoras más tarde. Comenzó a tener citas, pero no conseguía enamorarse. Los encuentros se volvían un acto frío, incluso aterrador si usted rememoraba a su madre durante las relaciones. Lo de su interés por el arte femenino me parece muy interesante. A lo mejor me equivoco, pero creo que, después de lo que tuvo que pasar, nació en usted el deseo de idealizar a una mujer superior, una que fuera... perfecta, o que buscara la perfección con sus obras. Por eso, cuando conoció a Laura Crawford, una artista emergente con la que sintió una conexión genuina, se enamoró. Pensó que Laura era el amor de su vida. Sin embargo, la relación empezó a torcerse a los tres meses. Surgieron los primeros desacuerdos, las primeras discusiones. Y Laura, que además de artista era policía, escarbó en el pasado que usted le intentó ocultar y descubrió la oscuridad que residía en su interior. Usted, que había contenido la ira desde la muerte de su madre, quiso desahogarse con Laura. La habría matado de no ser por lo que ella le dijo. Ahí está la clave de todo: el bebé que tenía Laura en su vientre, la hija de ambos.

Black escucha sin abrir la boca, lo que lleva a William a pensar que no está tan lejos de la verdad.

—Para usted había dos asesinatos que, aunque deseaba reproducirlos, eran imposibles: el de su madre, ya fallecida, y el de Laura Crawford, porque matarla a ella suponía matar a su propio hijo, y eso era inconcebible para usted. Frustrado, descargó su ira contra otra mujer: Ruby Hoffman. Con ella pudo simular uno de esos asesinatos, tal vez los dos. Por eso la acuchilló por la espalda: para no verle la cara y poder imaginar que era su madre o Laura quien recibía sus puñaladas. Lo de las mantis religiosas fue obviamente simbólico. Según tengo entendido, algunas hembras matan al macho después de la cópula. Y, para usted, después de todo lo que había vivido, esparcir las mantis macho sobre una mujer muerta era un símbolo de fortaleza, de resiliencia, incluso de venganza. Pero, claro, Laura seguía viva y sus sentimientos homicidas hacia ella no disminuían. O quizá nació en usted una adicción profunda por lo que el asesinato le había provocado. Fue entonces cuando mató a Lillian Perkins. No sé si tenía planeado entregarse tras el ataque a Sally Graham o lo pensó mientras la apuñalaba. Pero decidió hacerlo porque no podía controlarse: si no se entregaba, temía acabar yendo a por Laura Crawford y, con su muerte, también mataría al bebé.

Black lo mira con la barbilla alta.

—¿Cómo ha llegado a esa conclusión? —pregunta.

William recuerda la conversación que tuvo con Harris el lunes por la mañana en la oficina: «Si el quién no está claro, investiga el dónde». A su compañero no le gusta ese método, pero no puede negar que funciona. En este caso no se trata del dónde, sino del cuándo.

—La fecha de los asesinatos lo dice todo —explica—. Mató a Ruby Hoffman el 29 de junio; a Lillian Perkins, el 21 de julio, veintidós días después; y atacó a Sally Graham el 7 de agosto, al cabo de diecisiete días. El tiempo que pasaba entre los ataques era cada vez menor, no podía parar. Y eso me lleva a pensar que se entregó y confesó sus crímenes para proteger a su hijo de usted mismo, para proteger su legado: usted solo miraba por lo que era suyo. Lo que no entiendo, señor Black, es por qué llamó al 911 cuando ya estaba lejos del motel Copland. Si su intención era entregarse después del ataque, podía haber ido al Salón de la Justicia o esperar a que la policía llegara al motel.

Black se rasca la barbilla, pensativo.

—No fue exactamente así. Yo nunca hubiera matado a Laura estando embarazada. Habría esperado a que diera a luz, eso sí. —Sonríe—. Entregarme no era el plan inicial. Yo iba a matar a Sally aquella noche, pero un momento de lucidez, o tal vez de flaqueza, me hizo detenerme mientras la acuchillaba. Me di cuenta de que estaba perdiendo la cabeza y... me bloqueé. No sabía qué hacer. Una parte de mí me empujaba a dar una última puñalada y acabar con su vida, pero otra me decía que debía entregarme para frenar aquella locura. Ante mi asfixiante indecisión, dejé mi suerte en manos de Sally. La cubrí de mantis religiosas, cogí mis cosas y su teléfono, y me fui. Y, cuando me alejé lo suficiente del motel, llamé a la policía para avisar del ataque. Habían pasado más de veinte minutos, y la ambulancia tardaría unos cuantos más en llegar. Aquello fue como jugar a un juego de azar: si Sally no aguantaba la espera, se sumaría a las víctimas mortales del asesino de las mantis; si finalmente vivía, me delataría y yo afrontaría las consecuencias de mis actos sin mostrar un mísero ápice de arrepentimiento: nadie pensaría que había fallado. Entregué mi futuro al destino. Usted ya conoce el resto.

William apoya una mano sobre el tablero de madera y dice:

—Me sorprende que Criminalística no encontrara nada perteneciente a las víctimas en su casa o en la tienda. Los asesinos seriales suelen llevarse un objeto de la escena del crimen, un recuerdo del asesinato para rememorarlo. Algunos lo llaman trofeo. Pero, en su caso, no había nada.

Black se encoge de hombros de forma exagerada.

—Yo no lo hacía por placer. Era más bien una necesidad molesta.

William suspira.

Ya está.

Se siente agotado.

—Bravo, inspector —dice Black—. Le felicito, ha descubierto quién mató a Ruby Hoffman y a Lillian Perkins en 2005, aunque debo decirle que su compañero ya lo hizo en su día. Siento quitarle el mérito. Lo que no sé es cómo le va a ayudar esto a atrapar al nuevo asesino.

Vuelven las preguntas como una multitud de voces dentro de su cabeza.

A William le siguen sorprendiendo las decisiones que toman algunos asesinos en situaciones muy concretas. Después de conocer a su hija, Victor Black ha preferido conservar la autoría de sus crímenes antes que intentar librarse de su condena. Si fue él quien mató a las víctimas de 2005 y no está detrás de las muertes de esta semana, ¿de dónde ha salido su imitador? ¿Y cómo llegó a conocer los detalles de las mantis?

57
Jacob Fisher
San Francisco

Jacob recoge sus objetos personales de la bandeja que la oficial Madison Bennett le entrega.

Acaba de volver del tribunal. Jacob sabe que ha tenido suerte. Mucha. El juez que le ha tocado era un hombre mayor, con el rostro lleno de arrugas, comprensivo y empático. Ha tenido en cuenta que enterró a su esposa hace unos días y que su hija sigue desaparecida, y le ha concedido la libertad bajo fianza, pero con la prohibición de armas: su Glock quedará confiscada en el Salón de la Justicia.

—Le voy a dar un consejo, señor Fisher —le ha dicho el juez, apoyándose en el estrado—. No siga el camino que ha emprendido y vea este juicio como una advertencia de lo que le puede pasar. No haga cosas de las que se pueda arrepentir. Su hija ya va a crecer sin una madre; no la deje sin padre también.

Madison le acerca un formulario y Jacob lo rellena. Se ve a simple vista que ella no está a favor de la decisión del juez. Pero no es la primera vez que lidia con casos similares. Con el paso de los años ha aprendido que la justicia, más que de las leyes, depende de las personas que la ejercen. Si el juez hubiera tenido un mal día, a estas horas Jacob Fisher estaría ingresando en prisión.

—Le acompaño.

Jacob sigue a la oficial hasta la salida del Salón de la Justicia. Ella habla con los guardias de seguridad y, tras un leve asentimiento, le dejan pasar.

Cuando Jacob cruza la puerta y siente el aire fresco en la cara, cierra los ojos y respira profundamente. Vuelve a ser libre.

58
William Parker
San Quintín

El funcionario avisa al director por el walkie y este vuelve con ellos a los pocos minutos para acompañarlos al puesto de vigilancia.

—En este pendrive está la grabación de su paso por el locutorio —dice Eddy al tiempo que se lo entrega a William—. Lo siento, pero no tengo CD.

Él hace una mueca.

—Está bien. Gracias.

Vuelven a recepción y recogen sus cosas. Tras despedirse de Hunter, suben a los coches y los vigilantes abren las barreras. El cielo se ha encapotado de nubes oscuras durante su estancia en la prisión; se avecina tormenta.

Cruzan el Golden Gate Bridge, iluminado por farolas, y se dirigen hacia la casa de Crawford, en Hamilton Street. Olivia habla nada más bajar del coche:

—No me ha gustado ir a ese sitio.

—Nunca volveremos allí, Oli, te lo prometo —dice su madre.

La puerta de la casa se abre y Tom sale a su encuentro.

—Llevo un buen rato mirando por la ventana por si os veía llegar. ¿Cómo ha ido?

—Victor se ha enfadado conmigo porque le he dicho que voy a tener un hermanito —dice Olivia.

Tom mira sorprendido a Crawford.

—¿Estás...?

Ella sonríe.

—No. Ha sido cosa de William.

La expresión de Tom se contrae aún más.

—Al entrar, le he pedido a Oli que mencionase lo del hermanito para desestabilizar a Black —le explica William—. Sabía que él mediría cada palabra y que fingiría ser una víctima delante de su hija; no iba a contarle la verdad sobre su encarcelamiento. Así que, para acortar el encuentro lo máximo posible y que Oli no se creyera sus mentiras, debíamos mover ficha antes que él. Solo ha hecho falta una mala reacción suya para que yo les dijera a Laura y a Oli que salieran del locutorio. He de reconocer que Olivia ha estado fantástica, a la altura de las mejores actrices de Hollywood.

Olivia sonríe de oreja a oreja.

—Pero... vamos a ver. —Tom intenta comprender lo que dicen—. Entonces ¿qué va a pasar con Black? ¿Lo van a soltar?

—No. Estará hasta el último de sus días en la cárcel.

—Gracias a Dios... —Suspira llevándose una mano al pecho—. No sabes cuánto me alegro de que se pudra allí dentro. Te agradezco mucho lo que has hecho por Olivia.

William hace un ademán, quitándole importancia.

—Es lo que hubiera hecho por mi propia hija.

—No sabía que tuvieras hijos.

William cruza una mirada con Crawford, que sonríe al recordar su discusión de cuando le propuso la visita de Olivia a San Quintín.

—No, no tengo hijos —responde—. Y nunca lo había considerado... hasta hoy.

—¿Lo dices en serio? —le pregunta Crawford.

Él se encoge de hombros.

—Puede que me hayáis creado una pequeña necesidad.

—De pequeña, nada —protesta ella.

—¿Quieres pasar, William? —Tom hace un gesto hacia la casa—. Aún no tengo la comida hecha, pero me queda algo de cerveza.

—Mejor otro día. He de seguir trabajando.

—¿Tú tampoco descansas?

William sonríe.

—Supongo que no.

—Oli, despídete de William.

La niña se le acerca y le tiende la mano para que se la estreche.

—Adiós, William. No te acuestes tarde.

—Haré lo que pueda, Oli. Me ha gustado conocerte.

Tom se lleva a la niña dentro de la casa y William se queda a solas con Crawford.

—Me parece que le has caído bien —dice ella.

—Es adorable.

—Sí que lo es.

—Gracias por invitarme a cenar ayer.

—No tienes por qué darlas.

Se quedan en silencio un momento.

—¿Qué hacemos ahora? —pregunta Laura—. Victor no encubrió a nadie en 2005 y no nos ha dado el nombre del asesino. Ni siquiera debe de conocerlo. Hemos perdido el tiempo.

William vuelve a sentirse culpable por haber insistido tanto en eso. El encuentro de Olivia con Black podría haberse evitado. Es una lástima que no haya servido de nada.

—¿Tu equipo ha visto las grabaciones de seguridad cercanas a Presidio Real?

—Están en ello, pero si no han encontrado algo ya... —se lamenta.

—El asesino quemó el furgón. Tuvo que salir del parque de algún modo.

—Lo sé —coincide Crawford—. Te avisaré si consigo avances.

—De acuerdo. Yo revisaré la grabación de la entrevista con Black.

—¿Para qué?

—El audio no se ha grabado —dice—, y sé que la conversación no ha dado frutos, pero quiero estudiar sus reacciones respecto a cada tema que hemos tocado. Estoy convencido de que podré seguir el curso de nuestra conversación incluso sin oírla.

—¿Te acuerdas de todo lo que has dicho durante la entrevista? —se asombra Crawford.

—Bueno, si no tardo demasiado en ver el vídeo, creo que seré capaz. Tengo mis pequeñas «marcas de tiempo» —le cuenta sin darle más detalles.

—¿Sospechas que Victor ha mentido en algo?

—Sería imprudente pensar que no lo ha hecho.

Crawford asiente y dice:

—Vete, entonces. Yo voy a entrar, aunque solo sea diez minutos. —Mira hacia su casa. Está deseando estar un rato con ellos. Abrazarlos. Sentirlos cerca—. Luego me pondré con la investigación.

—No tienes que darme explicaciones. Haz lo que tengas que hacer.

De camino al despacho de su casa, en la planta de arriba, William se fija en el montón de ropa sucia del suelo: ya hay suficiente para poner una lavadora, se dice. Cuando se sienta delante del ordenador, deja la grabadora sobre el escritorio y busca el orificio por donde introducir el pendrive de aluminio. Un intervalo ascendente suena y una carpeta, con un único archivo de vídeo, aparece en la pantalla.

Hace doble clic sobre el vídeo y la imagen del locutorio de la prisión se plasma en blanco y negro delante de él. Observa cada movimiento, cada gesto, cada mínima expresión de Victor Black. Lo ve ponerse nervioso al descubrir allí a Laura y enfurecerse al escuchar a Oli hablando del supuesto hermanito. Black es una persona con mucho temperamento. Ha aprendido a controlar la ira, pero su estabilidad emocional puede tambalearse si se tocan puntos clave.

En el vídeo, Laura y Olivia salen de plano, William se queda a solas con él y va guiando la conversación: empieza el juego. Lo ve afirmar la teoría sobre su culpabilidad y William recuerda que le ha hablado del género de las mantis religiosas, de lo que él no tenía ni idea.

En la pantalla, una de las «marcas de tiempo»: William se rasca la cabeza, una pequeña señal para indicar el momento en que le pregunta por su madre. Instintivamente, Black se agarra a la pequeña mesa de madera; ese tema le afecta y, por lo que ha contado sobre los abusos sexuales y el suicidio, William se cree sus palabras.

El siguiente tema viene cuando William cierra el puño por debajo del tablero: ahí le pregunta por sus relaciones sentimentales después del suicidio de su madre. Él responde tranquilo, ríe. Se centra en él y no le da importancia a lo que dice.

De pronto, William se levanta de la silla enfadado: la cuarta «marca de tiempo», el cuarto asunto. Ahí le expone sus conclusiones sobre el porqué de sus asesinatos, del *modus operandi*, del significado de las mantis y de su confesión. El rostro de Black casi ni se inmuta y le devuelve la mirada con hosquedad, como si le molestara que lo hubiese descrito con tanta precisión.

Pero, cuando William pone una mano sobre la mesa, la respuesta de Black le parece poco natural. Solo se encoge de hombros, aunque hay algo extraño en el gesto.

William retrasa el vídeo y aproxima el rostro a la pantalla del ordenador para no perder detalle. Le da al *play* y...

Por fin lo ve.

Debajo del cuello alto de su jersey, Black sufre una fasciculación muscular, una contracción involuntaria. Él se da cuenta. Por eso se encoge de hombros de esa forma: para intentar ocultar lo que su cuerpo grita.

Se ha puesto nervioso.

Y ha sido cuando William le ha mencionado la falta de objetos personales de las víctimas en su casa y en la tienda de animales exóticos. La carencia de un recuerdo de sus acciones más perversas.

Black ha dado a entender que no se llevó nada de las escenas del crimen, y William cree que miente, aunque no sabe por qué. Black siempre ha sostenido su culpabilidad. Esos objetos, sean cuales sean, no cambiarían nada.

Su mente empieza a trazar esbozos de crímenes atroces. En ellos, Black apuñala por la espalda a mujeres medio desnudas. Los insectos se pierden por la sangre oscura. Black se dispone a coger algo de la casa en la que se encuentra, pero se detiene.

En el informe no consta que faltara nada. ¿Entonces?

De pronto William siente cómo se le eriza la piel.

«¿Es necesario que uno documente sus hazañas para que se las reconozcan?», «¿Qué tiene que hacer uno para que lo consideren un asesino?».

Coge apresurado la grabadora y aprieta el botón:

N.º DE CINTA 49. 14-01-2017. 16.05 h:

Como bien ha insinuado Black en el locutorio, no se llevó nada material de sus víctimas, pues tenía algo mejor: fotografías, o incluso grabaciones de los asesinatos que le permitieron revivirlo todo una y otra vez. Y ver esas imágenes repetidamente pudo causar en él adicción y una necesidad apremiante por volver a hacerlo. De ahí la progresiva reducción de tiempo entre las muertes.

Pero Criminalística no encontró las imágenes. Y no lo hizo porque él se ocupó de que así fuera: se las entregó a otra persona, alguien que doce años después ha querido documentar sus propias escenas. Por eso los crímenes están tan bien simulados.

Victor Black ha sabido quién es el asesino desde el principio.

59
Jacob Fisher
San Francisco

El silencio al que tanto teme Jacob sigue presente cuando entra en casa. Él sabe que no sirve de nada, pero, aun así, llama a su hija desde el recibidor.

—¿Sharon?

Nada.

Guarda las llaves y vuelve a probar más alto:

—¿Sharon?

—¿Qué? —oye desde el piso de arriba.

Jacob se queda sin aliento.

Sube corriendo las escaleras tan rápido que tropieza con uno de los peldaños. Cuando su espinilla derecha recibe el impacto, un dolor eléctrico le recorre toda la pierna. Grita, pero el tiempo que se da para recobrarse es muy breve. Se levanta y acaba de subir las escaleras cojeando. La puerta de la habitación de Sharon está entornada. Jacob la empuja y ve que no hay nadie allí.

—¡Sharon!

Con quejidos y pasos irregulares, mira en las demás habitaciones: la casa está vacía. Su imaginación le ha jugado una mala pasada. Jacob recuerda aquello que le dijo Natalie en la playa una noche de verano, cuando aún eran novios: «Si deseas algo muy fuerte, se acabará cumpliendo». Natalie no sabía que él iba a pedirle matrimonio esa misma noche.

Apoya la espalda en una pared y se deja caer en el suelo. Se pone las manos en la nuca y, enfadado consigo mismo, se dice que no es momento de debilidades. Al cabo de unos segundos levanta la cabeza, confuso. Mira a ambos lados y olfatea el aire. Se levanta y, con el miedo metido en el cuerpo, revisa de nuevo todas las habitaciones de esa planta: nadie.

Entonces entra en el cuarto de baño privado y vuelve a aspirar, pero ya no es tan evidente. Le ha parecido oler el perfume de Natalie. Es imposible, piensa. Pero lo ha olido, está seguro.

Intranquilo, baja a la cocina y se toma un vaso de agua. Luego va al salón y, tras encender la televisión, busca con el mando a distancia el canal de los informativos de veinticuatro horas.

«San Francisco ha despertado hoy con la noticia de un tercer asesinato en lo que llevamos de semana. Desde la redacción de los informativos, nos hemos sobrecogido al saber la identidad de la víctima. —La imagen en directo del presentador es reemplazada por un montaje de vídeo en el que aparecen planos del incendio de anoche—. El cuerpo de Jessica Robbins fue hallado ayer en Presidio Real. Fueron los bomberos, que acudieron al parque por un vehículo en llamas, quienes la encontraron sin vida cerca del incendio».

La imagen cambia y Jacob tarda en reconocerse en el plano, a lo lejos, junto a las luces rotativas de los coches patrulla.

«La policía detuvo anoche a Jacob Fisher, marido de Natalie Fisher, recientemente asesinada, y padre de Sharon Fisher, la última menor desaparecida. Por ahora no tenemos información sobre los motivos de ese arresto».

Jacob aprieta la mandíbula. ¿Por qué han anunciado eso después de la muerte de Jessica Robbins?

Furioso, lanza con fuerza el mando contra la televisión y la pantalla estalla con el impacto.

Sale de casa y sube al coche. Se dirige hacia un lugar al que no querría volver. Le prometió a Natalie no meterse nunca en problemas de ese tipo, pero, llegado este punto, se ve en la obligación de romper su promesa.

Cruza la ciudad en dirección este y, en cuestión de quince minutos, aparca el BMW en Hyde Street. Cuando se apea, mira al cielo y se sube hasta arriba la cremallera de la cazadora: no tardará en llover. Hombres vestidos con ropa oscura deambulan con paso vacilante por la sucia acera. Jacob se acerca a un grupo de individuos con los rostros cubiertos y localiza a su camello enseguida.

—Estás peor de lo que pensaba, banquero —dice al verle—. ¿Lo mismo de siempre?

—No. Quiero algo distinto.

Los ojos hundidos y amarillentos del camello lo escrutan desde la silla de ruedas.

—¿Buscas emociones más fuertes?

—Algo así. Pero no sé si tú me puedes ayudar.

—No me ofendas antes de tiempo. ¿Qué es lo que quieres?

Jacob duda. Lo que le hizo a David Pratt ya está reflejado en su historial delictivo y él sabe que todo cambia con antecedentes a las espaldas. La próxima vez acabará en prisión. Pero luego recuerda por qué está ahí y las dudas se disipan. Su hija corre peligro. De modo que, acercándose un poco más al camello, mira a ambos lados y dice en voz baja:

—¿Puedes conseguirme un arma? Cargada —aclara.

60
San Francisco

Cuando Laura se ha ido de casa, Tom se ha quedado con Olivia en el sofá. Le ha pedido que le cuente cómo ha sido su visita a la Prisión de San Quintín, desde el momento en que ha entrado hasta que ha salido. Le ha preguntado cómo era Victor Black y qué ha dicho al verlas a ambas allí. Tom no quiere que esa experiencia afecte a Olivia de ninguna manera. Él no le haría preguntas al respecto, pero su instinto, o más bien sus inseguridades, le empujan a averiguar más sobre el hombre del que se enamoró su prometida doce años atrás. Necesita comprender qué vio Laura en él, puesto que se trata de un asesino en serie. ¿Es que no se dio cuenta entonces? Debía de ser una persona distinta, no podía ser normal. ¿Cómo no lo notó siendo policía?

Y es que Laura no le había desvelado la identidad del padre de Olivia. Ella le había contado que se habían separado cuando se quedó embarazada y que decidió tener el bebé sola, pero nunca le dijo que el hombre con quien estuvo era un asesino. Desde que se lo contó ayer, Tom no ha pensado en otra cosa. Se ha pasado casi toda la noche en vela y no sabe cómo sentirse. ¿Conoce a la mujer con la que se va a casar dentro de unos meses?

De pronto se da cuenta de que la niña lo mira fijamente y se obliga a sonreír. Puede que no sea el padre biológico de Olivia, pero se siente muy afortunado de tenerla en su vida.

—Oye, hoy es sábado —dice—. ¿No te apetece que hagamos algo distinto?

Ella se lleva el dedo índice a la barbilla.

—¿Como qué?

—¿Qué te parece si hacemos pizza juntos y luego vemos una peli?

—¡Vale! Pero mamá también estará, ¿verdad?

Tom nota un pinchazo en el pecho.

—Esperemos que sí, aunque ya sabes que a veces se le alarga el trabajo.

Olivia asiente, despreocupada.

—Por cierto, ¿tu escritorio aún sigue desordenado?

La niña mira hacia un lado, evitando la mirada de Tom.

—Ups —murmura.

—Ya sabes lo que tienes que hacer si quieres pizza y peli, ¿no?

Olivia baja del sofá y suelta un bufido ruidoso.

—A mí me gusta así, pero, bueno, vale.

Sube las escaleras y entra en su habitación. Lo primero que hace, antes de mirar siquiera el estado del escritorio, es abrir la ventana de par en par. El aire gélido de enero entra en la casa y las primeras gotas de lluvia ya han empezado a mojar el asfalto, unos metros más abajo.

Olivia se fija en un coche azul oscuro que aparca lentamente delante de su casa. Puede que sea el vehículo más viejo que ha visto en su vida. De él sale un hombre que abre un paraguas negro nada más bajar. No le ve la cara. Olivia piensa que no ha cerrado el coche, pero no sabe por qué. El paraguas rodea el capó y se acerca a la casa.

El timbre suena.

El techo arqueado del portal no le permite ver nada desde la ventana y Olivia escucha cómo Tom abre la puerta principal. Dice algo que no entiende y, después, oye un golpe seco.

El sonido ahogado de un cuerpo pesado que cae al suelo de parquet.

Silencio.

Oliva no se mueve. Se pregunta qué ha sido eso, pero no tiene la valentía de bajar a comprobarlo. Su respiración se entrecorta. Quiere llamar a Tom, pero está paralizada.

Se esfuerza por seguir escuchando y, cuando oye los pasos en el piso de arriba, ya es demasiado tarde. El hombre del paraguas se deja ver por el vano de su puerta.

61
William Parker
San Quintín

La lluvia arrecia cuando William deja el Mini en el aparcamiento. Su móvil suena y está a punto de rechazar la llamada, pero, al ver el nombre de la pantalla, descuelga:

—¿Alguna novedad?

—William, es Olivia —solloza Laura, muy nerviosa—. Se la ha llevado. Ese hijo de puta ha ido a mi casa y se ha llevado a mi hija.

Bryan, el funcionario de recepción, entrecierra los ojos al verlo de nuevo en la prisión.

—¿Se ha dejado algo?

—Una respuesta —dice mientras deposita su arma en la bandeja de plástico—. Quiero hablar con Victor Black. No hace falta que lo saquen de su celda.

Hunter lo acompaña con paso ligero hasta el Centro de Ajuste. Una vez allí, la vigilante los lleva hasta la celda número 307. Da dos golpes a la puerta de hierro y abre la escotilla.

—Tienes visita.

El rostro de Black aparece de entre las sombras, pero ahora no hay control en sus facciones, sino sorpresa. No esperaba ver al inspector de nuevo.

—Sé que documentó los asesinatos —dice William—. No sé si los fotografió o los grabó en vídeo, pero sí que le dio las copias a otra persona. Es él quien está perpetrando los crímenes. Necesito que me diga su nombre. Ya.

—Lo siento, inspector, pero no sé de qué me habla.

William le propina un puñetazo a la puerta de metal.

—¡Ya! —insiste.

—Pero bueno, ¿qué significa esta agresividad, inspector Parker? —pregunta muy tranquilo—. Al parecer, la ira también corre por sus venas. Ya se lo dije: tenemos más en común de lo que usted piensa.

—El asesino ha secuestrado a Olivia —le suelta sin rodeos, y el rostro de Black se ensombrece—. ¿Lo entiende? ¡Si no lo detenemos, la matará!

—No es posible... —murmura, pensativo.

—Yo no le mentiría sobre algo así.

Black lo mira fijamente.

—No le hagan daño. Él es como un hijo para mí.

—Dígame su nombre de una vez —lo apremia William.

—Yo no le di las cintas. El día que la policía vino a detenerme, él estaba en la tienda. En cuanto vi las luces azules en la calle, le dije que se largara. Él salió por el almacén. Criminalística registró a fondo mi casa y la tienda, pero, cuando comparecí ante el juez, nadie mencionó las grabaciones de los asesinatos. Entonces caí en la cuenta: tenía las películas en el almacén, el chico se las había llevado.

—¡Dígalo ya!

—Es Eddy. Eddy Krammer.

—¿Qué? —exclama Hunter, que se acerca a la puerta de la celda—. ¡Repite eso!

Una secuencia de imágenes pasa por la mente de William a toda velocidad: cinco mantis religiosas despedazando a un grillo, Gladys Krammer diciendo que llamaría a su nieto si le robaba algo, el ejemplar de *Hundimiento en el mal* de Sharon, el que tiene Black en su celda, el puesto de vigilancia de la prisión, las grabaciones de seguridad, el identificador del funcionario que maneja el mando de control.

—¿Eddy Krammer sigue aquí? —le pregunta a Hunter.

—No —dice él, angustiado—. Se encontraba indispuesto y se ha ido justo después de ustedes.

—Nos ha seguido hasta la casa de Crawford —deduce William al instante—. Necesito que me dé todos los datos que tenga sobre él. Dirección, modelo de su vehículo... Lo que sea.

—Eddy tiene un Ford Orion de los noventa, lo heredó de su abuelo. Es el que usa para venir a trabajar. Vamos a mi despacho y le doy su dirección.

Mientras deshacen sus pasos por el pasillo, Black sigue pidiendo clemencia para Eddy con su voz susurrada:

—No lo mate, inspector. No le haga daño.

62
Jacob Fisher
San Francisco

Una alerta civil suena estrepitosamente en el móvil de Jacob.

El parabrisas no da más de sí.

Sin detener el coche, saca el teléfono y mira un segundo la pantalla. Lo único que lee antes de dejar el móvil en el asiento del copiloto es «Alerta AMBER».

A Jacob se le nubla la mirada. ¿Otra vez?, se pregunta. ¿Eso significa que ya ha matado a Sharon?

Enciende la radio y la noticia inunda el BMW:

«Olivia Crawford, de once años. Se ha producido hace unos minutos en el 450 de Hamilton Street. El secuestrador conduce un Ford Orion azul oscuro. Si lo ven, llamen inmediatamente al 911».

Jacob se pone nervioso. Esa dirección está a tan solo unas manzanas.

Gira a la derecha en cuanto tiene ocasión, cruza un túnel, hunde el pie en el acelerador y solo ralentiza la marcha cuando se incorpora a Hamilton Street. Una ambulancia y un coche patrulla están parados a un lado, enfrente de una casa con la puerta abierta. Jacob se acerca y vislumbra a través de la cortina de agua a un hombre con parte de la cabeza vendada en el portal. Habla con unos policías mientras los paramédicos terminan de ajustarle la venda.

Jacob acelera y gira a la derecha. Se fija en cada coche que ve, o en lo que la lluvia le deja ver. Conduce sin rumbo, pero rápido y atento a todo. Las calles están poco transitadas y tiene libertad de movimientos.

De pronto oye una sirena y mira en ambas direcciones. Intenta identificar su procedencia, aunque no localiza las luces policiales a su alrededor. Gira hacia Cambridge Street, calle abajo, y, cuando se detiene en el cruce, oye la sirena más cerca. Diferentes cláxones se unen al alarido rotativo y Jacob los encuentra. A su lado, en Alemany Boulevard, un coche patrulla persigue el Ford Orion azul oscuro. En cuestión de segundos, una camioneta se incorpora a la calzada y el Ford logra sortearla, pero el coche patrulla no tiene tiempo suficiente. La colisión a tan alta velocidad hace que la parte lateral de la camioneta se hunda, el capó del coche se aplaste y sus faros delanteros se rompan al instante. La camioneta se desliza por el asfalto mojado girando sobre sí misma. El coche policial pierde el control de sus ruedas traseras, resbala hacia la izquierda, tropieza con un pequeño bordillo y, tras despegarse del suelo, da vueltas de campana hasta detenerse boca abajo.

Jacob no parpadea. Los vehículos de Alemany Boulevard encienden los cuatro intermitentes y paran a unos metros del accidente. Jacob mira hacia el otro lado de la calzada y, al ver que hay un hueco entre los vehículos afectados, pisa el acelerador a fondo. Siente decenas de ojos en la nuca cuando pasa junto a ellos, pero no le importa.

63
William Parker
San Quintín

—No puedo creer lo que está pasando —se lamenta el director Hunter cuando entran en su despacho—. Pero, ahora que lo pienso, tiene sentido.

—¿Por qué? —le pregunta William.

—¿Recuerda que le conté que Black sufría disfonía por una pelea?

—Sí.

—Fue por proteger a Eddy —dice mientras se sienta frente al ordenador—. Aunque no lo parezca, ese chico tiene carácter, y llegó a ser muy duro con algunos reclusos cuando empezó a trabajar aquí. Yo le advertí, le dije que no era necesario ir tan lejos, pero él tenía algo en su interior que le empujaba a... torturarlos. Como cabía esperar, los reclusos se amotinaron: un día lo acorralaron en el Centro de Ajuste y le dieron una paliza entre cuatro. Y, para sorpresa de todos, Black se enteró e intentó detener la agresión antes de que nosotros interviniéramos. Sin embargo, le superaban en número y le clavaron un pincho en el cuello. Black no murió, pero tuvo que pasar por quirófano y sufre la disfonía desde entonces. Después de aquello, envié a Eddy al puesto de vigilancia para que no estuviera en contacto con los internos.

—¿Cuándo fue eso?

—En septiembre. Él empezó unos meses antes. Lo habían destinado a otra prisión, pero pidió el traslado por su abuela.

—Gladis Krammer. —William recuerda a la anciana de las mantis.

—El abuelo de Eddy había muerto recientemente y la mujer se había quedado sola. Aunque no era dependiente como tal, el chico no quería alejarse demasiado de ella.

—¿No tiene a nadie más?

—No. Sus padres murieron cuando era niño y él se quedó con sus abuelos.

William respira hondo.

Se da cuenta de que la historia de Eddy es muy parecida a la de Victor Black. Se debieron de conocer en su tienda y, al saber de su orfandad, Black empatizaría con el chico. Antes ha dicho que Eddy es como un hijo para él, por lo que es muy probable que pasaran tiempo juntos.

—¿Cuántos años tiene Eddy? —pregunta.

—Veintisiete.

Entonces tenía quince en 2005, se dice. Quince. Sin una figura paterna y con ese pasado en común, Victor Black se convirtió en un referente para él. Y, con quince años, Eddy vio las grabaciones que Black había hecho de los asesinatos. Pudo visionar una y otra vez las muertes de Ruby Hoffman y Lillian Perkins, y posiblemente también el ataque a Sally Graham.

Así que casi doce años después, en vez de huir de la oscuridad, la siguió hasta ser parte de ella.

Eddy Krammer se las arregló para estar cerca de Black. Ha imitado los pasos de la persona a la que más admira en el mundo, y ahora, después de tres asesinatos y dos secuestros por resolver, se ha convertido en alguien aún más peligroso que él.

—Aquí tengo su dirección —dice Hunter—. Parece que no vive en San Francisco.

64
Jacob Fisher
San Francisco

Jacob sigue el Ford Orion por la I-280, que dispone de cinco carriles. Llueve a cántaros y, aunque se guía por las luces rojas de sus faros traseros, a veces pierde el objetivo de vista, pero no va a dejar que escape. El sonido constante del agua cesa al entrar en un túnel y lo ve con claridad, a unos cien metros. ¿Se habrá dado cuenta de que lo está siguiendo?

Cuando el coche azul oscuro toma la salida de la autopista de la Costa del Pacífico, Jacob piensa en Natalie. Se la imagina a su lado, en el coche, y vuelve a oler su perfume.

—¿Qué estás haciendo, Jacob? —la oye decir.

—Voy a por Sharon —responde él sin apartar la vista de las luces rojas.

—¿Y por qué has comprado esa arma?

—Para que ese indeseable pague por lo que nos ha hecho.

—Jacob, tú no eres un asesino.

—Es lo único que me falta, ¿no?

—No digas tonterías. No quiero que lo hagas.

Jacob se queda callado. No sabe qué responder. Es consciente de que está solo en el coche, pero el recuerdo de su mujer es tan vivo que duda por momentos.

—Te necesito aquí, conmigo.

Lo dice en voz alta, tal vez como una suerte de respuesta a la persona que no tiene a su lado, o tal vez para que Natalie, allá donde esté, lo escuche de verdad.

Ojalá lo haga, piensa.

—No te habrás creído lo que dijo el policía —dice ella.

Jacob niega con la cabeza.

—Sé que no lo hiciste.

—Yo solo te quiero a ti, Jacob.

Las lágrimas trepan hasta sus ojos. Está a punto de desmoronarse, pero se obliga a mirar la carretera, a no perder de vista el coche de delante. Puede que la vida de Sharon dependa de lo que él haga en los próximos minutos; debe mantenerse fuerte.

—Jacob, no te conviertas en un asesino esta noche, te lo pido por favor.

Él no contesta.

—Prométeme que no lo harás —le ordena ella.

Él sigue callado.

—Prométemelo, Jacob.

La carretera serpentea junto a la orilla de un mar embravecido y, poco después, ve cómo el Ford Orion entra en la ciudad de Pacífica.

65
William Parker
San Francisco

Está a punto de anochecer y la lluvia es torrencial.

William conduce hacia el sur con la luz estroboscópica pegada al techo del coche.

La inspectora Crawford ha activado la alerta AMBER en cuestión de minutos. Ha sido Tom, su prometido, quien la ha llamado para contarle lo que ha pasado: un hombre se ha presentado en su casa, le ha golpeado la cabeza con una llave inglesa y lo ha dejado inconsciente. Cuando ha despertado, Olivia no estaba. Ahora los teléfonos del área de la Bahía han recibido el aviso de secuestro y se habla de ello en todos los medios de comunicación.

Por otro lado, han informado a William de un grave accidente en Alemany Boulevard. Uno de los vehículos involucrados era un coche patrulla. Al parecer, estaba persiguiendo a Eddy Krammer cuando una camioneta se ha cruzado en su camino. El coche ha quedado destrozado. Los dos oficiales que había dentro están vivos, aunque uno se encuentra herido. Es Ian Davis.

William ha pedido un helicóptero para tener ojos en el cielo, y le han denegado la petición: con este temporal, el pilotaje se vuelve peligroso e ineficaz.

Eddy ha escapado, pero William cree saber a dónde se dirige. Según le ha dicho Jim, el informático del Salón de la Justicia, la casa de Krammer es herencia de sus padres. Ambos murieron en un accidente de coche cuando él tenía seis años, o al menos eso es lo que figura en el informe de defunción, aunque hay evidencias que hacen sospechar que el padre, que era quien conducía, aceleró deliberadamente y se estrelló contra un árbol que había junto a la carretera.

La casa en cuestión se encuentra en lo más alto de una calle inclinada de Pacífica. Está rodeada de árboles y bastante alejada de los domicilios vecinos. William piensa que las niñas secuestradas han debido de permanecer allí todo este tiempo, que Sharon Fisher estará en esa casa.

Solo espera que siga viva.

N.º DE CINTA 49. 14-01-2017. 17.12 h:

Lo que ha hecho Krammer con Olivia ha sido un acto impulsivo e inesperado. Y ha actuado solo, de eso estoy seguro. Victor Black no podía saber si Laura Crawford la había tenido o había abortado en su día. Su deseo de conocerla era genuino; por tanto, él no está detrás de este secuestro. Si no, no habría delatado a Eddy. Habrá supuesto que Eddy se ha visto amenazado al ver a la niña en la prisión: Olivia podía convertirse en su reemplazo. Black ve a Eddy como a un hijo, y estoy seguro de que Eddy lo verá a él como a un padre. La presencia de Olivia en San Quintín le ha afectado más de la cuenta y se ha salido del plan, como un animal que actúa siguiendo sus impulsos más primarios.

Gracias a la luz rotativa, los vehículos de San Francisco le abren paso, aunque no va todo lo rápido que querría; la lluvia no le permite ver a más de unos metros por delante.

N.º DE CINTA 49. 14-01-2017. 17.15 h:

El Departamento de Policía de Pacífica está bajo aviso, pero les hemos pedido que se mantengan al margen hasta que nosotros lleguemos: no queremos que Krammer se ponga más nervioso y mate a las rehenes antes de lo previsto. Aunque, con el secuestro y el accidente de San Francisco, sabe que vamos tras él. Y si va a la casa de Pacífica, si nos conduce hasta allí, es porque quiere acabar con todo.

Laura Crawford también está de camino. Le he dicho por teléfono que no debería ir, pero me ha colgado.

Espero llegar antes que ella. Con su hija atrapada por un asesino, la prudencia profesional se le escapará de las manos y temo que se ponga en peligro.

66
Jacob Fisher
Pacífica

Jacob apaga las luces del BMW y sigue al Ford Orion unos cincuenta metros por detrás. Las farolas ya se han encendido bajo la noche incipiente y dejan ver el dibujo de la lluvia cayendo a raudales.

Los faros rojos giran a la izquierda por una calle inclinada y Jacob los pierde de vista, pero no acelera, mantiene la tibia posición del pie sobre el pedal. Lleva la cazadora puesta y, a pesar de la baja temperatura, tiene calor dentro del coche. Cuando gira el volante, ve los dos puntos rojos a lo lejos. Pinos y cipreses custodian las casas a ambos lados de la calle, pero casi no los distingue por la falta de iluminación en esta parte de la ciudad. Se guía por las luces del interior de las viviendas, que forman una especie de pasillo tétrico en la oscuridad.

Los faros del Ford Orion desaparecen de nuevo y Jacob maldice para sus adentros. La calzada se estrecha en el último tramo de la calle. La vegetación se vuelve opresiva. Ahora no hay casas que le sirvan de referencia y Jacob conduce calle arriba sin ver absolutamente nada. No mueve el volante en ningún momento, solo avanza despacio con la esperanza de no chocar contra una pared o caer por un barranco.

Entonces nota que la pendiente se aplana y ve los faros rojos perderse detrás de la última casa. Una cerca automática se cierra y Jacob aparca delante de ella. Piensa que así el Ford Orion no podrá salir por donde ha entrado.

Baja del coche y enciende la linterna del móvil. La cazadora se le cala enseguida. Al alumbrar la cerca metálica roja, se da cuenta de que es más baja por el lado izquierdo, de modo que se acerca y la salta sin problemas. Sube una rampa y rodea la casa. Los primeros árboles del bosque crecen dentro del recinto vallado.

Una puerta se abre a unos metros y Jacob se esconde detrás de una pared. Con cuidado de no ser visto, mira hacia allí y localiza el Ford aparcado, de espaldas a la casa y de cara al bosque. Delante de él hay una doble puerta en la cerca roja que queda iluminada por los faros delanteros del coche. Está abierta.

De pronto, un hombre sale de la casa por la parte trasera. Con una caja de zapatos bajo el brazo, se monta en el coche por el lado del conductor. Unos segundos más tarde, enciende la radio y sube el volumen para que la música se escuche por encima de la lluvia. Es un piano. Jacob no sabe cómo se titula esa pieza, pero la ha escuchado muchas veces.

El hombre baja del Ford sin la caja y va hacia el maletero. Cuando levanta la puerta hacia arriba, un grito agudo surge del interior. El hombre se inclina y saca a una niña a la fuerza.

A Jacob casi le da un infarto.

No es Sharon.

Debe de ser Olivia Crawford, la niña de la alerta AMBER que han activado hace menos de una hora.

Jacob cae en la cuenta entonces. Ese apellido...

Pero el secuestrador no le da tiempo para pensar. Arrastra a Olivia hasta las luces, le señala el bosque y dice:

—Eres libre.

67
Jacob Fisher
Pacífica

Olivia se adentra asustada en el bosque iluminado por los faros del coche. Corre lo más rápido que puede mientras llora. Por su parte, el hombre aprovecha para sacar una cámara deportiva del bolsillo de su pantalón y, con ayuda de una correa ajustable, se la coloca alrededor de la cabeza. Luego espera paciente delante del Ford Orion. La música, cuya interpretación es de una calidad admirable, se vuelve perturbadora.

Jacob no sabe qué hacer. No comprende lo que está viendo. ¿El secuestrador ha traído a la niña aquí para dejarla escapar?

Pero, cuando la hoja de un cuchillo reluce en la mano del individuo, Jacob se pone en tensión. Se desabrocha con urgencia la cazadora y saca el arma que ha comprado ilegalmente del bolsillo interno. La levanta y apunta.

Los separan unos quince metros.

No puede fallar. Si la bala no lo alcanza y él también está equipado con un arma de fuego...

Los nervios le dan náuseas. Las manos le tiemblan.

Pensaba que sería más fácil, que no tendría remordimientos cuando lo tuviera delante, pero hay algo, o alguien, que le impide apretar el gatillo.

Es Natalie. Ella no querría que lo hiciera.

Frustrado, baja la pistola.

Ajeno a Jacob, el hombre levanta la cabeza y extiende los brazos como si se entregara a la lluvia con la música de fondo.

Jacob se estremece al verlo.

Y, con el primer paso del secuestrador hacia el bosque, los segundos parecen transcurrir más deprisa. Jacob se fija en que la puerta trasera de la casa se ha quedado abierta.

Nota que se ahoga.

Si Sharon está dentro, ahora es el momento perfecto para ir a por ella.

Avanza agachado y pegado a la pared hasta la puerta. Cuando la alcanza, se gira hacia el bosque y ve al hombre adentrarse en él, en busca de Olivia. Luego dirige la vista hacia el interior de la casa y siente a Sharon más cerca que nunca en toda la semana.

De pronto, un enorme sentimiento de culpabilidad le quema el pecho.

Vuelve a girarse. El hombre camina entre los árboles blandiendo el cuchillo.

Matará a Olivia si él no hace algo.

Jacob mira de nuevo hacia la casa. Pone una mano en la pared como si Sharon pudiera sentirla, como si ese pequeño gesto fuera suficiente para decirle que espere, que vendrá a por ella más tarde.

Cuando rodea el Ford Orion, localiza a la niña con la mirada. Ha dejado de huir. Se ha acuclillado junto a un árbol y contempla al secuestrador con la boca abierta. Su llanto desesperado se vuelve inaudible entre la música y la lluvia. Entonces los pasos del hombre se aceleran y corre hacia ella.

Ahora Jacob no se lo piensa. Se coloca delante de las luces del coche, levanta el arma, apunta y dispara.

El secuestrador cae al suelo.

Silencio. Un silencio sucio, impregnado de notas musicales y agua.

Jacob no puede creerlo. Le ha dado. Acaba de disparar a una persona.

—¡Papá!

Jacob se vuelve y mira hacia arriba. La luz está encendida en una de las ventanas de la casa, donde se recorta una silueta.

—Sharon...

Su hija está allí. Es ella. Está seguro de que no es producto de su imaginación. La ha encontrado.

Entonces oye unos pasos apresurados a su espalda. Jacob se gira rápidamente, pero el hombre lo alcanza y siente una fuerte sacudida.

Sharon grita con todas sus fuerzas.

La hoja del cuchillo se ha adentrado en el abdomen de Jacob y la sangre empieza a oscurecerle la ropa.

Con un leve movimiento de cabeza, consigue verle la cara a la persona que mató a su esposa y secuestró a su hija. Es joven, no debe de tener ni treinta años. Una tarjeta identificadora cuelga del pecho de su camisa gris: «Eddy».

La confusión lo invade.

Jacob se dispone a dispararle, pero él es mucho más rápido. Extrae el cuchillo de su estómago, le quita el arma de las manos y la tira entre los árboles. Con un impulso, se abalanza sobre él y ambos caen al suelo.

Un dolor inhumano le recorre la espalda a Jacob.

Eddy levanta el cuchillo en alto. Cuando se dispone a descargarlo de nuevo en su vientre, Jacob atrapa su antebrazo y forcejea con él. Aprovechando que tiene ambas manos ocupadas deteniendo el ataque, Eddy usa su mano izquierda para aferrarle el cuello. Aprieta. Se inclina hacia delante y Jacob se pone rojo al sentir su peso sobre la garganta. Gimotea. Trata de coger aire por la boca, pero le es imposible.

Presa del pánico, quita una mano del antebrazo de Eddy para intentar liberarse de la presión del cuello. Entonces la resistencia de la otra mano se afloja y Eddy baja el cuchillo lentamente. Jacob nota el extremo de la hoja en el vientre y, antes de que el otro ejerza más fuerza, vuelve a protegerse con ambas manos. Consigue levantar unos centímetros el cuchillo, pero Eddy se inclina aún más y la presión de la garganta se intensifica.

Jacob no puede respirar. El oxígeno no le llega al cerebro. La lluvia cae en su rostro. En su boca abierta.

Con los ojos a punto de salírsele de las órbitas, mira al hombre que lo estrangula. Las luces del Ford Orion a su espalda hacen que no sea más que una sombra.

Jacob piensa en los hechos de los últimos días. Podía haberse mantenido al margen, dejar que la policía hiciera su trabajo sin poner en peligro su vida. Pero él no concebía apartar la mirada. Se trataba de su familia, y su instinto le hizo luchar por los suyos, vengarlos, salvarlos.

Quedarse de brazos cruzados no era una opción.

Antes de que fallezca por asfixia, Eddy le suelta el cuello y Jacob toma una bocanada de aire acuoso que le hace toser nerviosamente. La vida, que parecía estar escapando de su cuerpo, vuelve a introducirse en él.

Cuando la hoja del cuchillo le atraviesa la piel y los órganos internos, Jacob intenta protegerse de nuevo. Pero ya no sirve de nada. El cuchillo vuelve a desgarrarlo con un sonido húmedo y Jacob nota la sangre en la boca.

Las lágrimas nacen en sus ojos. Su cuerpo no se resiste.

Eddy sigue apuñalándolo una y otra vez bajo la lluvia, y Jacob deja de sentir dolor a partir de la quinta cuchillada.

68
William Parker
Pacífica

Dos coches patrulla y uno sin marcar han llegado a la casa de Eddy Krammer. William cuenta seis oficiales que lo esperan bajo la lluvia con sus linternas, atentos a cualquier movimiento. Deja el Mini a un lado, coge su linterna y se sorprende al reconocer el BMW de Jacob Fisher delante de la cerca roja.

Laura Crawford aún no ha llegado.

William se acerca decidido a los policías, pero entonces un hombre vestido de paisano se abre paso entre ellos, y siente un vacío en el estómago.

Es Joseph Parker, su padre.

—William, acabamos de llegar.

—¿Qué haces tú aquí? —suelta, nervioso.

—Te recuerdo que soy detective en Pacífica.

—No tengo tiempo para esto. —Saca la SIG Sauer, enciende su linterna y se dirige a los oficiales—: Necesito que dos vigilen esta parte de la casa. Dos, por la derecha, conmigo. Los otros dos, por la izquierda.

—William, Krammer sabe que estamos aquí. Tenemos que negociar con él para que nos entregue a las niñas.

Es entonces cuando William repara en el megáfono que su padre tiene en la mano.

—Ahora no, papá —dice mientras se aproxima a la casa.

Los oficiales, dubitativos, sacan sus armas. Dos de ellos y William dejan atrás a Joseph, saltan la cerca roja y suben la rampa para los vehículos. Cuando llegan a la parte trasera, ven el Ford Orion de Eddy con el maletero abierto y los faros encendidos. Música de piano surge de su interior.

Los otros dos agentes aparecen por la esquina izquierda de la casa, donde hay una moto aparcada. William ata cabos nada más verla: después de matar a Jessica Robbins y prenderle fuego a su furgón, Eddy salió de Presidio Real con esa moto.

Una vez juntos, los oficiales abren sus posiciones. Hay luz en una de las habitaciones de la planta de arriba. Sin movimiento. William mira por la ventanilla del Ford, pero no encuentra nada en su interior. Ve una caja de zapatos abierta en el suelo, junto al coche.

—¡Un cuerpo! —susurra uno de los oficiales.

Efectivamente, al otro lado de la cerca roja, cuyas puertas permanecen abiertas, descubren un cadáver. William va hasta él apuntando con la linterna y el arma en todas las direcciones. Lo que ve le horroriza. Jacob Fisher yace muerto en el suelo. La zona de su vientre está oscurecida. Lo han acuchillado más de una docena de veces. Su rostro, que se ha quedado con una expresión compungida, está cubierto de mantis religiosas vivas. Los insectos caminan por su cara, por su boca ensangrentada.

—Joder...

Cuando se gira hacia la casa, encuentra a Krammer mirándolos desde una ventana.

—¡Eddy! —grita al tiempo que levanta el arma hacia él.

Pero Krammer se esconde enseguida detrás de la pared.

William rodea el Ford e intenta abrir la puerta trasera de la casa. Cerrada.

—¿Hay otra entrada? —les pregunta a los oficiales.

—Solo esta y la principal —responde uno de ellos.

William se esfuerza por pensar una alternativa, pero es incapaz. La presencia de su padre lo ha distraído. El tiempo se agota a su alrededor. Los oficiales se mantienen callados, a la espera de una orden. La situación lo está superando.

—William —Joseph aparece por la rampa de la derecha—, olvídate de heroicidades ahora, ¿me oyes? Si entras en la casa a la fuerza, Krammer matará a las niñas.

—O puede que lo haga si no intervenimos cuanto antes —objeta él.

—Si lo ponemos nervioso, tal vez lo haga.

—La casa está rodeada de policías. Tranquilo no debe de estar.

Joseph hincha el pecho cuando inspira. Intenta controlar sus emociones. Él también está alterado.

—Vale, hagamos una cosa —dice, y mira hacia la luz de la ventana—. Yo lo entretengo desde aquí y tú entras por la puerta principal. —Señala a uno de los oficiales—. Ronald es muy sigiloso abriendo cerraduras.

William lo piensa un momento. No tienen nada mejor, de modo que asiente como toda respuesta.

Ronald y él deshacen sus pasos hasta llegar a la parte delantera de la casa. El oficial se dirige a uno de los coches patrulla y vuelve con un par de finas herramientas. Se acuclilla delante de la cerradura y empieza a hurgar en ella.

—Hola, Eddy, soy el detective Joseph Parker —se oye la voz de Joseph amplificada por el megáfono—. ¿Podemos hablar? Te prometo que no voy a dispararte. Tú sabes que no me interesa hacer eso.

Mientras Ronald sigue con la cerradura, William espera la respuesta de Krammer.

Ante su silencio, Joseph prueba otra cosa:

—¿Puedo ofrecerte algo, Eddy? Dime qué quieres, te lo conseguiré.

Silencio.

El corazón de William late muy rápido.

—Maldita sea... —se queja el oficial, que no puede abrir la puerta.

—Vale, vale, Eddy —dice de pronto Joseph—. Tranquilo. No le hagas daño. Nadie más tiene por qué morir esta noche.

Angustiado, William apremia a Ronald:

—Date prisa.

—Eso intento.

—¿Qué quieres, Eddy? —insiste Joseph, al otro lado de la casa.

Entonces William oye sus gritos:

—¡No hay nada que me podáis ofrecer! ¡Nada!

—Siempre hay algo, Eddy. Estoy seguro de que te gustaría verte en otra situación ahora mismo. Ninguno de nosotros quiere esto.

—¡Se equivoca! ¡Esto es exactamente lo que yo quería!

—¿La otra niña también está ahí contigo?

Otro silencio.

—¿Has dicho algo, Eddy? No te he oído.

—¡No se preocupe por ella, detective!

—Vamos, vamos —le dice William al oficial. La cerradura se le resiste.

—¿Qué quieres decir con eso, Eddy? Necesito que me confirmes que está bien. Llévala hasta la ventana para que pueda verla.

—¡Habéis llegado tarde, detective, como siempre!

William se queda quieto. Escucha atentamente con el corazón en la yugular.

—¿Qué dices, Eddy? Dime que está viva, por favor.

Una risa aguda y escalofriante.

—Yo conocía a tus padres, ¿sabes? —dice de pronto Joseph.

William nota cómo sus músculos se ponen rígidos.

—Eran buena gente —sigue Joseph—. Solíamos coincidir en el Nick's, el restaurante de Rockaway Beach. Tu padre era un gran conversador. Sabía un poco de todo, y, si no era así, lo fingía con bastante solvencia. Hablaba mucho de ti, Eddy. Te quería. Él estaba convencido de que llegarías a donde te propusieses. Y qué decir de tu madre... No he conocido una persona más bondadosa que ella en mi vida. Irradiaba luz. Siempre mirando por los demás, pero sobre todo por ti, por su razón de ser. —Una pausa—. ¿Qué crees que pensarían de esto, Eddy? ¿De verdad quieres seguir con ello?

Durante unos segundos, no se oye más que el sonido de la lluvia al golpear el suelo y un piano a lo lejos.

—¡Yo no tengo padres, detective!

—Eddy, espera. ¡Eddy! ¡Eddy!

Con un chasquido, Ronald consigue abrir la puerta.

69
William Parker
Pacífica

Todo está a oscuras dentro de la casa. Los halos de sus linternas bailan entre la oscuridad. William y Ronald cruzan el salón con sigilo. Hay un ejemplar de *Hundimiento en el mal* sobre el sofá. En un pasillo, una puerta acorazada está entreabierta. William la empuja con cuidado y baja unas escaleras que lo llevan a un amplio y polvoriento sótano. Alumbra un cubo de basura, dos mantas sucias y restos de comida por el suelo de cemento.

—Aquí es donde han estado encerradas —murmura.

Vuelven a la planta baja y, tras cerciorarse de que las habitaciones están vacías, suben al piso de arriba. Una luz se cuela por debajo de una puerta cerrada. Ronald y él barren las demás habitaciones antes de acercarse a ella: nadie. Por tanto, las niñas están ahí dentro con Krammer, piensa William.

Le hace un gesto al oficial y se colocan uno a cada lado de la puerta. Con el arma apuntando al techo y los brazos pegados al cuerpo, William avisa de su presencia:

—Eddy —oye unos pasos acelerados dentro de la habitación—, no te asustes. Estamos en el pasillo. Solo quiero hablar contigo. Voy a abrir la puerta, ¿de acuerdo?

Él no responde. William pone una mano en la manija y la baja lentamente. Sin articular palabra, le dice a Ronald que no se mueva del sitio. Teme que una bala le perfore el brazo, pero no sucede tal cosa. Cuando abre la puerta, Eddy Krammer le devuelve la mirada desde la pared que está enfrente, junto a la ventana. Tiene a Sharon Fisher como rehén. La agarra por detrás mientras sostiene un cuchillo muy cerca de su cuello. Con la cabeza en alto con tal de no sentir la hoja en su piel, Sharon llora en silencio.

William da un par de pasos adelante y levanta los brazos para que Krammer vea su pistola. Su camisa está manchada de sangre.

—No tienes por qué hacer esto, Eddy.

—¿Dónde está la madre de Olivia?

William frunce el ceño, confuso.

—¿Por qué lo preguntas?

—Quiero que venga.

Tras un momento de duda, William asiente y dice:

—Está de camino.

Eddy inspira profundamente por la nariz y suelta el aire en un suspiro.

—Bien. Deje el arma en el suelo y apártela con el pie.

William hace lo que le dice y aprovecha para observar el resto de la habitación. Hay un par de estanterías repletas de libros, un sillón y un terrario de más de un metro de largo que custodia decenas de mantis religiosas vivas entre ramas y hojas. Los insectos se mueven unos encima de otros como una masa uniforme y asquerosa.

—¿No son preciosas? —dice Krammer al reparar en la dirección de su mirada—. Se las compré directamente a un criador que encontré en un foro de internet.

—¿Dónde está Olivia, Eddy?

—Es curioso cómo el destino cruza nuestros caminos, ¿no le parece?

—¿A qué te refieres?

—Victor Black y yo estábamos destinados a encontrarnos. Nuestros padres se suicidaron dejándonos solos en este podrido mundo.

—Tú tenías a tus abuelos —le recuerda William.

—Sí. A ellos les debo la vida, por supuesto, pero a Black le debo mucho más.

—Que tuvierais ese detalle en común no te obligaba a seguir sus pasos. Él es un asesino. ¿Tú ya lo sabías entonces?

—Me enteré el día en que lo detuvieron. Yo estaba en su tienda.

—Lo sé, me lo ha contado. Te dijo que salieras por el almacén antes de que entrara la policía. Y tú te llevaste las cintas de sus crímenes.

Eddy se queda pensativo. Sharon traga saliva y una gota de sangre resbala por su cuello.

—Las cintas... —murmura Eddy, nostálgico—. Confieso que pensaba que se trataba de otra cosa. Cuando las vi colocadas en el hueco de un archivador, con los nombres de esas mujeres escritos en sus etiquetas, pensé que el bueno de Victor Black ocultaba allí sus películas para adultos, ya me entiende. Yo tenía quince años y..., bueno, no tengo que explicarle cómo funciona la cabeza de un adolescente. El caso es que las cogí y me las llevé con la intención de devolvérselas otro día. Esa misma noche, después de que mis abuelos se acostaran, bajé al salón, cerré la puerta e introduje la primera cinta en el reproductor VHS. Cuando vi a Black en la pantalla, no podía creerlo. Estuve a punto de quitarla, pero la curiosidad fue más fuerte. Lo vi todo, las tres cintas seguidas. No se imagina cómo me latía el corazón. A la mañana siguiente, mis abuelos se sorprendieron viendo los informativos: Victor Black, el propietario de la tienda de animales exóticos que nosotros frecuentábamos, era un asesino en serie. Recuerdo ver a mi abuelo boquiabierto enfrente de la televisión. Yo había pasado mucho tiempo en esa tienda, y el pobre no sabía ni qué decir.

—¿No les contaste a tus abuelos lo de las cintas?

—¡No podía hacerlo! ¿Cómo les explicaría que tenía en mi posesión grabaciones de crímenes reales? Estaba cagado de miedo y, de algún modo, sentía que debía esconder las cintas. Se lo debía a Victor. Aquello me unía más a él, era un secreto que compartiríamos desde entonces.

William advierte un punto rojo entre los libros de la estantería de la izquierda. Hay una cámara que lo está grabando todo.

Hace como si no se hubiera dado cuenta:

—¿Las volviste a ver?

Eddy hace una mueca.

—Al principio, no. Las guardé a buen recaudo y no quise saber nada de ellas. Pero no podía quitarme esas imágenes de la cabeza. Esos cuerpos. La sangre. Las mantis religiosas. Tuve pesadillas durante semanas. Y, a medida que las noches volvían a la normalidad, los días se oscurecían en mi interior... Hasta que saqué las cintas de su escondite para volver a verlas.

—¿Cuántas veces las has visto?

—Qué más da cuántas. Muchas. Tuve que aprender a hacer copias para no perder las imágenes por el uso.

—Y, doce años después, quisiste recrear esos crímenes.

—Yo no lo llamaría recreación. Es más bien un homenaje.

—¿Por qué ahora, Eddy?

—Porque por fin me vi capaz de hacerlo —dice con los ojos muy abiertos.

—¿Grabaste los crímenes como hizo Black? —William lo pregunta sin mirar hacia la cámara.

—Por supuesto que los grabé.

William vacila. Con esa respuesta, teme que la cámara sea para grabar otro asesinato.

—Eddy, ¿por qué no sueltas a Sharon y seguimos hablando de esto tranquilamente?

Él vuelve a negar con la cabeza.

—Sharon no va a ninguna parte, inspector, ella es la gran protagonista de esta historia. Era mi objetivo principal desde hace meses, pero un día, antes que pudiera hacerme con ella, salí con el furgón y April Jones apareció sola en una calle desierta. ¡Fue un regalo caído del cielo! Dos, en realidad, porque Jessica Robbins vio que intentaba llevármela y tuve que sumarla a mi pequeño grupo. —Sonríe—. Fueron dos víctimas fáciles, aunque yo no iba a matarlas hasta que consiguiera a Sharon. Y con ella no era tan sencillo.

—Sé que la manipulaste —dice William para ganar algo de tiempo—. Te comunicabas con Sharon por una aplicación que luego eliminó de su teléfono. Lo que no sé es cómo llegaste a ella.

Eddy mira hacia arriba, como si se esforzara por recordar.

—Nos conocimos en un salón recreativo. Ella jugaba sola al pinball en una máquina temática de *Harry el sucio* y yo me acerqué y la reté a ganarme. Nos lo pasamos bien durante un par de horas. Pero, como habrá deducido ya, si ese día fui al salón recreativo no fue precisamente para jugar a las máquinas. Un lugar como ese es un nido de adolescentes. —Se le escapa una carcajada sugerente—. De eso hace ya, ¿cuánto? ¿Cuatro meses? Después, tras coincidir un par de veces más, empezamos a salir en secreto. Entonces descubrí que Sharon tenía intereses... particulares. Cuando le dije que trabajaba en la Prisión Estatal de San Quintín, me preguntó cómo eran los asesinos. Yo le hablé de ellos, pero sobre todo del que más conocía: Victor Black. Le conté cuál era su libro favorito, qué tipo de música escuchaba, cómo hablaba y qué había hecho para estar encerrado. Se lo conté todo acerca de él, y Sharon se quedaba fascinada con mis historias. Poco a poco, ella fue abriéndose ante mí. Me habló de los problemas que había en su familia y de las discusiones constantes que tenía con su madre, y yo le hice ver que viviría muchos años amargada si seguía en esa casa, pero que aún estaba a tiempo de rehacer su vida conmigo y ser feliz hasta el fin de nuestros días.

La adolescente, incapaz de hablar, solloza mirando al techo.

—Hay algo que no entiendo, Eddy —dice William—. Tus víctimas son muy diferentes a las de Black.

Él sonríe. Sin apartar el cuchillo del cuello de Sharon, le acaricia el pálido rostro con la otra mano y dice:

—A mí me gustan las niñas, inspector. Son más... manejables.

—¿Y qué hay de Natalie Fisher? Ella no era una niña.

—Natalie no entraba en mis planes.

—Pero la mataste. ¿Descubrió tus intenciones de llevarte a su hija?

—¿Sabe qué? —Hace como si no le escuchara—. Consideré asesinar a Sally Graham. No sé cómo Victor pudo dejarla con vida. Ya la tenía... Solo faltaba culminar con una puñalada más. Yo no hubiera podido resistirme en su lugar. De hecho, la idea de matarla me perseguía desde que decidí hacer esto. La vigilé durante semanas. Estudié la forma de hacerlo, pero finalmente pensé que esa víctima no me pertenecía. Habría sido un mal gesto por mi parte. Así que me olvidé de ella.

El recuerdo del pavor de Sally sobrevuela la mente de William. Todas las veces que llamó al 911, todas las denuncias que la policía interpretó como falsas... Sally no se equivocaba: alguien merodeaba por su casa, alguien que pretendía matarla.

—¿Cuál es el fin de todo esto, Eddy? ¿Qué quieres conseguir con ello?

—¿Usted qué piensa, inspector? ¿El criminal nace o se hace?

—Depende de muchos factores.

—Eso no es una respuesta.

William mira a Eddy a los ojos. Está disfrutando. Sabe que tiene el control de la situación y se regodea como hace Black. William piensa en Sharon, en la cámara, en el oficial que está escuchándolo todo desde el pasillo, en Olivia.

—Creo que se hace —dice—. Quiero pensar que los humanos somos buenos por naturaleza y que es el entorno el que los corrompe.

Eddy sonríe de medio lado.

—Siento discrepar con usted, inspector. Yo creo que los humanos somos como animales, y, si no fuera por las normas y las leyes que nosotros mismos imponemos, nos mataríamos los unos a los otros. Hay muchos motivos para hacerlo: supervivencia, envidia, celos, sexo, dinero, poder... Nuestro instinto es salvaje, aunque nos empeñamos en contenerlo porque nos dicen que es lo correcto.

—No todos son así, Eddy.

—No, es verdad. Pero uno se conoce a sí mismo y, respondiendo a su pregunta, yo no pretendo conseguir nada con esto. Simplemente nací con esa... peculiaridad.

—Ahora soy yo quien discrepa —dice William—. Tú no naciste con maldad, Eddy. Solo tuviste de referente a la persona equivocada.

Eddy niega con la cabeza, inquieto.

—El entorno, ¿lo ves? —continúa—. Él te corrompió. Pero tú no eres así. Tú no eres como Victor Black.

—¡Miente!

—Suelta a Sharon, Eddy. Ella no tiene por qué estar aquí.

Él retrocede un paso y pega la espalda a la pared. Sharon gime al sentir el cuchillo más cerca.

William piensa rápidamente en sus posibilidades. Si se abalanza sobre él, cree que puede desarmarlo antes de que le haga daño a Sharon. Pero tiene que estar seguro. Necesita menos distancia, así que avanza con lentitud.

—¡No se acerque!

—Déjala marchar, Eddy.

William oye pasos a su espalda, aunque no se gira.

Solo espera que no sea su padre.

Eddy mira hacia el pasillo y se pone aún más nervioso. William se prepara para saltar hacia él, pero entonces suena la voz de Laura Crawford a su espalda:

—¿Dónde está mi hija?

Con la llegada de la inspectora Crawford, William se ve en la obligación de abortar su ataque y se retira a un lado de la habitación, justo enfrente de la estantería donde la cámara no deja de grabar. Laura fija su mirada en Eddy. Le apunta con la SIG Sauer, y Sharon, que no conoce a la policía que ha encabezado su búsqueda, se inquieta entre los brazos de Krammer al ver a la mujer armada.

—¡Estate quieta! —le ordena él, que brega para que no se suelte.

—Te lo repito por última vez —dice Laura—: ¿Dónde está mi hija? ¿Qué has hecho con ella? —vocifera.

Cuando Eddy consigue que Sharon se calme, se da un tiempo para pensar. Sus ojos van de Laura a William, y viceversa. Mira la pistola que empuña la inspectora y traga saliva. De pronto sus facciones se relajan y dice:

—¿De verdad quiere saber qué he hecho con su hija, inspectora?

La cara de Laura cambia por completo. La ira es relevada por la sorpresa y el desconcierto. El brazo que sostiene el arma pierde tensión.

—Olivia ha sido la mejor de esta semana —sigue Krammer—. Nunca había sentido semejante placer asesinando a alguien. Ella era pequeña como un pajarito, pero inteligente como un adulto. Y cómo gritaba...

—Laura, no lo escuches —dice William, a quien no le gusta nada hacia dónde va esto.

—Antes de morir, Olivia ha llamado a su mami.

Una lágrima resbala por la mejilla de la inspectora, que escucha con la mirada perdida.

—Ha repetido esa palabra cien veces. «Mami, mami, mami, mami, mami». Era una niña muy pesada. No se callaba.

Laura niega con la cabeza.

—No es verdad —murmura con la voz rota.

—Se ha resistido, pero yo soy más fuerte. Le he roto un brazo y ha aullado de dolor. Y, cuando la he puesto boca abajo, en el bosque, sus gritos se han vuelto insoportables.

—Eddy —interviene William, tajante—, ya basta.

—Su voz chillona me va a acompañar siempre. La oiré suplicar por su vida una y otra vez.

—Eddy...

—Esa pequeña zorra no se ha callado hasta que la he matado a puñaladas.

El brazo de Laura vuelve a tensarse.

—¡No! —exclama William al ver sus intenciones.

Krammer baja el cuchillo con rapidez y empuja a Sharon hacia William. Él la rodea con los brazos y se gira de espaldas, protegiéndola con su cuerpo.

Los disparos resuenan en las paredes hasta siete veces.

71
William Parker
Pacífica

El cuerpo de Krammer cae al suelo con orificios de bala en la mandíbula, cuello y torso. La pared de la ventana ha quedado salpicada de sangre y, en el suelo, un pequeño charco oscuro se expande bajo el cadáver.

Laura tira el arma al suelo y sale apresurada de la habitación.

William examina rápidamente a Sharon: parece sana y salva.

—¿Estás bien? —le pregunta.

Ella se seca las lágrimas y asiente.

—Sí.

—Ronald —el oficial del pasillo se deja ver por el vano de la puerta—, ocúpate de ella, por favor.

—Eso está hecho.

William sale al pasillo y sigue a la inspectora escaleras abajo. La puerta trasera de la casa está abierta.

—Laura, espera.

Ella no le hace caso. Rodea el Ford Orion de Krammer, cuya música sigue sonando. La lluvia no ha amainado. Cruzan la cerca roja y Laura retrocede impactada al ver el cadáver de Jacob Fisher en el suelo. Luego se obliga a buscar el cuerpo de Olivia por el bosque. Tres oficiales se unen a la búsqueda. Los ánimos de todos los presentes están por los suelos. Han atrapado al asesino, pero no hay un mísero atisbo de alegría en sus rostros.

La batida se alarga quince minutos más. Quince minutos de angustia y sufrimiento, de desaliento al escuchar los sollozos de Laura buscando el cadáver de su hija.

—¿Dónde estás? —masculla cuando las fuerzas empiezan a flaquearle.

Y, de pronto, una voz detiene el tiempo:

—¿Mamá?

Con el corazón en un puño, miran hacia el arbusto que hay detrás de la inspectora. Las ramas se mueven. Oyen un quejido agudo y Olivia sale de entre las hojas. La niña tirita de frío. Tiene la ropa sucia y calada de agua. El llanto de Laura se intensifica, pero ahora la tristeza no tiene nada que ver. Se arrodilla sobre la tierra mojada y se funde en un abrazo con Olivia. Los cuerpos de madre e hija tiemblan entrelazados durante un minuto.

William se quita el abrigo y se lo pone a la niña por encima de los hombros. Le viene enorme.

—Me alegro mucho de verte, Oli —dice con un nudo en la garganta.

—¿Qué ha pasado? —le pregunta Laura, incapaz de asimilar tantas emociones juntas.

—El malo venía a por mí, pero un señor me salvó —cuenta entre escalofríos.

—¿Un señor? —se extraña Laura.

—Sí. Le disparó con una pistola y, cuando el malo fue a por él, yo aproveché para esconderme.

Laura y William se miran al comprender.

La muerte de Jacob Fisher no ha sido en vano.

Un sentimiento de culpabilidad le aprieta los intestinos a William. Si él no hubiera movido hilos para acelerar la salida de Jacob del calabozo, tal vez no habría muerto. Aunque, por otro lado, sí lo habría hecho Olivia.

Entonces las piezas encajan en su cabeza y consigue ver la imagen con claridad. Krammer sabía que no podía escapar, estaba perdido. No ha puesto la cámara para grabar la muerte de Sharon, sino la suya. Ha fingido haber matado a Olivia para que Laura le disparase. Todo ha acabado de la misma forma que empezó para él: con la grabación de un asesinato. El círculo se ha cerrado. Y, con esto, la obra de Eddy Krammer ha quedado documentada para la posteridad.

72
William Parker
Pacífica

Delante de la casa, bajo una lluvia mucho más fina, los paramédicos atienden a Sharon y a Olivia en la ambulancia. Laura Crawford está con ellas; se ha propuesto no dejarlas solas ni un solo segundo. Olivia está algo aturdida, pero se encuentra bastante mejor que Sharon, que no para de llorar. A diferencia de la pequeña, ella ha estado seis días retenida y sus padres han sido brutalmente asesinados durante su secuestro. El Departamento de Policía de San Francisco pondrá a su disposición una psicóloga que la tratará el tiempo que precise, y Sharon deberá decidir con quién quiere vivir a partir de ahora.

El furgón de la oficina forense ya ha llegado. Los técnicos de Criminalística han empezado a fotografiar el perímetro. William ha visto cómo sacaban pruebas de la casa y le ha llamado la atención una bolsa de plástico transparente con cintas VHS en su interior. Ha pedido que se las manden a la oficina el lunes a primera hora.

Va hacia la ambulancia y se dirige a la inspectora:

—¿Podemos hablar un momento a solas?

Laura dirige la vista a los paramédicos. Una mujer joven que le mide el oxígeno en sangre a Olivia le dice que puede irse tranquila, y Laura se aparta unos metros para escuchar lo que William quiere decir.

—¿Cómo estás?

Ella mira a su hija.

—Bien. Ahora mejor.

—Krammer quería que lo hicieras. Te ha provocado para que le disparases.

—Lo sé.

—No he podido decírtelo ahí arriba, pero había una cámara grabándolo todo.

Laura empalidece al instante. Sabe qué significa eso: la cinta debe presentarse como prueba y su futuro como policía tendrá los días contados, tal vez la condenen por homicidio y tendrá que separarse de Tom y Olivia durante unos años.

Antes de que diga nada, William saca algo de su abrigo y se lo tiende. Es la tarjeta microSD de la cámara.

Laura lo observa, confusa.

—He subido a por ella antes de que vinieran los de Criminalística. Cógela. Lo que hagas al respecto no me importa.

—Pero, William...

—Aparte de Sharon, que no declarará, las únicas personas que lo hemos presenciado somos el oficial que estaba en el pasillo y yo. Ya he hablado con él: diremos que abriste fuego en defensa propia.

Laura vacila.

—No sé qué decir —confiesa.

—No tienes por qué decir nada.

Ella asiente, dubitativa. Se guarda la tarjeta y le da un abrazo.

—Gracias, William.

La noticia ha corrido como la pólvora y la prensa se ha apostado en la casa de Eddy Krammer en cuestión de minutos. Han tenido que colocar cintas policiales para que no las traspasaran. La reportera Camila Hernández, de la FOX, le ha pedido a William una pequeña entrevista. Según le ha dicho, es el héroe de California. Después de tantas negativas por su parte a lo largo de la semana, William lo ha considerado. Ahora que han cerrado el caso, enfrentarse a la prensa es mucho más fácil. Quizá hable con ella luego.

Tiene la cabeza en otra parte. Hace rato que escruta cada uno de los rostros que van de un lado a otro. El vacío en el estómago aún está presente.

Con los nervios trepándole por todo el cuerpo, se acerca a un oficial y carraspea.

—¿Sabe dónde está el detective Joseph Parker? —pregunta.

Día 8
Lunes, 16 de enero de 2017
Las cintas

73
William Parker
San Francisco

Da el primer sorbo al café nada más sentarse a su mesa de la oficina. Sobre esta, cinco periódicos diferentes llevan la captura de Eddy Krammer en sus portadas, pero no con una foto del asesino, sino de William. No pudieron captar imágenes de Krammer porque murió dentro de la casa y tanto la forense como la policía se ocuparon de que los dos cadáveres fueran introducidos en el furgón por la parte trasera, la que daba al bosque. La inspectora Crawford no quiso hacer declaraciones después de haber vaciado el cargador en el secuestrador de su hija. Así que los periodistas usaron imágenes del inspector que sí quiso hablar con ellos, pero que en ningún momento mencionó el asesinato de Krammer para que nadie pusiera su atención sobre el autor o autora de esa muerte. Por tanto, los primeros titulares aluden solamente a una fructífera detención.

William aparta los periódicos a un lado y se acerca una caja no muy grande con su nombre escrito con rotulador bajo la palabra «urgente». Se detiene antes de abrirla.

Un par de minutos después, sale del ascensor en la planta sótano. Llama a la puerta abierta con los nudillos y sorprende al informático mirando con recelo la manzana que sostiene en la mano.

—¿Necesitas ayuda, Jim?

—William... —Deja la manzana en el escritorio—. No, se supone que es mi desayuno, pero no me hago a la idea.

—Vaya, quién te ha visto y quién te ve.

—No tiene gracia, me muero de la ansiedad. Necesito mi dosis de azúcar.

William señala la manzana.

—La fruta es dulce.

—Vete a la mierda, William.

—¡Oye! Esa adicción saca lo peor de ti.

—¿Has venido a pedirme un favor, como siempre, o solo vienes a burlarte?

William sonríe.

—¿Tenemos reproductor VHS?

Jim arquea las cejas.

—Viniendo de ti, no debería de sorprenderme que me hagas esa pregunta, pero... yo diría que hace años que no lo usamos. No sé si nos deshicimos de él o está guardado bajo el polvo dentro de algún armario. Deberías saber que las cintas VHS quedaron obsoletas en...

—Que sí, que sí —lo interrumpe—. Ya lo sé. No te preocupes, tengo uno en casa. Veré las películas allí.

Jim empieza a reír, pero, al percatarse de que William no se une a la risa, la corta de forma abrupta.

—Ah, que lo dices en serio.

—Mucho ánimo con la dieta, Jim.

—Adiós, William.

Deshace sus pasos por el pasillo, pero, cuando está a punto de llamar al ascensor, piensa que debería agradecerle la rapidez con la que le proporcionó la información sobre Eddy Krammer el otro día y vuelve a su despacho.

—Oye, Jim...

El informático tiene medio dónut dentro de la boca. William levanta las manos y dice:

—No he visto nada.

En el Hospital Zuckerberg, situado en el 1001 de Potrero Avenue, William pregunta por un paciente en recepción. Luego sube a la tercera planta y recorre un par de pasillos luminosos. Hoy el sol brilla en lo alto de San Francisco. Cuando abre la puerta entornada, encuentra a la oficial Madison

Bennett, con un parche en la frente, sentada en el sofá para las visitas.

—William —dice según se levanta.

El oficial Ian Davis está tumbado en la cama articulada del centro de la habitación. Tiene el brazo derecho vendado desde el hombro hasta la mano. Un gotero libera gotas de paracetamol que entran en su organismo por vía intravenosa. Él sonríe al verlo.

—Dichosos los ojos —dice.

—¿Cómo te encuentras?

—Estoy como un rey. No trabajo, me paso el día tumbado, me preparan la comida... Romperse el brazo en tres partes tiene sus ventajas.

—¿Qué ocurrió?

—Fue culpa mía —dice Madison—. Era yo quien conducía.

—No fue culpa suya —protesta Davis—. Íbamos a ciento cuarenta persiguiendo a ese cabrón y una camioneta se nos cruzó en la carretera. A mí tampoco me habría dado tiempo a esquivarla. Eso sí, el coche quedó destrozado, peor que mi brazo.

—Fue horrible —dice la oficial, cabizbaja—. Pero gracias a Dios estamos vivos. Su mujer y yo nos turnamos para estar aquí con él.

—Mi mujer, con tal de perderme de vista un rato...

—Veo que tener una experiencia cercana a la muerte no te ha hecho cambiar mucho —comenta William.

Davis se encoge de hombros y se queja de dolor.

—Mala hierba nunca muere —dice.

—Me alegra oír eso. Por cierto, Davis, tienes algo ahí. —William se señala debajo de la nariz.

El oficial se lleva la mano al bigote, imitándolo.

—¿El qué?

—No sé qué es exactamente. Parece una mofeta muerta. Sea lo que sea, deberías quitártelo en cuanto puedas.

Madison reprime una carcajada.

—Muy gracioso —dice Davis, que capta la indirecta y asiente repetidamente—. Muy gracioso.

El barullo de decenas de conversaciones y el ritmo de los músicos callejeros se atenúa cuando William entra en casa. La helada soledad lo recibe. Cuelga el abrigo en el perchero de la entrada y va directo al salón. Allí deja la caja de Criminalística en la mesa, busca un cúter y la abre con cuidado. Seis cintas VHS de diez minutos descansan en su interior, una encima de otra.

N.º DE CINTA 49. 16-01-2017. 12.01 h:
Eddy Krammer quiso conservar la esencia de lo que vivió con quince años. No habrá sido fácil hacer uso de esta tecnología hoy en día, aunque, trabajando en el puesto de vigilancia de la prisión, rodeado de ordenadores y pantallas, puede que no haya tenido muchas dificultades. Si yo hubiera sabido lo de las cintas, podría haber tirado de ese hilo, pero no ha sido el caso.

Enciende la televisión, una Sony de los noventa, e introduce la primera cinta en el reproductor VHS. Luego se sienta en el sofá y observa la pantalla con atención. Tras un segundo de ruido blanco, la imagen toma forma.

Durante los siguientes treinta minutos, William ve cómo el cuchillo de Black perfora las espaldas de Ruby Hoffmann, Lillian Perkins y una joven Sally Graham que aún no conoce el pavor que la acompaña ahora. Ve también las mantis conquistar sus cuerpos inertes tendidos sobre las camas. Y, cada vez que una película termina, suena un clic, vuelve el ruido blanco a la pantalla y el reproductor expulsa la cinta de forma automática.

William suspira. Sabe que lo que le espera en los siguientes vídeos va a ser todavía más duro.

La cuarta grabación es reciente, de hace unos días. En esta ocasión, el asesinato no es perpetrado en una cama. No hay cuerpos desnudos.

Se muestra la parte trasera del Nissan NV200 y un camino en medio del bosque. Es de noche, pero la oscuridad no es absoluta; la luz de la luna se cuela entre las ramas de los árboles. El *Nocturno n.º 2* de Chopin suena de fondo. A diferencia de las otras grabaciones, en esta se percibe mucha inestabilidad: se grabó con una cámara deportiva que Eddy Krammer se ajustó a la frente para conseguir documentar el crimen desde la perspectiva del asesino. Al cabo de unos segundos, la cámara rodea el furgón y graba a Jessica Robbins, de trece años, alejándose por el camino a grandes zancadas. El objetivo desciende hasta que se distingue una mano empuñando un cuchillo.

William aprieta la mandíbula y sigue mirando...

Cuando los gritos de la pequeña April se apagan, la casa se hunde en el silencio más denso. William no era consciente de que estaba apretando los puños, pero le duelen las manos como si hubiese estado peleando. Con el clic del reproductor, se levanta con pesadez y extrae la quinta cinta para poner la última. Por un momento considera descansar un poco, pero se esfuerza por seguir. Solo falta una.

Se sienta en el sofá casi sin aliento. En la pantalla aparece la cocina de los Fisher. La luz está encendida. La imagen avanza por las baldosas blancas hasta llegar a la mesa, donde la persona que graba deposita una caja agujereada sobre ella.

William se incorpora en el sofá.

El plano se acerca y la tapa de la caja se levanta unos centímetros. Nueve mantis religiosas se mueven en su interior. Cuando William ve la mano que coge el cuchillo de la encimera..., recuerda las palabras de Eddy Krammer: «Natalie no entraba en mis planes».

En el sótano solo había dos mantas.

«A mí me gustan las niñas, inspector».
Una voz le hace volver a la grabación:
«Sharon, ¿qué haces levantada a estas horas?».

N.º DE CINTA 49. 16-01-2017. 12.53 h:
Nadie le abrió la puerta al asesino de Natalie Fisher; ya estaba dentro de la casa. Cuando Eddy Krammer dijo que Natalie no entraba en sus planes se refería a que no era una de sus víctimas: él no la mató. Sin embargo, ese asesinato sí que estaba previsto, pues se cometió imitando los crímenes de Victor Black y se grabó con el método de Eddy.
Lo del otro día en Pacífica fue una maldita farsa. Sharon no estaba secuestrada. Se encontraba en el piso de arriba y no en el sótano, donde habían estado April y Jessica. Eddy y Sharon eran cómplices. Y él fingió tenerla como rehén para salvarla. De otro modo, podíamos haber abierto fuego contra ella.

En la televisión, tras cruzar unas palabras sobre la cámara deportiva que Sharon tiene sujeta a la frente, Natalie le da la espalda, se dispone a prepararle el desayuno a su hija y esta aprovecha para clavarle el cuchillo en la nuca.
Natalie se queda quieta. Gorgotea. Sharon apoya una mano en su cabeza y extrae la hoja de sus vértebras a la fuerza.
Entonces Natalie cae al suelo y la cámara la graba desde lo alto.
Sigue viva.
Las partes subrayadas del ejemplar de *Hundimiento en el mal* de Sharon vuelven a la mente de William:

La sangre era mucho más oscura de lo que yo pensaba. Aun así, era preciosa. No podía dejar de mirarla, de contemplar cómo su cuerpo se vaciaba. Sus convulsiones, su mirada suplicante. Miré fascinado, sin hacer nada.

«Nunca me has querido —solloza Sharon en la grabación—. Llevas años y años intentando cambiarme. Siempre te has preocupado por la opinión que tus compañeros podían tener de ti y, en vez de intentar comprenderme, te has dedicado a moldearme a tu antojo. Te avergüenzas de mí, y sé que darías lo que fuera por tener otra hija que no fuera yo. Pero, tranquila, a partir de ahora estaré con alguien que me quiere de verdad, tal y como soy. Él me ha abierto los ojos, y por fin lo veo todo claro».

Natalie hace esfuerzos por decir algo, tal vez un «te equivocas», pero no lo consigue. Muere a los pocos segundos.

Me acostumbré a dormir escuchando los gritos. Me decepcioné la noche en que callaron.

Sharon toma una honda y temblorosa respiración. Luego sube a horcajadas sobre su madre y alza el cuchillo en alto.

Le dije que no se detuviera, que siguiera hasta el final. Verla así me excitaba. Ella me hizo caso. Lloraba, gritaba, pero no cesó el vaivén de la cuchilla.

Epílogo
Dos semanas después

La prensa no ha dejado de hablar del caso desde que se cerró. Ahora, todo el estado de California conoce la historia de Eddy Krammer, secuestrador y asesino de niñas, y de William Parker, el policía que le dio caza y salvó a la última menor a tiempo. La realidad no es del todo así, pues fue Jacob Fisher quien salvó a Olivia, y Laura Crawford quien mató a Krammer. Pero es lo que tienen las historias, que mudan la piel conforme van pasando de boca en boca.

En cuanto a Sharon, el juez ha decidido excluirla del sistema de menores y será juzgada como un adulto a causa de la gravedad de su delito. Si bien es verdad que Krammer la manipuló, fue ella, sin ayuda de nadie, quien asesinó a su madre a sangre fría.

William piensa en Jacob Fisher desde aquella fatídica noche. Tal vez no era una persona ejemplar, pero no se merecía nada de lo que le ocurrió, o, al menos, eso cree él.

Y no es lo único que le remueve por dentro. Su memoria rescata de vez en cuando la imagen de su padre, Joseph Parker, aquella tarde en Pacífica. Ahora que lo ve en perspectiva, se dice que debería de haber actuado de otra forma. Llevaban años sin hablar, sin verse. William lo notó más mayor, como si el tiempo hubiera pasado más rápido para él. Se pregunta cómo estará su madre. Belinda lo llama de vez en cuando, pero William nunca responde. Piensa que las palabras que ella usó la última vez para defender a su marido, enfrentándose así a su hijo, fueron desproporcionadas, y aún queman a William en su interior. Aunque él también habló sin pensar; el enfado los cegó a los tres. El vacío que siente ahora es muy molesto. Y, aunque tiene el coraje de enfrentarse a asesinos en serie, no es capaz de ir a casa de sus padres e intentar arreglar las cosas con ellos, porque un perdón o un «te quiero» pesan más con el polvo del olvido.

Después de cerrar el caso, guardó la cinta número 49 en el armario de su despacho. Luego cogió la grabadora que le regaló su padre y la lanzó al cubo de la basura. Un indicio de esperanza por reconciliarse había hecho que siguiera usándola años después de la discusión. Pero, tras ese infructuoso reencuentro, le era imposible continuar como si nada: nunca más documentará sus hipótesis en una grabadora.

Con quien sí ha hablado por teléfono ha sido con su amigo Alfred Chambers, que ha leído cada uno de los artículos sobre el caso Krammer:

—Eres una celebridad, chico.

—No entiendo por qué, la verdad.

—Bueno, te has hecho famoso por hacer bien tu trabajo, y eso es algo de lo que muy pocos pueden presumir.

—Simplemente he sabido rodearme de la gente adecuada. Tengo que darte las gracias, Alfred.

—¿A mí?

—Me ayudaste con el tema de las mantis religiosas.

—Solo leí uno de los libros de Judy. Si quieres darle las gracias a alguien, que sea a ella.

William no ha sabido qué contestar.

—Pero no todo van a ser buenas palabras —ha dicho Alfred—. Te recuerdo que tienes a tu viejo amigo abandonado a más de seiscientos kilómetros al sur.

—Voy a reunirme con el teniente Fallon dentro de una hora. Le pediré unos días, luego te cuento.

—Es broma, William, no quiero que vengas a Los Ángeles obligado.

—Sabes que no es así.

—Te vas a cargar el coche haciendo viajes tan largos.

—El Mini lo aguanta todo.

—Pero el avión es más rápido y barato.

—Y mucho más peligroso.

—Es el medio de transporte más seguro del mundo...

William ha sonreído.

—Luego te cuento, Alfred.

Cuando sale del ascensor en el Salón de la Justicia, un oficial entra en la cabina y pulsa uno de los botones del panel de control. Lo hace sin despegar los ojos de la pantalla de su móvil. En él se reproduce una obra clásica para piano: *Nocturno n.º 2* de Chopin. William se queda observándolo desde el pasillo, pero el oficial no repara en su mirada. Desliza el dedo pulgar hacia arriba en el teléfono y la guitarra de una canción pop sustituye al piano.

Las puertas metálicas se cierran.

William se dirige al despacho de Fallon. Espera que el teniente vea su permiso con buenos ojos. De camino se cruza con el inspector Harris, que, al igual que el agente con su móvil, camina sin levantar la vista de unos documentos grapados. Como bien habían augurado ambos, su última investigación destapó un conflicto entre clanes que terminó con la incautación de veinte kilos de droga y la detención de cinco personas.

—¿Otro caso, Harris?

El inspector se gira y se sube las gafas con el dedo índice.

—¿Acaso tenemos algo mejor que hacer? —bromea.

—No sé quién me dijo una vez que había vida más allá de los crímenes.

—Algún ingenuo, seguro. ¿Seguiste su consejo?

—Aún no, pero puede que lo haga pronto.

Harris levanta las cejas.

—¿Eso quiere decir que William Parker va a buscar una pareja de baile?

William ríe.

—Ya veremos.

Harris sonríe y se despide con un gesto militar, pero enseguida se vuelve y dice:

—A todo esto, Parker, ¿qué decías de la tranquilidad que se respiraba en Pacífica?

William cierra la puerta tras de sí. Fallon se levanta de su sillón y le estrecha la mano con efusividad. Dos manchas de sudor le enturbian las axilas.

—Tengo novedades, Parker —dice mientras toman asiento—. He hablado con el juez hace un rato. Es sobre Victor Black.

—¿Qué sucede?

—Han fijado su ejecución para la semana que viene.

La noticia pilla de imprevisto a William.

—Black colaboró con nosotros para atrapar a Eddy Krammer —le recuerda—. Fue él quien me dio su nombre.

—¿Lo está defendiendo?

William retrocede en la silla.

—No, señor. Yo solo...

—Black va a tener las condiciones que usted le ofreció, aunque por poco tiempo. Que nos dijera el nombre del asesino no le exime de sus crímenes. La reducción de su condena habría sido considerada si no hubiera apuñalado a tres mujeres en 2005, pero esas cintas confirman que el inspector Harris no se equivocó deteniéndolo y que, en efecto, Victor Black es un asesino. Por tanto, debe cumplir la sentencia que se le dictó hace doce años.

William baja la mirada y asiente.

—Entiendo.

Fallon apoya los antebrazos en la mesa y lo mira sorprendido.

—No entiendo su reacción, Parker. ¿Acaso le ha cogido cariño?

William cierra los ojos un momento y niega con la cabeza.

—No es eso, señor. Pero puede que necesite un descanso —dice al ver la oportunidad—. Me vendrían bien unos días libres.

Fallon aprieta los labios.

—Me temo que no va a poder ser.

William baja los hombros, decepcionado.

—¿Por qué?

—Supongo que habrá visto los periódicos, la televisión... En la radio siguen hablando de usted cada día.

William se ruboriza ligeramente.

—Yo no he buscado esto, señor. Me limité a dar declaraciones ante la prensa, pero no dije nada polémico ni...

—Lo sé, Parker, lo sé. —Fallon se acomoda en su sillón—. Lo que quería decir es que todo el estado de California ha oído hablar de usted. Ya he escuchado más de una vez lo de «el experto en asesinos en serie de San Francisco». Suena bien, no se lo voy a negar. Y, como cabía esperar, ya han pedido su colaboración para resolver un caso en otra ciudad.

—¿Mi colaboración?

—Al parecer se han cometido dos homicidios muy similares en cuestión de días y creen que se trata de un asesino en serie. Quieren al mejor investigador del momento, y ese es usted. Así que vaya a casa y haga la maleta. Su vuelo sale esta misma tarde.

William tiembla de pies a cabeza.

—¿Vuelo? —titubea.

El teniente Fallon sonríe de medio lado.

—No querrá ir a Los Ángeles en coche.

Agradecimientos

Aún no me creo que sigamos encontrándonos entre las páginas de un libro. Con esta ya son tres novelas, aunque me gusta pensar que alguien la leerá años después de su publicación y habrá más historias de papel y tinta con mi nombre esperando a ser leídas. Traer de vuelta a William Parker en esta suerte de precuela ha sido muy emocionante. Debo confesar que no estaba previsto hacerlo ahora, pero un día de verano tuve una necesidad molesta, como diría un asesino que conozco, de reencontrarme con William y contar cómo fue el caso que lo elevó como inspector de homicidios. De modo que aparté mis pensamientos y mis notas de esa novela que me disponía a escribir, compré unos billetes de avión y me fui a San Francisco. Y un año después, aquí estamos.

Pero, como siempre, este caprichoso viaje no lo he hecho solo. Y quiero darles las gracias a todas y cada una de las personas que me han acompañado a lo largo de la escritura, publicación y promoción del libro, que no son pocas:

A María Fasce, por la confianza inagotable.

A Ilaria Martinelli, por ser la editora que elegiría una y mil veces.

A Maya Granero, por apretar las tuercas y cubrir los agujeros de la historia, y a Martín Schifino, José Ambrosio Carbonell y Juan Antonio Segal, por hacer que el libro tenga una calidad superior.

A Blanca Establés, María Contreras, Laura Russo, Silvia Coma, Alicia Medina, Cecilia Palacios y todo el equipo de Alfaguara y Penguin Random House, por arroparme y hacer que mis historias vuelen alto. Y a Ana Román, por supuesto, por los innumerables correos y llamadas estresantes durante la promoción de *El misterio Hannah Larson*.

A Javier Fernández, por acercarme un poco más a la medicina forense.

A Raquel Martínez, por explicarme cómo son los engranajes de una prisión.

A Àngel Escrivà, por resolver todas mis dudas acerca de delitos e intervenciones policiales, y a Naiara Escrivà, por hablar conmigo sobre asesinos y derecho penal. Debo reconocer que tener a un policía y a una criminóloga en la familia ayuda bastante para escribir una novela como esta. Puede que haya pasado algo por alto, pero, por suerte, solo se trata de ficción y nadie ha resultado herido durante el proceso de escritura.

A Alejandro Monzó, por ayudarme en lo referente a las cintas VHS.

A Alba, por alegrarse y sufrir con todos los altibajos emocionales que la escritura ha traído a nuestras vidas, y por ser un pilar fundamental en la mía.

A mis padres, por desvivirse para que yo pudiera perseguir mis sueños.

A mi familia y amigos, por estar siempre a mi lado, y que así siga hasta el resto de los días.

A ti, que aún sostienes el libro en tus manos. Gracias por leer esta historia, por entrar en el extenso mundo que hay al otro lado. Y a todas las personas que recomiendan mis novelas de un modo u otro. Estaré eternamente agradecido con vosotros.

Pero esto no es un adiós, solo un hasta luego. ¿Viajáis conmigo de nuevo?

ALEXANDRE ESCRIVÀ

Este libro se terminó
de imprimir en
Móstoles, Madrid,
en el mes de
abril de 2026